O PAVILHÃO DOURADO

YUKIO MISHIMA

O Pavilhão Dourado

Tradução do japonês e glossário
Shintaro Hayashi

5ª *reimpressão*

Copyright © 1956 by Herdeiros de Yukio Mishima

Grafia atualizada segundo o Acordo Ortográfico da Língua Portuguesa de 1990, que entrou em vigor no Brasil em 2009.

Título original
Kinkakuji

Capa
Luciana Facchini

Foto de capa
© Gideon Mendel/ Corbis (DC)/ LatinStock

Preparação
Maria Cecília Caropreso

Revisão
Erika Nakahata
Veridiana Maenaka
Andrea Souzedo

Dados Internacionais de Catalogação na Publicação (CIP)
(Câmara Brasileira do Livro, SP, Brasil)

Mishima, Yukio
    O Pavilhão Dourado / Yukio Mishima ; tradução do japonês
Shintaro Hayashi. — 1ª ed. — São Paulo : Companhia das Letras,
2010.

    Título original: Kinkakuji.
    ISBN 978-85-359-1681-2

    1. Ficção japonesa I. Título.

10-04872   CDD-895.63

Índice para catálogo sistemático:
1. Ficção : Literatura japonesa   895.63

Todos os direitos desta edição reservados à
EDITORA SCHWARCZ S.A.
Rua Bandeira Paulista, 702, cj. 32
04532-002 — São Paulo — SP
Telefone: (11) 3707-3500
www.companhiadasletras.com.br
www.blogdacompanhia.com.br
facebook.com/companhiadasletras
instagram.com/companhiadasletras
twitter.com/cialetras

O PAVILHÃO DOURADO

1.

Desde quando eu era criança, meu pai já me falava constantemente do Pavilhão Dourado.

Nasci em um promontório solitário e pobre, projetado sobre o mar do Japão, a nordeste de Maizuru. Meu pai, contudo, não nasceu ali, mas em Shiraku, nos subúrbios a leste de Maizuru. Abraçou a carreira monástica cedendo a pedidos insistentes. Veio depois a assumir o cargo de prior em um templo existente nesse promontório perdido, casou-se com uma mulher da região e teve um filho — que sou eu.

Não havia escolas secundárias nas proximidades desse templo no promontório de Nariu. Com o passar do tempo, deixei meus pais e fui morar com um tio que vivia em Shiraku, para ali frequentar a escola secundária Maizuru Leste. Costumava então percorrer a pé o caminho até a escola.

A região era profusamente iluminada pelo sol o ano todo. Entretanto, por volta de novembro e dezembro, chuvaradas repentinas sobrevinham três ou quatro vezes ao dia, mesmo quando o céu se mostrava perfeitamente limpo e sem resquício de nuvens. Penso até que a terra possa ter influído na formação desta minha alma volúvel.

Nas tardes de maio, ao regressar da escola, eu costumava observar os morros distantes através da janela da minha saleta de estudos no andar superior da casa de meu tio. Os raios do sol poente se refletiam sobre a jovem folhagem que revestia a encosta dos morros, e um biombo dourado surgia inesperadamente bem no meio da pradaria. Isso despertava na minha imaginação o Pavilhão Dourado.

Eu tinha conhecimento de como era na realidade o Pavilhão através de fotografias e também das descrições constantes nos livros didáticos. Contudo, a imagem que eu formara, transmitida por meu pai, sobrepujava essa realidade. Creio que meu pai nunca se valeu de adjetivos como "resplandecente" ou similares para descrevê-lo, mas para ele nada mais formoso havia sobre a face da Terra do que o Pavilhão. Dessa forma, o simples aspecto dos caracteres que formavam o nome, a própria pronúncia desses caracteres despertavam na minha alma uma imagem desmesurada.

Bastava ver reflexos do sol na superfície das águas dos arrozais distantes para eu achar neles a miragem do Pavilhão invisível. O Passo de Kichizuka, que divide a província de Fukui e o município de Quioto, ficava bem a leste. Era onde o sol nascia todas as manhãs. A direção era oposta à de Quioto, mas eu via ali o Pavilhão imponentemente erguido ao céu entre os raios do sol da manhã que subiam dos vales.

Assim, o Pavilhão Dourado me surgia em todas as partes. Contudo, avistá-lo mesmo era impossível, e nisso ele se assemelhava ao mar da região — as montanhas obstruíam a visão da baía de Maizuru, situada a pouco mais de dois quilômetros a oeste da aldeia de Shiraku, deixando entretanto sempre presente a sensação da proximidade do mar. Percebia-se vez ou outra o seu odor nos ventos, e muitas gaivotas vinham pousar nos arrozais das cercanias, fugindo de temporais.

Fisicamente frágil, eu sempre saía perdendo em disputas de corrida e exercícios em barra fixa. E, sobretudo, eu era gago. Tudo isso contribuía para que me tornasse cada vez mais tímido e retraído. Todos sabiam que eu era filho de monge. Assim, tornei-me alvo de escárnio de colegas maldosos, que costumavam arremedar na minha frente um monge gago entoando sutras com dificuldade, tropeçando nas palavras. Uma passagem em nosso livro de leitura trazia um personagem gago. Essa passagem era lida por eles em voz propositadamente alta para que eu ouvisse.

Julgo desnecessário dizer o quanto a gaguice constituía um obstáculo que se interpunha entre mim e o mundo exterior. O problema todo estava no primeiro som a ser articulado, pois essa era a chave que abria a porta entre meu mundo interior e o mundo exterior. Essa chave nunca cumpria direito sua função. Pessoas normais conseguem fazer uso das palavras com desenvoltura e, assim, podem deixar sempre escancarada a porta entre o mundo interior delas e o mundo exterior, proporcionando uma livre circulação de ar entre esses dois mundos. Isso, no entanto, me era impossível. A chave da minha porta se achava irremediavelmente emperrada na fechadura.

O gago, enquanto luta e sofre para pronunciar a primeira sílaba, é como o pássaro que se debate para desprender-se da viscosidade de seu mundo interior — e, quando afinal consegue se libertar, já é tarde. Em certas circunstâncias, reconheço isto, tive a impressão de que a realidade do mundo exterior esperava com paciência que eu me libertasse. Mas durante esse tempo ela perdia frescura. Assim, quando eu alcançava finalmente o mundo exterior após esforços ingentes, tudo que encontrava era

uma realidade descolorida e defasada... Uma realidade despojada de frescura, semiapodrecida e malcheirosa, com certeza a
única que eu merecia.

Não é difícil imaginar que nessas circunstâncias um jovem
passe a nutrir duas ambições antagônicas de poder. Eu gostava de
ler sobre os tiranos da história. Se eu fosse um tirano gago e cas-
murro, meus vassalos viveriam constantemente atemorizados e
atentos ao menor sinal de irritação que eu demonstrasse. Palavras
claras e fluentes não teriam utilidade, já que não haveria necessidade alguma de explicar meus desmandos. O silêncio justificaria
todas as atrocidades que eu cometesse. Mas ao mesmo tempo em
que me comprazia imaginando os castigos que imporia a cada
um dos mestres e colegas que diariamente me desprezavam, eu
me satisfazia em me imaginar um artista extraordinário, um filó-
sofo sereno, um soberano absoluto de meu mundo interior. Assim, meu mundo interior era mais rico que o de qualquer outro,
muito embora meu aspecto externo fosse deplorável. Mas não
seria apenas natural que um jovem possuído de um complexo de
inferioridade insuperável se imaginasse um ser escolhido por de-
sígnios secretos? Eu tinha a impressão de que em alguma parte
deste mundo uma missão ainda desconhecida me era reservada.

Um episódio me vem à lembrança.

A escola secundária Maizuru Leste achava-se instalada em
um edifício moderno e bem iluminado, rodeado ao longe de
morros suaves, e possuía uma extensa área externa.

Certo dia de maio, um ex-aluno, então cadete da Escola de
Mecânica da Marinha de Guerra de Maizuru, foi visitar a escola
onde se formara, aproveitando as férias que gozava.

A pele tostada de sol, o nariz altivo sob a aba do quepe que
trazia afundado sobre os olhos faziam dele, sem tirar nem pôr, a

própria imagem de um jovem herói — da cabeça até a ponta dos pés. Ele descrevia aos jovens estudantes do ginásio os rigores de uma vida cerceada por regulamentos. E, contudo, discorria sobre essa vida certamente angustiante como se ela fosse fabulosa, repleta de fausto e extravagância. Seu orgulho transparecia nas mínimas atitudes. No entanto, embora tão jovem, sabia valorizar a modéstia. O peito sob o uniforme debruado lembrava o peito estufado de uma figura de proa de um navio rompendo o vento e as ondas do mar.

Ele estava sentado em um degrau da escadaria de pedra que descia à praça de esportes. Quatro ou cinco ouvintes o cercavam, absorvidos em sua conversa. Flores de maio — tulipas, ervilhas-de-cheiro, anêmonas e margaridas-do-campo — enchiam o canteiro que cobria a encosta do desnível. No alto, ramos de magnólia se estendiam exuberantes, cobertos de alvas flores.

O palestrante e os ouvintes formavam um grupo imóvel, como se fizessem parte de algum monumento. Quanto a mim, eu me achava sentado sozinho em um banco da praça de esportes, afastado deles quem sabe dois metros. Essa era a forma como eu demonstrava meu respeito — meu respeito às flores de maio, à farda orgulhosa, às risadas alegres.

Mas então o jovem herói se mostrava mais atencioso comigo que com os seus admiradores. Ele me via como o único do grupo a não se curvar diante da sua personalidade, e isso lhe arranhava o orgulho. Perguntou meu nome aos outros.

— Olá, Mizoguchi! — chamou-me, dispensando apresentações. Calado, limitei-me a fitá-lo com firmeza. Havia no sorriso que me dirigiu algo semelhante à condescendência dos poderosos.

— Por que não diz alguma coisa? Você é mudo?

— Eu sou ga-ga-gago! — respondeu por mim um de seus admiradores, e todos se dobraram de rir. Como é ofuscante o riso de escárnio! A mim, a risada cruel de meus colegas de classe me pareceu faiscar como os reflexos do raio de sol sobre a folhagem.

— Então você é gago! Por que não ingressa também na Escola de Mecânica da Marinha? Eles lhe darão um trato nessa gagueira em um só dia.

Para minha surpresa, consegui responder pronta e claramente a essa sugestão, nem sei como. As palavras fluíam com facilidade, e a resposta saiu em um instante, sem o auxílio da minha vontade:

— Não, eu quero ser monge.

Fez-se um silêncio. O jovem herói abaixou a cabeça, colheu a esmo uma folha de capim e prendeu-a na boca.

— Sei... Então, caberá a você cuidar de mim daqui a alguns anos, quem sabe. Não é assim?

A guerra do Pacífico se iniciara naquele ano...

Tenho certeza de que nesse momento uma clara consciência despertava em mim: a consciência de que eu me encontrava em um mundo envolto em trevas, com ambos os braços abertos em expectativa; de que, com o tempo, as flores de maio, o uniforme, os colegas de classe maldosos, todos viriam ter em meus braços estendidos; de que eu sustentava o mundo, sofreando-o pelas bases. Porém, essa espécie de consciência era por demais opressiva para um adolescente como eu para constituir motivo de orgulho.

O orgulho deveria ser algo mais leve, mais luminoso, fisicamente visível, mais resplandecente. Algo visível — eis o que eu queria. Algo que todos pudessem ver e que me fosse de fato motivo de orgulho, como, por exemplo, o espadim que ele trazia à cintura.

O espadim, invejado pelos estudantes do ginásio, era sem dúvida um belo adorno. Corria à boca pequena que os cadetes da Marinha apontavam lápis às escondidas com os espadins. Utilizar um símbolo solene como esse para uma finalidade tão corriqueira, quanta ostentação!

O cadete despira o uniforme da Escola de Mecânica — as calças e até a camiseta branca — e o deixara sobre a cerca pintada de branco. Ele jazia abandonado perto das flores, exalando o odor do corpo suado do jovem. Uma abelha descansava as asas sobre uma enorme flor branca e reluzente — a camisa. O quepe adornado com um laço dourado repousava em uma das estacas da cerca, tão corretamente afundado como se estivesse na própria cabeça do jovem. O cadete aceitara o desafio dos estudantes e fora à arena de sumô existente nos fundos da escola.

O uniforme abandonado me fez sentir em um cemitério memorial. As flores de maio, em profusão, acentuavam esse sentimento. A aba do quepe, negra e reluzente, o cinturão com o espadim pendente na cerca próximo ao quepe, assim separados do corpo do jovem, compunham um quadro de lírica beleza e reproduziam com perfeição a imagem que eu formara do jovem... Quero dizer, pareciam-me na verdade relíquias de um jovem herói morto.

Certifiquei-me de que não havia pessoa alguma nas proximidades. Gritos de torcida se erguiam dos lados da arena de sumô. Puxei do bolso um canivete enferrujado que me servia para apontar lápis e, sorrateiro, produzi dois ou três talhos disformes no verso da bainha preta do belo espadim.

Por tudo que eu disse, algumas pessoas podem julgar-me à primeira vista um jovem dado a ser poeta. Devo dizer que até hoje nada escrevi, nem mesmo uma nota, muito menos poesia. Faltava-me motivação para sobressair, cultivando qualidades que compensassem as minhas deficiências. Em outras palavras, eu era presunçoso demais para ser artista. O sonho de me ver déspota ou um grande artista nunca passou disso — de mero sonho. Nunca tive a menor disposição para pôr mãos à obra e realizar um propósito.

Ser incompreendido se tornara meu único motivo de orgulho, portanto não me via compelido a desenvolver esforços para ser compreendido. A fatalidade me negara atributos visíveis — eu assim acreditava. Minha solidão engordava dia a dia. Como porco.

Nesse ponto, minhas memórias de repente vão de encontro a um trágico incidente ocorrido na aldeia. Embora não houvesse motivo algum para eu estar envolvido nesse incidente, permanece comigo a indelével sensação de ter, na realidade, não apenas me envolvido nos eventos mas deles tomado parte ativa.

O incidente me pôs face a face com tudo, e de uma só vez: vida, paixão carnal, traição, ódio e amor — enfim, tudo. Mas minha memória recusou e desprezou de bom grado o que havia de sublime, latente em todas essas coisas.

Duas casas além daquela de meu tio, vivia uma bela jovem. Chamava-se Uiko. Seus olhos eram grandes e límpidos. Era dada a atitudes sobranceiras, quem sabe por pertencer a uma família de posses. Adulada por todos, notava-se, no entanto, algo solitário e enigmático em seu comportamento. Mulheres invejosas comentavam em fuxicos que seu rosto denotava traços típicos de uma mulher estéril, muito embora ela ainda fosse, provavelmente, virgem.

Logo após concluir seus estudos em um colégio feminino, Uiko se apresentara como enfermeira voluntária no Hospital da

Marinha de Maizuru. O trajeto de sua casa até o hospital podia ser coberto por bicicleta. Contudo, para apresentar-se de manhã ao serviço, ela precisava deixar a casa cedinho de madrugada, duas horas antes de nossa partida para a escola.

Uma noite em que devaneios obscuros e deprimentes, associados à imagem do corpo de Uiko, me perturbaram todo o sono, deixei o leito com o dia ainda escuro e, calçando sapatos de ginástica, saí à madrugada de um dia de verão.

Não fora essa a primeira noite perdida em devaneios ensejados pelo corpo de Uiko. Isso costumava acontecer de tempo em tempo, mas a imagem do corpo da jovem começava aos poucos a aderir-se ao meu pensamento. Nele, a imagem se materializava, consubstanciava-se em figura carnal, odorosa, alva e resiliente, nascida na obscuridade. Imaginava a sensação de calor que viria à ponta de meus dedos, bem como a resistência elástica de seu corpo ao tocá-lo. E o odor semelhante ao do pólen de uma flor.

Segui correndo em linha reta estrada afora dentro da escuridão. As pedras não me fizeram tropeçar e as trevas adiante me abriam passagem.

Pouco além a estrada se alargava e chegava-se aos limites do bairro de Yasuoka, aldeia de Shiraku. Havia nesse ponto um olmo gigantesco, cujo tronco impregnado do sereno da madrugada estava úmido. Ocultei-me entre suas raízes e aguardei pela bicicleta de Uiko, que viria da aldeia.

Entretanto, não havia propósito algum nessa espera. Viera correndo, resfolegando durante a corrida, mas ao me acalmar sob o olmo não tinha ideia do que pretendia. Por ter levado a vida sem nenhum contato com o mundo, eu me iludia acreditando que tudo seria fácil, que eu seria capaz de tudo quando entrasse em contato com esse mundo.

Mosquitos me mordiam a perna. Cá e lá, os galos começavam a cantar. Perscrutei a estrada por onde viera. Algo branco e indistinto se erguia ao longe, quem sabe um reflexo da alvorada. Mas era Uiko.

Pareceu-me que ela conduzia a bicicleta. O farol dianteiro se acendeu. A bicicleta se aproximava sem ruído. Eu saí correndo de trás do tronco da árvore e a interceptei. A bicicleta foi freada perigosamente.

Eu me senti petrificado nesse momento. Vontade, desejo, tudo se fazia pedra. Indiferente ao que ocorria em meu interior, o mundo ao meu redor voltava a manifestar sua irrefutável presença. Eu, que saíra da casa de meu tio para vir correndo pelas trevas do amanhecer até este olmo em calçados de ginástica, outra coisa não fizera senão empreender uma corrida esbaforida por meu mundo interior. Tanto os telhados da aldeia que se delineavam difusamente na obscuridade da alvorada como o vulto negro das árvores, o cume escuro do monte Aoba, e mesmo Uiko, bem diante dos meus olhos, careciam espantosa e absolutamente de sentido. Mas sem que me desse conta todas essas coisas haviam adquirido realidade — uma enorme e negra realidade, destituída de qualquer sentido, que me estava sendo agora impingida e me ameaçava.

Como sempre, acreditei que palavras seriam a minha única tábua de salvação. Era uma incompreensão peculiar. As palavras sempre absorvem minha atenção quando uma ação é necessária. Isso acontece porque elas custam a sair da boca e, preocupado, acabo esquecendo a ação. Acreditava que as ações, por serem fascinantes, deviam vir sempre acompanhadas de palavras igualmente fascinantes.

Eu nada via. Mas agora, quando me recordo, penso que Uiko, a princípio amedrontada, passara a observar minha boca ao me reconhecer. Com certeza, aquele pequeno orifício escuro e insignificante que debalde se mexia na obscuridade do amanhecer, o pequeno orifício mais parecido com a toca suja e feia de um minúsculo animal dos campos, essa minha boca, prendera inteiramente sua atenção. E certa de que nenhuma energia vinculada ao mundo seria por ela expelida, Uiko se acalmou.

— Mas o que é isso? Que coisa feia! Ainda mais você, um gago! — disse Uiko. Havia em sua voz a pureza e o frescor da brisa matinal. Em seguida, firmou o pé novamente sobre o pedal da bicicleta e fez soar a campainha. Contornou-me, como se desviasse de uma pedra. E enquanto ela se distanciava além dos arrozais ao longe, ainda ouvi o som da campainha que ela acionava com insistência, certamente para escarnecer de mim, pois não se via viva alma àquela hora.

Nessa noite, por denúncia de Uiko, sua mãe foi ter à casa de meu tio. Fui severamente repreendido por ele, uma pessoa normalmente calma e bondosa. Amaldiçoei Uiko e passei a desejar sua morte. Meses depois a maldição se concretizou. Desde então, adquiri confiança no poder da minha maldição.

Eu rogava dia e noite morte a Uiko. Desejava que a testemunha da minha vergonha desaparecesse para sempre. Sem testemunhas, a vergonha seria extinta da face da Terra. As pessoas são todas elas testemunhas. A vergonha jamais surgirá sem elas. Percebi por trás do vulto de Uiko, de seus olhos que reluziam feito água no escuro e se fixavam em minha boca, o mundo das pessoas — o mundo das pessoas que nunca me deixavam só e que se adiantavam para se fazerem cúmplices ou testemunhas. As pessoas deviam ser destruídas. O mundo devia ser destruído. Só assim eu poderia voltar minha face ao Sol.

Passados dois meses da denúncia, Uiko deixou o serviço no hospital para se recolher a sua casa. As pessoas da aldeia propalavam comentários sobre isso. O incidente aconteceu no fim do outono.

Nem por sonho imaginávamos que um desertor da Marinha se refugiara na aldeia. Então, por volta do meio-dia um policial do Exército apareceu na prefeitura. Entretanto, tal fato não constituía nenhuma novidade e não nos despertou atenção.

Nesse dia luminoso de fim de outono, eu fora como sempre à escola, fizera meus deveres da noite e me preparava para dormir. Ergui-me a fim de apagar a luz e, ao espiar casualmente nessa hora, pela janela, a rua embaixo, ouvi passadas de uma multidão que corria resfolegante, como uma matilha de cães. Desci as escadas. Na porta de entrada, encontrei um dos meus colegas de escola, que, de olhos arregalados, nos anunciou aos brados, a mim e aos meus tios que acabavam de sair do leito:

— A polícia do Exército acabou de prender Uiko lá fora! Vamos até lá!

Calcei apressadamente um *getá* e comecei a correr. A noite estava enluarada. Os cavaletes para a secagem do arroz lançavam, aqui e ali, sombras nítidas sobre os arrozais já colhidos.

Vultos negros se aglomeravam em torno de um arvoredo. Uiko, bastante empalidecida, estava sentada no chão trajando um vestido escuro. Quatro ou cinco soldados da polícia do Exército postavam-se a seu lado juntamente com os pais dela. Um dos soldados vociferava, exibindo algo parecido com uma lancheira. O pai se voltava de um lado para o outro, proferindo palavras de desculpas aos soldados e repreendendo a filha. A mãe, agachada, se encolhia em prantos.

Nós observávamos a cena do lado oposto de um arrozal. Os curiosos se aglomeravam cada vez mais, apertando-se ombro a ombro em silêncio. A Lua, pequena como se tivesse sido espremida, achava-se a prumo sobre nossas cabeças.

Meu colega explicou-me, sussurrando ao meu ouvido, que ela saíra de casa sorrateiramente com a lancheira embrulhada e tentara seguir para a aldeia vizinha; que fora apanhada em uma emboscada armada pelos soldados da polícia do Exército; que, sem dúvida, o lanche que levava era para o desertor; que ela o conhecera no Hospital da Marinha, engravidara e fora expulsa do hospital; que o soldado da polícia do Exército pressionava Uiko para que ela revelasse o esconderijo do desertor, mas ela permanecia sentada, sem dar um passo sequer, obstinadamente calada.

Eu estava de olhos presos no rosto de Uiko, sem pestanejar um só instante. Ela me parecia uma detenta enlouquecida. A expressão de seu rosto banhado pelo luar não apresentava um só movimento.

Nunca até hoje vi um rosto assim cheio de rejeição. Eu diria que meu rosto foi rejeitado pelo mundo. Mas o de Uiko rejeitava o mundo. Impiedoso, o luar escorria sobre sua testa, seus olhos, seu nariz e suas faces. Entretanto, aquele rosto se deixava apenas lavar pelo luar, sem demonstrar nenhuma alteração. Se movesse os olhos ou os lábios, por mínimo que fosse, a esse sinal o mundo que ela rejeitava investiria contra ela, assaltando-a em avalanche por essa brecha.

Com a respiração contida, eu não despregava os olhos desse rosto. Ele sustinha o curso de sua história. Não dirigia uma só palavra, quer ao passado, quer ao futuro. Rostos assim estranhos podem ser vistos algumas vezes sobre o cepo de uma árvore que acabou de ser abatida. O cepo, embora fresco ainda e vividamente colorido, já deixou porém de crescer. E sobre a superfície do corte transversal, exposta repentinamente ao mundo que não é o seu e batida pelo sol e pelo vento como nunca deveria ter acontecido, surge um estranho rosto delineado pelos belos veios da madeira — um rosto que chegou a este mundo apenas para mostrar rejeição...

Não pude deixar de sentir que jamais voltaria a ocorrer, tanto na vida de Uiko como na minha, de observador, um instante de tamanha beleza desse rosto. Entretanto, não perdurou tanto quanto pensei. Uma súbita transformação surgia no belo rosto.

Uiko se levantara. Creio tê-la visto sorrir. Creio ter visto seus dentes brilharem ao luar. Mais não poderia dizer sobre essa transformação, pois quando ela se ergueu seu rosto fugiu da ostensiva claridade da lua e se escondeu nas sombras do arvoredo.

Foi de todo lastimável ter perdido a visão completa dessa transformação, ocorrida no instante em que ela decidiu trair. Se a tivesse presenciado em detalhes, quiçá houvesse nascido na minha alma o espírito do perdão — de perdoar as pessoas, inclusive todos os seus horrores.

Uiko apontou o dedo para os recessos da montanha de Kawara, na aldeia vizinha.

— O Templo de Kongo! — gritou o soldado.

Depois disso, eu me vi excitado como criança em festa. Os soldados da polícia do Exército se separaram para cercar o templo de todos os lados. Requisitaram para isso a ajuda do povo. Por maldosa curiosidade, juntei-me a outros quatro ou cinco jovens e participei do primeiro grupo, que levava Uiko à frente como guia. Seus passos, enquanto conduzia o grupo pela estrada enluarada seguida de perto pelos soldados, eram espantosamente firmes e confiantes.

O Templo de Kongo é famoso. Situa-se nos recessos de uma montanha, quinze minutos a pé de Yasuoka. Havia ciprestes em seus recintos, plantados pelas próprias mãos do príncipe Takaoka, e um pagode de três andares, cuja construção era atribuída a Hidari Jingoro. Eu costumava banhar-me nas águas da cascata existente em um morro atrás do templo.

O muro do templo principal estendia-se ao lado de um rio. O muro de barro, já derrocado, estava tomado por capim dos pampas, cujas espigas alvas brilhavam dentro da noite. O *sazanka* florescia junto ao portão do templo principal. O grupo prosseguia silencioso pela margem do rio.

O salão principal do Templo de Kongo achava-se um pouco mais acima. Atravessando a ponte de troncos de árvore, o pagode de três andares ficava à direita, tendo à esquerda um bosque com árvores carregadas de folhas avermelhadas de outono. Ao fundo do bosque subia uma escadaria de cento e cinco degraus cobertos de musgo. A escadaria, por ser de calcário, era escorregadia.

Pouco antes de cruzar a ponte, o soldado voltou-se e nos deteve agitando os braços. Dizem que nesse local havia antigamente um portal dos deuses Niô, esculpidos por Unkei e Tankei. Além desse ponto, as montanhas do vale Kuzura já fazem parte dos recintos do Templo de Kongo.

Nós estávamos com a respiração suspensa.

Os soldados apressaram Uiko. Ela atravessou sozinha a ponte. Momentos depois, nós a seguimos. Os degraus inferiores da escadaria se envolviam em sombras. Porém o luar os iluminava da metade para cima. Nós nos ocultamos espalhados em meio às trevas da área inferior. As folhas começavam a adquirir as cores de outono, mas, sob o luar, pareciam enegrecidas.

O salão principal do templo achava-se logo acima da escadaria. Dali, estendendo-se à esquerda, em diagonal, uma galeria conduzia a um salão vazio, provavelmente destinado às danças rituais de *kagura*. O salão se projetava no espaço apoiado sobre uma estrutura montada em colunas e travessões interligados que lhe dava suporte desde o fundo do vale, à semelhança da plataforma do Templo de Kiyomizu. Tanto o salão principal como a galeria, assim como suas estruturas de madeira, apresentavam-se imaculadamente brancos, expostos como estavam à chuva e ao vento. Mais pareciam a ossada de um esqueleto.

Entretanto, quando as folhas adquirissem a plena coloração do outono, sua cor avermelhada e a alvura do arcabouço esquelético da construção comporiam com certeza uma harmoniosa combinação. À noite, porém, manchada pelas sombras do luar, a alva estrutura de madeira se afigurava ao mesmo tempo sinistra e sensual.

O desertor se escondera aparentemente no salão acima da plataforma. O soldado pretendia capturá-lo, utilizando Uiko para atraí-lo.

Nós, testemunhas dessa ação, estávamos ocultos nas sombras. Eu sentia as faces afogueadas pelo ar gelado dos últimos dias de outubro que me envolvia.

Uiko subia sozinha os cento e cinco degraus da escadaria de calcário. Orgulhosa como uma mulher ensandecida. A alvura de seu belo perfil se destacava entre a cor escura de seu vestido e seus cabelos negros. A Lua, as estrelas, as nuvens no céu noturno, o perfil das montanhas serrilhado de cedros pontiagudos recortando o céu, o mosaico das sombras do luar, as construções esbranquiçadas emergentes da escuridão — mais que todas essas coisas, a beleza cristalina da traição de Uiko me inebriava. Era a única qualificada a galgar sozinha e de peito aberto aquela alva escadaria. Sua traição era o mesmo que as estrelas, a Lua e os cedros pontiagudos. Em outras palavras, era o mesmo que viver neste mesmo mundo habitado por nós, testemunhas, o mesmo que aceitar toda esta natureza. Ela galgava as escadarias em nosso nome.

"Ao trair, ela finalmente me aceitou, a mim também! Agora, ela me pertence!" — não pude me furtar a esse pensamento. Eu ofegava.

Incidentes são coisas que desaparecem da nossa memória a partir de certo instante. Uiko, que galgava os cento e cinco degraus da escadaria coberta de musgos, permanecia ainda diante dos meus olhos. Parecia prosseguir subindo pela eternidade.

Mas então ela se transfigurou. Creio que Uiko me traiu, traiu a todos nós outra vez quando terminou de subir a escadaria. Depois disso, ela deixou de rejeitar por inteiro o mundo. Tampouco o aceitou por inteiro. Entregou-se apenas aos ditames da paixão e se deixou decair a ponto de se tornar uma mulher dedicada exclusivamente a um homem. Por essa razão, só posso recordar-me disso como uma cena extraída de alguma velha litografia.

Uiko atravessou a galeria e ergueu a voz para a escuridão do salão. Dela, surgiu uma sombra. Uiko dirigiu-lhe algumas palavras. O homem disparou o revólver que tinha em mãos na direção dos lances médios da escadaria. Em resposta, um soldado disparou sua arma do interior das macegas que cresciam nessa área. O homem apontou sua arma desta vez para Uiko, que fugia em direção à galeria, e desferiu tiros seguidos às suas costas. Uiko caiu. O homem encostou o cano do revólver à própria têmpora e disparou...

Na pressa de se aproximar do cadáver de ambos, as pessoas subiram correndo a escadaria, lideradas pelo soldado da polícia do Exército. Indiferente, permaneci oculto entre as folhas avermelhadas do outono. A alva estrutura de troncos de madeira entrecruzados se erguia acima da minha cabeça. Bastante atenuado, o ruído dos passos sobre o piso da galeria ao alto da estrutura descia flutuando pelo ar. Faixas luminosas de faroletes cruzavam a escuridão e se projetavam para fora do balaústre, alcançando os ramos cobertos das folhas de outono.

Tudo parecia ter acontecido em um passado remoto. Os insensíveis só se perturbam ao ver sangue, mas quando isso acontece a tragédia já se consumou. Cochilei sem perceber. Esquecido por todos, despertei quando os arredores se enchiam do chilreado dos passarinhos e o sol da manhã penetrava fundo sob os ramos inferiores das árvores. A construção alva e esquelética recebia o sol por baixo do piso e parecia ressuscitar. Quieta e orgulhosa, ela projetava o salão vazio sobre o vale resplandecente de folhas vermelhas de outono.

Eu me levantei estremecendo e me esfreguei. Apenas o frio me restava no corpo. O que me restava era apenas o frio.

Durante as férias de primavera do ano seguinte, meu pai visitou a casa de meu tio vestindo sobre o uniforme civil da época da guerra a toga sacerdotal. Ele desejava levar-me a Quioto por dois ou três dias. Os males do pulmão que o atormentavam se agravaram, e eu me assustei com seu abatimento. Nós nos opusemos a essa viagem, não apenas eu mas também meus tios. Entretanto, meu pai não quis nos ouvir. Ao rememorar mais tarde o que se passou, acredito que ele desejava apresentar-me enquanto ainda era vivo ao prior do Pavilhão Dourado.

A visita ao Pavilhão não deixava de ser um sonho de longos anos, mas eu relutava em viajar em companhia de meu pai, que embora procurasse mostrar-se seguro passava a qualquer um que o visse a impressão de um enfermo grave. A hesitação tomava conta do meu espírito à medida que se aproximava o dia do encontro com o Pavilhão Dourado que eu jamais vira. Era de toda forma necessário que o Pavilhão fosse esplêndido. Tudo apostei — não na beleza intrínseca dele, mas na capacidade do meu espírito em imaginá-lo belo.

Eu tinha bons conhecimentos sobre o Pavilhão Dourado, tanto quanto me permitia a pouca idade. Livros convencionais sobre a arte descreviam sua história nos seguintes termos:

"A mansão de Kitayama que Ashikaga Yoshimitsu recebeu da família Saionji foi por ele transformada em uma vila portentosa. Fazem parte da arquitetura principal da vila o conjunto budista constituído do Pavilhão do Relicário, do Salão de Preces, do Confessionário e do Templo da Água Sagrada, e o conjunto habitacional composto, entre outros, do Alojamento Imperial, Salão dos Nobres, Salão de Reunião, Mirante de Tenkyo, Torre Kyohoku, Quiosque da Fonte e Pavilhão Kansetsu. O Pavilhão do Relicário, que, entre todos, mereceu maiores cuidados, foi posteriormente denominado Pavilhão Dourado. É difícil saber ao certo quando esse Pavilhão passou a ser chamado dessa forma, mas, ao que parece, isso se deu após o Conflito de Ohnin. No período Bunmei (1469-1487), esse nome já era notório.

"O Pavilhão Dourado possui uma estrutura em forma de torre de três pavimentos que faz face a um extenso lago ajardinado — o lago Kyoko. Acredita-se que tenha sido erguido por volta de 1398 (quinto ano do período Oei). O térreo e o primeiro andar, construídos em um estilo arquitetônico residencial denominado *shinden*, são guarnecidos por persianas dobráveis. O segundo andar, de cinco ou seis metros quadrados, é um salão de culto budista construído em puro estilo zen, tendo ao centro portas corrediças e janelas *katoh* à direita e à esquerda. O telhado é feito de casca de cipreste ao estilo *hogyo* e ostenta uma fênix de bronze dourada. Um pavilhão de pesca, o Sosei, com telhado de duas águas, projeta-se sobre o lago, quebrando a monotonia do conjunto arquitetônico. A suave inclinação do telhado do Pavilhão termina em um beiral em forma de canaleta. A fina textura da madeira proporciona uma estrutura leve e elegante. A mescla de arquitetura budista e arquitetura residencial faz do Pavilhão uma obra-prima da arquitetura paisagística e revela a influência da cultura da Corte Imperial sobre o gosto de Yoshimitsu, dando bem a perceber a atmosfera do período.

"Após a morte de Yoshimitsu e em respeito à sua vontade, o Palácio de Kitayama foi transformado em um templo zen e recebeu o nome de Rokuonji. Mais tarde, suas estruturas foram transferidas de lugar e abandonadas. Felizmente, o Pavilhão Dourado foi o único a ser conservado..."

O Pavilhão Dourado fora construído como o símbolo de um período de trevas, uma lua resplandecente em um céu noturno. Era assim necessário que o Pavilhão dos meus sonhos tivesse trevas por cenário — trevas que o assaltassem por todos os lados. Imersas nessas trevas, suas colunas esbeltas e formosas repousariam em silêncio, iluminadas por uma doce claridade vinda do interior. Os homens poderiam lhe dirigir palavras à vontade, mas o belo Pavilhão Dourado deveria responder com o silêncio e subsistir às trevas apenas expondo sua delicada arquitetura.

Pensei também na fênix, submetida por longos anos ao vento e à chuva no topo do telhado. Esse divino pássaro dourado que não batia asas nem cantava até se esquecera, com certeza, de que era um pássaro. Mas seria engano pensar que ele não voava. Enquanto outros pássaros voam pelo espaço, essa fênix dourada abre suas asas reluzentes e voa, através do tempo, pela eternidade. As horas deslizam por suas asas. Deslizam por elas e passam correndo. Para manter-se em voo, basta à fênix permanecer imóvel arregalando seus olhos irados, erguendo alto suas asas, as penas de sua cauda ao vento, e firme sobre as imponentes patas douradas.

Pensando bem, o próprio Pavilhão Dourado parecia um esplêndido barco a cruzar os mares do tempo. A "arquitetura bem arejada de poucas paredes", descrita pelos livros de arte, me evocava o arcabouço de um barco, enquanto o lago diante desse magnífico barco de dois andares me lembrava o mar. O Pavilhão cruzara noites e noites em uma viagem interminável. Durante o dia, o barco misterioso lançava inocentemente as âncoras, deixando-se observar por uma multidão de pessoas. À noite, enfunava seu telhado como vela e, impelido pelas trevas, partia em viagem.

Não exagero ao afirmar que o primeiro problema com que me defrontei na vida foi a questão da beleza. Meu pai não passava de um humilde monge provinciano com conhecimentos deficientes de vocabulário. Tudo que ele pôde me ensinar foi que "nada neste mundo era mais belo que o Pavilhão Dourado". O simples pensamento de que a beleza já existia em algum lugar desconhecido causava-me descontentamento e ansiedade. Porque se de fato ela existisse nesse lugar, então minha própria existência seria algo alheio a ela.

O Pavilhão Dourado nunca foi para mim um simples conceito. Pois embora as montanhas me impedissem de avistá-lo, era uma obra concreta que eu poderia admirar a qualquer momento se assim o desejasse. Desse modo, beleza era algo que os dedos podiam tocar, e os olhos captar com toda a nitidez. Eu não só acreditava como também sabia que o Pavilhão Dourado continuava seguro e imutável, resistindo às transformações deste mundo.

Às vezes ele me parecia uma peça de artesanato delicada e pequena que eu poderia ter em minhas mãos, às vezes uma catedral enorme e monstruosa que se elevava infinitamente ao céu. Eu não conseguia conceber, na minha mentalidade de adolescente, que a beleza não podia ser nem grande nem pequena, mas moderada. Por isso, quando via uma pequena flor de verão brilhar suavemente molhada pelo orvalho da manhã, eu a achava tão bela quanto o Pavilhão Dourado. E também, quando nuvens pesadas se erguiam por trás da montanha carregadas de tempestade, com as bordas de sua massa negra douradas e reluzentes, esse espetáculo majestoso me sugeria o Pavilhão. Por fim, até quando eu via um belo rosto eu o qualificava em pensamento: "Belo como o Pavilhão Dourado!".

A viagem a Quioto foi triste. Os trens da linha Maizuru partiam da estação Maizuru Oeste, paravam em pequenas estações intermediárias como Magura e Uesugi e chegavam a Quioto passando por Ayabe. Os vagões eram sujos e, na área lindeira à ravina de Hozuki, onde os túneis são frequentes, a fumaça invadia sem piedade o interior do trem. Sufocado pela fumaça, meu pai tossia a toda hora.

Muitos dos passageiros eram pessoas ligadas de alguma forma à Marinha. Os vagões da terceira classe estavam repletos de suboficiais, marinheiros, operários e pessoas de suas famílias que tinham ido visitá-los no Centro de Treinamento da Marinha.

Eu observava da janela o céu nublado da primavera. Observei o peito de meu pai sob a toga sacerdotal vestida sobre o uniforme civil e, também, os peitos dos jovens suboficiais cheios de vitalidade, que estufavam os uniformes de botões dourados a ponto de arrebentá-los. Senti-me a meio caminho entre eles e meu pai. Não tardaria para que eu atingisse a maioridade. Seria então convocado a servir. Mesmo que me tornasse soldado, conseguiria permanecer fiel aos meus deveres, como esses suboficiais diante dos meus olhos? De qualquer forma, eu me via naquele momento situado em dois mundos. Com esta minha cabeça feia, turrona para um jovem de uma idade como a minha, eu percebia que o mundo da morte regido por meu pai e o mundo da vida pertencente aos moços juntavam-se intermediados pela guerra. Eu seria com certeza o nó dessa junção. Se morresse na guerra, isto ficaria pelo menos evidente: tivesse eu seguido por qualquer dos caminhos desta encruzilhada aberta diante de mim, o resultado teria sido absolutamente o mesmo.

Minha juventude se tingia das cores turvas da madrugada. O mundo tenebroso da escuridão me apavorava, mas, por outro lado, não concebia que pudesse existir uma vida onde tudo surgisse perfeitamente claro como a plena luz do dia.

Sempre que eu cuidava das tosses de meu pai, via de relance o rio Hozu pela janela do vagão. Tinha uma cor fortemente azulada, de uma tonalidade azul ultramarina insistente — cor de sulfato de cobre utilizado em experiências químicas. Todas as vezes em que o trem emergia de um túnel, a ravina de Hozu ora se fazia distante da via férrea, ora se aproximava dela de maneira surpreendente. Cercada de rochas lisas, ela girava sem parar, como um torno, as águas densamente azuladas.

Meu pai se envergonhava de abrir dentro do trem os lanches de bolo de arroz branco.

— Não é arroz procedente de mercado negro. Vem do coração dos meus paroquianos, e por isso devo aceitá-lo agradecido — dizia ele em voz alta para que todos ouvissem, antes de passar a se servir. Mas ele mal conseguia comer um dos bolos, por sinal não muito grandes.

Não me parecia que esse trem velho e fuliginoso se dirigisse a uma metrópole. Antes, dava-me a impressão de se dirigir à estação chamada Morte e me levava a sentir o odor de crematório na fumaça que invadia o trem a cada túnel.

Contudo, quando me vi diante do portão principal de Rokuonji, meu coração, naturalmente, palpitou. Estava prestes a admirar o que havia de mais belo em todo o mundo.

O sol se inclinava sobre o horizonte e as montanhas se envolviam em brumas. Vários visitantes cruzaram o portão conosco. Do lado esquerdo, havia um pequeno bosque de ameixeiras ainda com flores cercando a torre do campanário.

Meu pai se anunciou à entrada do salão principal, defronte à qual havia um carvalho enorme. O prior atendia um visitante e pedia que aguardássemos por vinte ou trinta minutos.

— Enquanto isso vamos dar uma volta e olhar o Pavilhão Dourado — disse meu pai.

Acredito que ele quis ser admitido pelo portão dos visitantes sem o bilhete de entrada e mostrar ao filho sua influência. Entretanto, passados mais de dez anos, tanto o vendedor de bilhetes e amuletos como o fiscal do portão não eram os mesmos da época em que ele visitava amiúde o Pavilhão.

— Da próxima vez, já serão outras pessoas — disse ele em tom soturno. Mas senti que ele não acreditava mais nessa "próxima vez".

Entretanto, mostrei-me alegre de propósito, feito criança (isso só acontecia quando eu representava conscientemente o papel de criança), e me adiantei quase a correr. De pronto o tão sonhado Pavilhão Dourado surgiu inteiramente aos meus olhos.

Eu me achava à margem do lago Kyoko e via o Pavilhão do outro lado do lago. O sol em declínio iluminava frontalmente sua fachada. O pavilhão de pesca Sosei, meio oculto, estava do lado esquerdo. A superfície do lago onde algas e plantas aquáticas flutuavam esparsas refletia com nitidez a imagem do Pavilhão Dourado. A imagem me parecia até mais perfeita que o próprio Pavilhão. Os reflexos do sol poente sobre o lago ondulavam sob o beiral dos telhados dos três pavimentos. Esses reflexos, claros e brilhantes demais em comparação com a luminosidade do ambiente, faziam o Pavilhão parecer empertigado, um pouco inclinado para trás como um desenho em que a perspectiva fora propositadamente distorcida.

— Então, não é lindo? O andar térreo é conhecido por Hosui-in, o primeiro andar por Cho-ondo e o segundo por Kukyo-cho.

A mão doentia e magra de meu pai estava sobre o meu ombro.

Observei o Pavilhão de diversos ângulos e também inclinei a cabeça em posições diversas. Mas nenhuma emoção sobreveio.

Tratava-se apenas de uma pequena construção enegrecida de dois andares. Mesmo a fênix, no topo do telhado, me parecia um corvo ali pousado. Longe de ser belo, o Pavilhão me dava uma impressão de desarmonia e discordância. Poderia a beleza ser assim feia? — eu me perguntei.

Fosse eu um menino mais modesto e estudioso, teria quem sabe deplorado essa falta de senso estético antes de entregar-me tão prontamente ao desencanto. Mas a amargura por ter sido traído pelo objeto cuja beleza meu espírito tanto tivera como certa me usurpara qualquer outra reflexão.

Cheguei a pensar que o Pavilhão estivesse disfarçando sua beleza sob uma estranha fantasia. Era perfeitamente plausível que a beleza iludisse os olhares para se proteger. Eu precisava aproximar-me dele, afastar os obstáculos que se mostravam feios ao meu olhar, examinar em minúcias todos os detalhes e constatar com os próprios olhos a essência da beleza — nada mais natural, uma vez que eu acreditava tão somente na beleza perceptível ao olhar.

Meu pai levou-me até a entrada do Hosui-in, onde se deteve respeitosamente. Observei em primeiro lugar uma pequena maquete do Pavilhão, habilmente construída, guardada em uma caixa de vidro. Essa maquete me agradou. Correspondia até melhor ao Pavilhão Dourado dos meus sonhos. Essa pequena réplica perfeita existente no interior do Pavilhão maior sugeria em meu espírito uma correspondência infinita, como a presença de um pequeno universo encaixado em um grande universo. Pude sonhar pela primeira vez com uma réplica do Pavilhão ainda menor mas perfeita, e com um outro Pavilhão Dourado infinitamente maior, capaz de abarcar o mundo todo.

Entretanto, não me deixei prender indefinidamente diante da maquete. Meu pai me conduziu em seguida até a famosa estátua de Yoshimitsu, um tesouro nacional. Essa estátua de madeira é conhecida como estátua de Rokuon-inden Michiyoshi, nome conferido a Yoshimitsu após a tonsura monacal.

Uma estátua estranha e suja, assim me pareceu. Não consegui sentir beleza alguma nessa estátua. Subi ao Cho-ondo no primeiro andar e vi no teto a pintura de seres celestiais em concerto musical atribuída a Kanoh Masanobu; fui ao Kukyo-cho, no último andar, e vi os pobres restos do revestimento de folhas de ouro — outra vez, em nada encontrei beleza.

Apoiei-me no gradil delgado e, absorto, fiquei contemplando a superfície do lago, bem abaixo. O lago, iluminado pelo sol da tarde, parecia um espelho de bronze patinado de épocas remotas, sobre o qual a imagem do Pavilhão incidia diretamente. O céu da tarde espelhava muito além das algas e plantas aquáticas um céu em nada igual ao que se estendia sobre nossa cabeça. Puro e iluminado, ele atraía ao interior e à profundeza tudo que havia sobre a face da Terra. Nele o Pavilhão Dourado mergulhava como uma enorme âncora de ouro puro enegrecida pela oxidação.

A amizade entre meu pai e o prior Tayama Dosen vinha da época em que ambos estudaram em um templo zen. Juntos haviam exercitado a prática do zen em três anos de convivência. Tinham sido admitidos no seminário especializado de Shokokuji — também construído pelo xogum Yoshimitsu — após passarem por um severo estágio probatório tradicionalmente imposto aos iniciantes. Mais tarde, contou-me o monge Dosen em um momento de bom humor, eles compartilharam não apenas os rigores da vida monástica mas também aqueles momentos de felicidade quando, passada a hora de recolhimento à noite, saltavam o muro às escondidas para irem comprar mulheres em prostíbulos.

Terminada a visita ao Pavilhão Dourado, nós, pai e filho, retornamos à entrada do salão principal e fomos conduzidos por um largo e extenso corredor à sala do prior. Ela fazia face a um jardim onde se via um pinheiro famoso, cujos ramos lembravam um navio.

Fiquei sentado, rígido, em meu uniforme de estudante, de joelhos juntos, mas meu pai se descontraiu prontamente ao chegar à sala. Embora tivessem tido a mesma formação, meu pai e o prior eram bem diferentes na aparência. Meu pai, abatido pela doença, tinha aspecto de pobre e pele ressequida, enquanto o reverendo Dosen parecia um doce rosado. Havia sobre sua mesa pilhas de pacotes, revistas, livros e cartas com os envelopes ainda fechados, enviados de todas as partes do país, atestando a opulência do templo. O monge apanhou uma tesoura com seus dedos gordos e abriu destramente um dos pacotes.

— São doces enviados de Tóquio. Doces como esses são raros hoje em dia. Dizem que não são colocados nas lojas porque são reservados apenas ao Exército e aos órgãos do governo.

Tomamos um chá leve e comemos o doce, parecido com bolo seco de procedência ocidental, que eu nunca havia provado antes. Quanto mais tenso eu ficava, mais migalhas caíam sobre as minhas calças de sarja negra e lustrosa.

O prior e meu pai mostravam-se revoltados com o tratamento respeitoso que os militares e funcionários do governo reservavam apenas aos templos xintoístas, em contraste com o desprezo demonstrado pelos templos budistas. E discutiam assuntos como o futuro da administração dos templos budistas.

O prior era um homem gordo. Tinha faces enrugadas, em que cada uma das rugas parecia ter sido lavada até o fundo da dobra da pele. Seu rosto era rechonchudo. O nariz alongado dava a impressão de uma resina escorrida e solidificada. Apesar desse rosto, a cabeça raspada transmitia severidade, como se a energia toda se concentrasse nela. Havia algo animalesco naquela cabeça.

Os dois passavam a recordar a vida de seminarista. Eu observava o pinheiro em forma de navio. Os ramos desse imenso pinheiro estendiam-se alongados e rentes ao chão, lembrando o casco de um navio. Apenas os ramos da extremidade se erguiam juntos para o alto. Um grupo chegara ao que parece um pouco antes do horário do término das visitas, pois percebi do outro lado do muro um burburinho vindo da direção do Pavilhão Dourado. Tanto as vozes como o ruído dos passos perdiam as arestas e soavam arredondados e suaves, amortecidos pelo céu da tarde desse dia de primavera. Particularmente, os passos dos visitantes que refluíam como maré soavam para mim como passos da caravana de almas perdidas que deixam este mundo. Detive o olhar na fênix no topo do Pavilhão. Do alto do telhado, ela absorvia toda a luminosidade remanescente do entardecer.

— Quanto a este meu filho, veja você... — ouvi meu pai dizer, e me voltei para ele. De repente, meu futuro estava sendo posto nas mãos do reverendo Dosen naquela sala quase escura.

— Sei que não viverei por muito tempo, e por isso peço que olhe por ele quando a minha hora chegar...

Muito apropriadamente, o monge deixou de lado as palavras banais de conforto e limitou-se a responder:

— Está tudo bem. Eu me encarrego disso.

Espantou-me que em seguida os dois se puseram a falar alegremente de episódios que envolviam a morte de monges famosos. Um deles teria dito antes de expirar: "Ah, não quero morrer!". Outro teria repetido ao morrer as palavras de Goethe: "Mais luz!". E outro ainda passara os últimos momentos de sua vida contando seu dinheiro.

À noite, recebemos uma refeição frugal, conhecida entre os monges da seita zen como "pedra medicinal", e recebemos permissão para pernoitar no templo. Após a refeição, entretanto, convidei meu pai para irmos observar o Pavilhão Dourado outra vez. Propus isso porque a lua surgira.

Ele se achava extenuado, excitado pela longa conversa que tivera com o prior, com quem havia muito não se encontrava. Contudo, bastou falar do Pavilhão para que me acompanhasse ofegante, apoiado ao meu ombro.

A lua se erguia das fraldas do monte Fudo. O Pavilhão recebia o luar atrás de si e parecia dobrar em silêncio sua sombra complexa. Apenas as molduras das janelas do Kukyo-cho permitiam que as delicadas sombras da lua escorregassem para o seu interior. O Kukyo-cho, todo aberto, parecia a morada do doce luar.

Das sombras da ilha Ashiwara, um pássaro noturno lançou um grito e levantou voo. Eu sentia em meu ombro o peso da mão descarnada de meu pai. Olhei para o ombro e vi que o luar fazia da mão um esqueleto esbranquiçado.

Depois que retornei a Yasuoka, o Pavilhão Dourado, que tanta decepção me causara, recuperava sua beleza dia a dia em meu espírito e se fazia mais belo ainda do que a imagem que dele eu formara antes de tê-lo visto. Não saberia apontar com exatidão em que ponto ele era belo. Possivelmente, a realidade estimulara ainda mais a imaginação e retocara o Pavilhão que a própria imaginação construíra.

Deixei de perseguir a imagem do Pavilhão em paisagens e objetos que me chamavam a atenção. O Pavilhão começava a adquirir uma existência profunda e sólida em meu interior. Cada uma de suas colunas, a janela, o telhado, a fênix em seu cume surgiam diante de meus olhos com tamanha nitidez que poderia até tocá-los. A delicadeza dos detalhes coadunava com a complexidade do conjunto. Assim como apenas um compasso de uma música é suficiente para trazê-la por inteiro à memória, qualquer parte isolada do Pavilhão produzia em mim o efeito de um compasso que fazia ressoar o Pavilhão inteiro.

"Pai, você me disse que o Pavilhão Dourado é o que existe de mais belo neste mundo, e isso é verdade", escrevi na primeira carta que enviei a meu pai depois da visita. Ele me levara de volta à casa de meu tio e regressara em seguida ao templo do promontório solitário.

Minha mãe me telefonou em resposta à carta. Meu pai tivera uma violenta hemoptise e falecera.

2.

Com a morte de meu pai, a fase da adolescência propriamente dita chegou ao fim. Porém causava-me espanto a ausência, como constatei em mim, daquilo que poderia ser chamado de interesse humano. Mas na medida em que eu percebia não me achar entristecido, por mínimo que fosse, com a morte de meu pai, esse espanto se transformava em uma frustração em nada parecida com espanto.

Voltei a minha casa a toda a pressa para encontrar meu pai já no caixão, e isso porque levara um dia inteiro para ir a pé até Uchiura e dali seguir em um barco ao longo da baía até Nariu, pedindo esse favor ao barqueiro. Em antecipação à chegada das chuvas, os dias nessa estação do ano estavam ensolarados e quentes. Havia sido combinado que apenas me aguardariam para que eu visse meu pai e depois transportariam o caixão até o crematório dessa península desolada, para que fosse incinerado junto ao mar.

O falecimento do prior de um templo provinciano é um acontecimento peculiar. E é peculiar por ser demasiadamente relevante. A bem dizer, ele é o polo espiritual da região, tutor dos paroquianos e fiduciário de suas vidas após a morte. E não obstante, morre ele mesmo no templo em que serviu. A impressão é a de que se sacrificou ao cumprir seus deveres com extrema diligência — como se ele, que ensinava o povo a morrer com dignidade, tivesse morrido por acidente, empolgando-se enquanto andava de um lado a outro demonstrando na prática o que pregava.

E de fato o féretro de meu pai parecia descansar de modo bastante oportuno em um nicho previamente preparado até os mínimos detalhes para recebê-lo. Choravam diante do féretro minha mãe, os meninos monges e os paroquianos. Os meninos monges davam a impressão de vacilar, esperando quem sabe serem conduzidos nas preces por meu pai dentro do caixão.

Flores típicas do início de verão sepultavam seu rosto. As flores, vivas ainda, estavam frescas a ponto de parecerem lúgubres. Dir-se-ia que se curvavam junto a um poço para espiar o fundo. Assim era porque o rosto do falecido despencara indefinidamente da superfície que ostentara durante a vida para profundezas das quais jamais poderia ser resgatado. Tudo que restara eram os contornos imprecisos daquilo que costumávamos ver diante de nós como um rosto, quando em vida. Mais do que qualquer outra coisa, a face de um morto nos revela com todo o realismo quão distante nos achamos da matéria e quanto nos é intangível a forma como ela existe. Essa constatação me veio por ter visto pela primeira vez a morte transformar o espírito em matéria. Senti então que começara a entender, aos poucos, por que as flores de maio, as carteiras, a escola, o lápis... enfim, todas essas coisas pertencentes ao universo da matéria estiveram sempre tão alheias, tão distantes de mim.

Minha mãe, juntamente com vários paroquianos, observava meu último encontro com meu pai. Entretanto, meu espírito rebelde recusava-se a aceitar a conotação do termo "encontro" implícita no mundo dos seres viventes. Pois não se tratava de "encontro"; eu apenas "via" o rosto de meu pai.

O cadáver estava tão só sendo "visto" por mim. Eu apenas o via. Que o simples ato de ver, tão corriqueiro e irrefletido, viesse a constituir tamanha prova da arrogância e ao mesmo tempo uma demonstração da crueldade dos que vivem era para mim uma experiência marcante. Mas era como o adolescente, avesso a cantar em alta voz ou correr gritando a plenos pulmões, aprendia a constatar que vivia.

Eu não passava de um jovem, sob muitos aspectos, acanhado. No entanto, não senti vergonha alguma em voltar aos paroquianos um rosto animado e sem vestígios de lágrima. O templo se situava em um penhasco saliente sobre o mar. Nuvens de verão emboscadas ao largo do mar do Japão se erguiam como barreira por trás dos presentes ao funeral.

Tinha início o *kigan* e me juntei às preces. O salão estava escuro, mas tanto as bandeiras junto às colunas como os adornos metálicos do dintel do santuário, e ainda os vasos de flores e turíbulos, faiscavam à luz vacilante das chamas votivas. A brisa marítima inflava vez por outra meu hábito monástico. Volumosas nuvens de verão carregadas de um brilho intenso estavam constantemente na ponta do meu olho enquanto recitava as rezas.

E essa luz agressiva vinda de fora, castigando sem parar a metade do meu rosto! Que luminosidade ultrajante!

Mais tarde, quando pouco faltava para que o cortejo fúnebre chegasse ao crematório, uma chuva nos atingiu repentinamente. Por sorte, estávamos diante da residência de um bondoso paroquiano, e pudemos nos abrigar da chuva, levando o féretro conosco. A chuva não dava mostras de parar. O cortejo precisava prosseguir. Abrigos foram então providenciados para todos e o caixão foi coberto por um papel oleado e transportado até o crematório.

Achava-se o crematório em uma pequena praia pedregosa a sudeste do vilarejo, no ponto onde começa o promontório. Esse local vinha sendo assim utilizado desde tempos antigos, provavelmente porque dali a fumaça não se espalhava para os lados do vilarejo.

O mar da baía que abrigava a praia era particularmente encapelado. Mesmo enquanto as ondas cresciam e se despedaçavam, a chuva não parava de espicaçar a superfície intranquila das águas. A chuva limitava-se a perfurar fria e diligentemente a superfície assustadora do mar. De vez em quando, golfadas de vento marítimo lançavam-na de encontro ao despenhadeiro rochoso. Então o alvo despenhadeiro se tingia de preto, como se borrifado por espumas de tinta negra.

Percorremos um túnel para chegar até o crematório e permanecemos no túnel ao abrigo da chuva enquanto os trabalhadores preparavam a cremação.

Impossível avistar o mar. Viam-se apenas as ondas, os rochedos negros e úmidos e a chuva. O caixão empapado de combustível ganhava cor de madeira lustrosa enquanto a chuva o fustigava.

O fogo foi aceso. Combustível não faltava, preparado que fora para a cremação do prior do templo. As chamas, perfeitamente visíveis em plena luz do dia entre grossas fumaças, crepitavam como chicotadas rebelando-se contra a chuva. Fumaças roliças se amontoavam e eram carregadas aos poucos em direção ao despenhadeiro. Algum tempo depois, as chamas se erguiam sozinhas e graciosas em meio à chuva.

De súbito, ouviu-se um estrondo pavoroso, como se algo se partisse. A tampa do esquife se erguera, saltando.

Lancei um olhar a minha mãe, ao meu lado. Ela permanecia de pé, segurando um rosário entre as mãos. Seu rosto, severo como nunca, me pareceu miúdo e enrijecido. Caberia quem sabe na palma de minha mão.

Eu me transferi para Quioto e me tornei acólito no templo do Pavilhão Dourado, para atender à última vontade de meu pai. Fui ordenado monge pelo prior e submetido à tonsura monástica. Meus estudos seriam custeados por ele. Em troca, eu faria trabalhos de limpeza e cuidaria dele, como qualquer estudante dependente faria na vida laica.

O monitor do alojamento, conhecido pela severidade com que impunha a disciplina, fora convocado ao serviço militar, e no templo só restara gente velha ou então muito jovem, como logo me dei conta. O novo ambiente me proporcionou alívio em muitos aspectos desde o dia em que cheguei. Ninguém caçoava de mim por eu ser filho de monge, como sucedera na escola secundária da vida laica, pois me encontrava entre iguais. Apenas a gaguice me deixava um pouco mais feio que os outros.

Eu interrompera os estudos na escola secundária Maizuru Leste para continuá-los na escola secundária anexa à Academia Rinzai, por intermediação do prior Tayama Dosen. As aulas do período letivo de outono se iniciariam em menos de um mês, quando então eu passaria a frequentá-las. Estava também ciente de que seria mobilizado para o trabalho compulsório em alguma fábrica tão logo se iniciassem as aulas. Eu dispunha ainda de algumas semanas de férias de verão no novo ambiente de vida em que me encontrava — férias em luto, estranhamente quietas, na fase final da guerra, em 1944... Como acólito, eu seguia uma vida bem regrada, mas, ao recordar-me agora, tenho a impressão de que foram as últimas férias absolutas que gozei. Ainda hoje, o chiado das cigarras que então ouvi permanece em meus ouvidos.

O Pavilhão Dourado, que eu revia após alguns meses, se mostrava tranquilo à luz dos últimos dias de verão.

Da minha cabeça, recentemente depilada pela tonsura a que fui submetido na iniciação, me vinha a curiosa sensação de que o ar se aderia à superfície calva — uma sensação até alarmante, como se apenas uma pele frágil separasse meus pensamentos no cérebro do mundo físico exterior.

Ao contemplar o Pavilhão com a cabeça assim depilada, tive a sensação de que ele penetrava em mim não apenas pelos olhos mas também pelo crânio — da mesma forma que o sol a aquecia e a brisa da tarde a resfriava.

"Ó Pavilhão! Aqui estou finalmente para viver a teu lado!" — eu murmurava comigo, descansando as mãos sobre a vassoura. — "Quero que me reveles algum dia teu segredo, não é preciso que seja agora. Sinto que pouco me falta para enxergar tua beleza com toda a nitidez, e contudo não a enxergo. Mostra que a tua beleza real supera a da imagem que guardo em mim. E se és porventura incomparavelmente mais belo que tudo neste mundo, conta-me por que assim és e por que se faz necessário que assim sejas."

Nesse verão, o Pavilhão Dourado parecia transformar as tristes notícias que vinham uma após a outra do teatro sombrio da guerra em alimento para se fazer ainda mais esplendoroso do que já era. Em junho, as forças americanas desembarcavam em Saipan e os aliados investiam pelos prados da Normandia. A quantidade de visitantes sofria uma queda substancial, mas o Pavilhão parecia deleitar-se com a solidão e o sossego que isso lhe trazia.

Nada mais natural que as guerras, com suas violências e conturbações, que os cadáveres em profusão e o mar de sangue contribuíssem para a beleza do Pavilhão. Pois o Pavilhão não passava de uma arquitetura gerada pela conturbação, de uma arquitetura engendrada por numerosas almas sombrias aglomeradas em volta de um xogum. O projeto incoerente dos três pavimentos em que os historiadores da arte outra coisa não acharam senão uma solução de compromisso é com certeza resultado natural da procura por uma fórmula que cristalizasse a conturbação vigente. Tivesse sido construído em consonância com uma concepção mais sólida, o Pavilhão não teria materializado essa conturbação e teria sido destruído havia muito tempo.

Seja como for, parecia-me estranho que o Pavilhão Dourado, que eu via a toda hora ao descansar a vassoura, estivesse de fato ali. Esse estranho sentimento não me ocorreu na única noite que passei com meu pai quando juntos o visitamos, em tempos idos. Assim, me era difícil acreditar que doravante ele estaria ao alcance dos meus olhos, a qualquer momento, por anos a fio.

O Pavilhão, que sempre me pareceu presente em um recanto de Quioto nos meus dias em Maizuru, dava-me a impressão de surgir aos meus olhos apenas quando eu o via e de desaparecer quando eu dormia no salão principal do templo, agora que passei a viver aqui ao seu lado. Por isso, eu ia vê-lo diversas vezes durante o dia e me tornei alvo da caçoada dos meus colegas. Mas, por mais que o visse, sua existência continuava sendo inacreditável para mim. E temia perdê-lo para sempre se me voltasse de repente para revê-lo enquanto retornava ao salão, como se ele fosse uma Eurídice.

Depois de varrer os arredores do Pavilhão, procurei refugiar-me do sol da manhã, que finalmente começava a mostrar calor, no morro dos fundos, e subi pela trilha que leva ao Sekkatei. Não havia ninguém em parte alguma, pois o horário de abertura do parque ainda não chegara. Uma esquadrilha de caças, provavelmente pertencente à base da força aérea de Maizuru, passou sobre o Pavilhão em um voo rasante e se foi, deixando atrás de si um estrondo opressivo.

Havia no interior do morro uma lagoa solitária recoberta por algas conhecida como Yasutamizawa. E no centro dela, uma ilhota com uma torre de pedra de cinco andares, denominada Shirahebizuka. O canto dos pássaros enchia ruidosamente o ar da manhã das cercanias, muito embora não se visse sombra deles. A floresta inteira cantava.

Ervas de verão cresciam densamente na área defronte à lagoa. Uma cerca baixa separava a trilha da área. Um adolescente, de camisa branca, se achava deitado ali. Um bordo baixo crescia perto dele, em cujo tronco o adolescente encostara um ancinho.

Ele se levantou em um movimento brusco, como se desse uma estocada no ar úmido da manhã de verão, mas ao reconhecer-me disse apenas:

— Ah, é você!

O jovem chamava-se Tsurukawa, e eu havia sido apresentado a ele justamente na noite anterior. Sua família cuidava de um templo abastado nas cercanias de Tóquio. Assim, a família lhe proporcionava custeio dos estudos, mesada e provisões em fartura, e o deixara aos cuidados do templo do Pavilhão para que pudesse aproveitar o treinamento dado aos acólitos noviços. Provavelmente, devia possuir algum laço de parentesco com o prior. O jovem regressara ao lar durante as férias, mas retornara na noite anterior em antecipação ao término delas. Tsurukawa se expressava fluentemente em dialeto de Tóquio e deveria ser meu colega de turma na escola secundária anexa à Academia Rinzai. Sua conversa rápida e fluente já me intimidara na noite anterior.

Mesmo naquele momento quando ele me atirou: "Ah, é você!", eu fiquei sem palavras, mas a mudez foi aparentemente interpretada como uma espécie de reprovação.

— Está tudo bem, não é preciso levar tão a sério o serviço de limpeza! Os visitantes, quando chegarem, vão sujar tudo de qualquer forma. E, além disso, não teremos muitos — eu lhe disse com uma curta risada.

Essas minhas risadas involuntárias pareciam atrair a simpatia de algumas pessoas por mero acaso, pois nunca consegui me sentir responsável por todas as impressões que eu lhes causava.

Passei por cima da cerca e fui me sentar ao lado de Tsurukawa, que voltara a se espichar sobre as ervas. O braço estendido ao redor da cabeça se mostrava tostado pelo sol do lado externo, enquanto o lado interno se apresentava tão branco que até se enxergavam as veias. Eu soube por intuição que esse rapaz não amaria o Pavilhão tanto quanto eu, uma vez que a causa exclusiva desse amor obstinado que eu sentia pelo Pavilhão estava tão somente na minha feiura.

— Seu pai faleceu, não foi?

— Sim.

Tsurukawa lançou-me um olhar de relance e disse, sem esconder que se entregava a fundo em conjecturas passionais da juventude:

— Por que você gosta tanto do Pavilhão Dourado? Não seria talvez porque você se lembre de seu pai ao vê-lo? Quem sabe seu pai adorasse o Pavilhão, e por isso...

Essas conjecturas, parcialmente corretas, não conseguiam alterar nem um pouco a indiferença em meu rosto, e isso de certa maneira me satisfazia.

Tsurukawa parecia ter gosto por lidar com sentimentos humanos bem à maneira dos meninos que adoram colecionar insetos, que classificam e guardam os espécimens em gavetinhas arrumadas de onde os retiraram de vez em quando para submetê-los a experiências práticas.

— Deve ter sido muito doloroso para você perder seu pai. Por isso eu notei uma certa tristeza em você. Senti isso ontem à noite, quando nos encontramos pela primeira vez.

O que Tsurukawa me disse não me revoltou. Antes, a impressão de tristeza que ele dizia ter notado em mim me dava alguma paz e liberdade de espírito, e minhas palavras fluíram com facilidade.

— Não me sinto nem um pouco triste.

Tsurukawa fitou-me erguendo os cílios que de tão longos pareciam incomodá-lo.

— Não? ... Então, você odiava seu pai? Ou, pelo menos, não gostava dele?

— Eu não me indispus contra ele nem o detestava...

— Por que então não se entristece?

— Nem sei por quê.

— Não entendo.

Tsurukawa sentou-se sobre as ervas. Encontrara um enigma.

— Quem sabe tenha lhe acontecido algo mais triste ainda?

— Não sei dizer — respondi. E, depois, fui levado a refletir por que eu me comprazia em despertar dúvidas nos outros. Para mim, porém, isso não era uma dúvida, mas um fato muito claro. Eu era gago de sentimentos. E por isso os sentimentos nunca me acorriam a tempo. Dessa forma, o incidente da morte de meu pai e o sentimento de tristeza me davam a impressão de serem independentes um do outro. Não se relacionavam nem se opunham. Pois me bastava um pouco de defasagem, um pouco de atraso para que a relação entre sentimentos e incidentes se revertesse a um estado de desconexão, um estado quem sabe até fundamental. Se alguma tristeza me assaltar, ela virá desvinculada de qualquer incidente ou motivo, virá de súbito e destituída de razão...

Outra vez, acabei não podendo explicar todas essas coisas ao meu novo amigo. Por fim, Tsurukawa começou a rir.

— Mas você é esquisito!

O ventre branco de sua camisa ondulava com o riso. Os raios de sol filtrados pela folhagem brincavam sobre ele e me faziam sentir feliz. Minha vida estava tão amarrotada quanto a camisa dele. Mas, mesmo amarrotada, como brilhava essa camisa branca! Quem sabe, eu também?

Indiferente ao que ocorria no mundo, o templo zen seguia fiel aos próprios regulamentos. Estávamos no verão e, assim, o despertar ocorria todos os dias no mais tardar às cinco horas. O despertar era denominado "abertura dos regulamentos". O primeiro ato logo após o despertar, conhecido por "tripla recitação", consistia em recitar sutras, repetidos três vezes. Depois, varríamos os recintos e esfregávamos o assoalho com um pano. A primeira refeição da manhã, denominada "sessão de mingau", era então servida. Devíamos entoar um sutra especial consagrado à ocasião antes de nos servirmos do mingau de arroz. Terminada a refeição, passávamos a executar tarefas diversas, como carpir, limpar o jardim e cortar lenha. Chegava então a hora de irmos para a escola, se as aulas tivessem sido iniciadas. A refeição da tarde era servida pouco depois do retorno da escola. Ocasionalmente após a refeição, o prior costumava nos dar preleções sobre as escrituras sagradas. Às nove da noite, dava-se a "abertura dos travesseiros", isto é, íamos dormir.

Assim estava programado o meu dia. Eu despertava ao som da sineta que o monge encarregado dos rituais da cozinha e das refeições passava tocando.

Em épocas normais, doze ou treze pessoas deviam estar em serviço no templo do Pavilhão Dourado, isto é, no Templo de Rokuonji. Entretanto, não havia ali mais que alguns velhos com mais de setenta anos, que serviam de guia e trabalhavam na recepção, uma cozinheira de quase sessenta anos, além do diácono, do vice-diácono e de nós três, acólitos noviços. Isso se devia à convocação ao serviço militar e ao trabalho compulsório. Os velhos estavam mofados e semimortos, e os jovens não passavam de crianças. O diácono tinha as mãos ocupadas com a contabilidade, ou seja, com os "serviços secundários", como essas atividades eram chamadas no templo.

Dias depois, recebi a incumbência de levar jornal à sala do prior (nós o tratávamos por Velho Mestre). O jornal era entregue ao templo usualmente perto do término das nossas tarefas matinais, quando acabávamos de esfregar o assoalho. Todos os corredores do templo, que possuía trinta quartos, deviam ser totalmente esfregados por pouca gente e em pouco tempo. Assim, o trabalho acabava mal executado. Eu devia recolher o jornal no átrio, passar diante do Salão dos Mensageiros pelo corredor, contornar por trás o Salão dos Visitantes, atravessar a galeria de interligação para chegar ao gabinete do Velho Mestre. Os corredores desse trajeto haviam sido limpos às pressas com meio balde de água esparramada e mal enxugada. Ela se acumulava nas reentrâncias das tábuas do assoalho, formando poças que brilhavam à luz do sol da manhã e molhavam os calcanhares. No verão, isso era até agradável. Eu me ajoelhava diante da porta do gabinete e solicitava em voz alta:

— Posso entrar, senhor?

E aguardava sua autorização, que vinha em um grunhido.

Meus colegas mais antigos me haviam repassado o segredo de enxugar rapidamente, nesse ínterim, os pés molhados nas bordas do hábito.

Enquanto eu caminhava apressado pelos corredores, li furtivamente a manchete do jornal, cuja impressão ainda fresca me trazia o odor do mundo exterior. A manchete dizia: "Será inevitável o bombardeio da Capital Imperial?".

Pode parecer estranho, mas até então eu nunca havia associado o bombardeio ao Pavilhão Dourado. O ataque aéreo à Ilha

Principal era tido como inevitável desde a queda de Saipan. Desse modo, parte da cidade de Quioto estava sendo evacuada compulsoriamente pelas autoridades. Mesmo assim, o Pavilhão quase eterno e sua destruição em um bombardeio não se associavam no meu espírito. Eu acreditava que tanto o Pavilhão, forte e indestrutível, como o incêndio cientificamente provocado deviam reconhecer suas diversidades, o que os levaria a se desviarem um do outro caso se encontrassem — assim eu sentia. Não obstante, o Pavilhão poderia ser destruído pelo fogo de um bombardeio. Aliás, "o Pavilhão seria transformado inevitavelmente em cinzas" caso a situação continuasse.

A trágica beleza do Pavilhão voltou a crescer a partir do momento em que pensamentos como esse surgiram em meu espírito.

Isso aconteceu na tarde do último dia de verão. As aulas começariam no dia seguinte. O prior fora atender a um pedido de reza em companhia do vice-diácono. Tsurukawa me convidou para o cinema. Como eu demonstrasse desinteresse, isso o contaminou. Tsurukawa era assim.

Obtivemos algumas horas de licença. Vestimos uma calça cáqui, enfaixamos as pernas e deixamos o salão principal com o chapéu da escola secundária da Academia Rinzai à cabeça.

— Para onde vamos?

Eu respondi que, antes de ir a qualquer lugar, eu desejava observar o Pavilhão com todo o carinho, mesmo porque, a partir do dia seguinte, não poderíamos mais vê-lo naquele horário. E, também, ele poderia ser destruído em um bombardeio enquanto estivéssemos trabalhando na fábrica. Balbuciei essas explicações gaguejando muitas vezes. Enquanto isso, Tsurukawa me ouvia com uma expressão ao mesmo tempo pasmada e impaciente.

Ao terminar todas essas explicações, um suor abundante molhava meu rosto, como se eu tivesse dito algo vergonhoso. Tsurukawa era o único a quem eu confidenciara o apego anormal que me ligava ao Pavilhão. Meu confidente, contudo, revelava no rosto apenas impaciência, muito comum nas pessoas que se esforçam em compreender o que eu dizia gaguejando.

Deparo-me sempre com rostos assim. São rostos dessa espécie que eu encontro todas as vezes em que faço confidências cruciais, ou tento transmitir minha emoção exacerbada pelo contato com a beleza, ou exponho meus sentimentos mais viscerais. Em situações normais, um homem nunca deve mostrar a outro essa espécie de rosto. É para mim um rosto que reproduz com fidelidade impecável minha cômica impaciência e se transforma, por assim dizer, em um espelho assustador. Por mais belo que seja o rosto, ele se transfigura nesse instante e se torna tão feio quanto o meu. No momento em que eu vejo um rosto como esse, coisas importantes que quero transmitir perdem valor e se convertem em desprezíveis cacos de telha, sem nenhuma valia...

Um intenso solar de verão caía diretamente entre nós dois. O rosto juvenil de meu amigo estava lustroso de gordura. Cada fio de seus cílios brilhava dourado sob o solar e ele aguardava que eu terminasse de falar inflando as narinas ao ar quente e úmido.

Mas assim que terminei fui tomado de cólera. Tsurukawa jamais implicara com a minha gaguice desde o nosso primeiro encontro.

— Por quê?

Eu o interpelei. Como já disse, preferia mil vezes ser escarnecido ou humilhado a ser objeto de piedade.

Tsurukawa me voltou um sorriso de uma delicadeza simplesmente indescritível, e disse:

— É porque essas coisas não me incomodam nem um pouco. Eu sou assim.

A resposta me deixou estupefato. Eu jamais conhecera delicadeza dessa natureza, criado como fora em um rude ambiente provinciano. A delicadeza de Tsurukawa me ensinava que, mesmo eliminando a gaguice da minha existência, eu ainda podia continuar sendo eu mesmo. Experimentei então em plenitude o prazer de desnudar-me por completo. Os olhos de Tsurukawa, bordejados por longos cílios, me acolhiam como eu era, peneirando para longe apenas a gagueira. Por mais estranho que possa parecer, até então eu acreditava piamente que ignorar minha gaguice equivalia a ignorar minha própria existência.

Foi para mim um momento de felicidade e harmonia. Assim, não se admire que eu tenha guardado por muito tempo, sem me esquecer dela, a imagem do Pavilhão Dourado que vi nessa hora. Passamos pelo recepcionista idoso que cochilava e seguimos apressadamente pelo caminho deserto junto ao muro para chegarmos defronte ao Pavilhão.

Lembro claramente a cena: dois rapazes de camisas brancas com os pés protegidos por perneiras, ombro a ombro à margem do lago Kyoko. E, diante deles, o Pavilhão, livre e desimpedido.

O último verão, as últimas férias de verão, o último dia dessas férias — e a nossa juventude nesse cume estonteante. E o Pavilhão junto de nós no mesmo cume, dialogando face a face conosco. A expectativa de um bombardeio nos aproximara até a esse ponto do Pavilhão.

O sol abrasador revestia de ouro o telhado do Kukyo-cho. A luz, incidindo perpendicular, deixava o interior do Pavilhão abarrotado de trevas escuras como a noite. Até então, o tempo imperecível dessa arquitetura me oprimira e me isolara dela. Entretanto, o futuro que lhe estava destinado — ser incinerado por bombas incendiárias — se aproximava, aproximando nossos destinos. O Pavilhão poderia ser destruído antes de nós. De repente, ele parecia viver a mesma vida nossa.

O chiado das cigarras envolvia as montanhas ao redor e seus pinheiros vermelhos, soando como cânticos rituais para esconjurar catástrofes, entoados por uma multidão de monges invisíveis: "*Gyah, gyah. Gyah-gih, gyahgih. Un-nun. Shiifurah, shiifurah. Harashiifurah, harashifurah!*".

Não tardaria para que toda essa beleza se revertesse em cinzas. Esse pensamento fez com que o Pavilhão dos meus sonhos se sobrepusesse pouco a pouco ao Pavilhão real, assim como a réplica de um desenho em um tecido transparente se sobrepõe ao desenho original. Aos poucos, os detalhes de um coincidiam com os do outro, telhado sobre telhado, Sosei sobre Sosei, balaustrada sobre balaustrada, janela sobre janela. O Pavilhão deixava de ser uma construção imóvel. Transformava-se, por assim dizer, em um símbolo do mundo efêmero das ilusões, e o Pavilhão real adquiria uma beleza comparável à do Pavilhão dos meus sonhos.

Quem sabe amanhã o fogo vindo do céu reduziria a cinzas suas colunas delicadas e seu telhado elegantemente recurvado, que então jamais ressurgiriam diante dos nossos olhos. Mas pelo menos naquele momento aquela imagem serena achava-se diante de nós nos mínimos detalhes sob o sol em chamas do verão.

Nuvens opressoras semelhantes às que eu vira com o canto do olho durante os sutras do funeral de meu pai se acumulavam nos contornos das montanhas distantes. Impregnadas de um brilho enclausurado, observavam do alto a delicada arquitetura. O Pavilhão, nesse intenso solar do fim de verão, parecia perder muito de seus detalhes e, ainda encerrando no interior as frígidas trevas, contestava o mundo ofuscante resistindo com seu misterioso contorno. A fênix no topo do telhado cravava com firmeza as garras no suporte, lutando para não desfalecer sob o sol.

52

Entediado pela longa contemplação em que eu me detinha, Tsurukawa apanhara uma pedra a seus pés e a lançara como um belo *pitcher* bem no meio da imagem do Pavilhão espelhada pelo lago Kyoko.

O círculo de ondas se espalhou, afastando as algas, e num instante a delicada arquitetura desapareceu, destruída.

O lapso de um ano depois disso até o fim da guerra foi o período em que mais me aproximei do Pavilhão, mais me preocupei com sua segurança e mais me absorvi em sua beleza. Foi um período em que creio ter reduzido o Pavilhão ao meu nível e, nessas condições, o amei sem receio. Eu ainda não havia sido contaminado pela má influência, pelo veneno do Pavilhão.

Animava-me o fato de eu e ele corrermos um risco comum. Eu encontrara um intermediário para a união com a beleza. Uma ponte fora estendida até o ser que parecia me recusar e me evitar.

O simples pensamento de que o mesmo fogo que destruiria o Pavilhão haveria de me destruir também me alucinava. O destino nos reservava a mesma sorte: desgraça e fogo ominoso. Com isso, eu e o Pavilhão passávamos a habitar mundos de uma mesma dimensão. Se meu corpo era frágil e feio, o corpo do Pavilhão, embora mais sólido, era feito de carbono combustível. Sentia às vezes que, à semelhança de um ladrão que engole uma pedra preciosa para escondê-la durante a fuga, talvez eu pudesse fugir transportando o Pavilhão escondido nas minhas entranhas, no meu sistema.

Gostaria que entendessem como passei esse ano: longe dos sutras e dos livros, ocupado dia após dia, da manhã à noite, em educação moral, treinamentos, arte marcial, fábrica e prestando auxílio à evacuação forçada da população. Por natureza, eu era propenso a ser sonhador, e essa vida fortaleceu ainda mais essa propensão. Por causa da guerra, a vida me dava as costas e se afastava. Mas para adolescentes como nós, a guerra não passava de uma experiência onírica, agitada e destituída de realidade, um pavilhão de isolamento de hospital que nos afastava daquilo que é a vida.

O primeiro bombardeio de Tóquio por B29s, ocorrido em novembro de 1944, trouxe a apreensão de que Quioto pode ter, a qualquer momento, a mesma sorte. Quioto inteira em chamas passou a ser meu sonho secreto. Essa metrópole se preocupava demais em conservar intactas suas antiguidades. Os templos, tanto xintoístas como budistas, haviam esquecido as cinzas incandescentes produzidas por eles. Ao pensar em como o conflito de Onin destruíra Quioto, eu não podia deixar de sentir que a cidade perdera muito de sua beleza por ter apagado da memória, e por muito tempo, as perturbações que a guerra lhe causara.

O Pavilhão será queimado a qualquer momento, com certeza. Aquelas formas que preencheram o espaço serão perdidas. Mas nesse instante a fênix, esse pássaro imortal, baterá asas e voará. E o Pavilhão, até então prisioneiro de suas formas, se desprenderá, livre de suas âncoras, para surgir em diversos lugares: sobre o lago, sobre a negra correnteza dos mares, piscando luzes e flutuando com leveza.

Contudo, por mais que eu aguardasse, o bombardeio de Quioto não se concretizava. No dia 9 de março do ano seguinte, correu notícia de que todo o centro de Tóquio fora envolvido em chamas. Mas o desastre ainda estava longe. Acima de Quioto, havia apenas um céu límpido de início de primavera.

Enquanto, mesmo um pouco desiludido, eu ainda aguardava pelo bombardeio, procurava acreditar que esse céu límpido escondia fogo e destruição da mesma forma que o vitral reluzente de uma janela oculta o que há por trás dela. Como já disse, meu interesse por sentimentos humanos era muito escasso. A morte de meu pai ou a pobreza de minha mãe pouco afetavam minha vida íntima. Eu sonhava com uma espécie de compressor celestial gigantesco que esmagasse de uma vez os incêndios catastróficos, os grandes desastres, as tragédias além de qualquer dimensão humana, e junto com eles toda a humanidade e bens materiais, reduzindo-os a uma única condição, não importando sua beleza ou feiura. Às vezes, esse brilho inusitado do céu de início de primavera me parecia ser o reflexo frio da lâmina de um machado enorme como o próprio mundo. Eu ansiava pela queda do machado. Uma queda tão rápida que nem houvesse tempo para pensar.

Uma coisa me é incompreensível até hoje. Por natureza, eu não sentia atração alguma pela ideologia da escuridão. Meu interesse, o enigma que me fora dado, deve ter sido o da beleza. Mas não direi que acabei abraçando a ideologia da escuridão por influência da guerra, pois a simples obstinação na beleza leva as pessoas ao encontro da mais sombria das ideologias deste mundo, sem que elas se deem conta disso. Quem sabe o homem não tenha sido feito para ser assim?

Lembro-me de um episódio ocorrido em Quioto na fase final da guerra. Um episódio quase inacreditável, testemunhado não apenas por mim. Tsurukawa achava-se ao meu lado.

Em um dia de interrupção da energia, eu fora com Tsurukawa ao Templo Nanzenji, que ainda não havíamos visitado. Atravessamos uma rodovia larga e uma ponte estendida sobre uma rampa utilizada para puxar navios.

Era um dia muito claro de maio. A rampa estava em desuso. Os trilhos, utilizados para transportar os navios, estavam enferrujados, quase todos escondidos entre ervas. Pequenas flores brancas com as pétalas em forma de cruz agitavam-se ao vento no meio delas. No início da rampa, onde as cerejeiras alinhadas desse lado mergulhavam suas sombras por inteiro, havia uma água suja e estagnada.

Estávamos sobre a pequena ponte, observando só por observar a superfície da água. A impressão desses momentos breves e inúteis permanece nítida e permeia as diversas lembranças deixadas pela guerra. São breves intervalos de distração e ociosidade que sobraram aqui e ali em pontos diversos da memória como pedaços de céu azul entre nuvens. É estranho como eles permanecem vivos na lembrança como momentos de extraordinário prazer.

— Não é gostoso? — eu disse, sorrindo sem nenhum motivo.

— Sim — Tsurukawa me respondeu, sorrindo também.

Ambos sentíamos intensamente que essas duas ou três horas eram apenas nossas.

À margem da larga estrada arenosa, havia um rego onde a água corria límpida. Lindas plantas aquáticas flutuavam na superfície. Seguindo pela estrada, logo deparamos com o portal de entrada do templo, um portal famoso, bloqueando a passagem bem à nossa frente.

Não havia ninguém no interior do templo. O que se viam eram os telhados e suas telhas cor de prata envelhecida, proeminentes no meio do fresco verdor das folhagens das árvores, como capas de livros abertos e virados para baixo. Que sentido teria a guerra para nós naquele momento? Ela nos parecia um estranho conflito psicológico localizado tão somente no interior da consciência humana, numa certa hora e num certo lugar.

Fora talvez no alto do mirante desse portal que Ishikawa Goemon pusera o pé sobre o balaústre e se extasiara ao ver sob seus olhos as flores desabrochadas em plenitude. Pretendíamos, em um impulso infantil, posar como Goemon e observar a paisagem, muito embora o período das cerejeiras em flor já houves-

56

se transcorrido, deixando apenas a folhagem. Desembolsamos uma pequena quantia para adquirir o ingresso ao templo e fomos subindo pela escadaria íngreme e enegrecida. Ao chegarmos ao topo, Tsurukawa bateu a cabeça no teto baixo da plataforma. Eu, que ria dele, tive imediatamente a mesma sorte. Demos mais uma volta, subimos mais um lance da escadaria e chegamos ao mirante.

Ao emergirmos da escadaria, que mais se assemelhava a uma gruta, para a vasta paisagem que se abria diante de nós, fomos assaltados por uma tensão, porém bastante agradável. Contemplamos as folhagens das cerejeiras e dos pinheiros e o bosque do Heian Jingu, que se estendia a distância, para além do aglomerado de casas. Nós nos deleitamos com a visão enevoada do monte Arashiyama nos confins da cidade de Quioto e, mais ao norte, da cadeia de montanhas formada pelos montes Kibune, Minoura e Kompira, entre outros. Em seguida, entramos no salão descalçando os sapatos com todo o respeito, como convinha a dois acólitos. No centro do salão obscuro, forrado por vinte e quatro tatames, via-se a imagem de Sakya Muni rodeada de dezesseis discípulos que nos fitavam do escuro com reluzentes olhos dourados. Nós nos achávamos no local conhecido por Gohoro (Torre das Cinco Fênix).

O Templo Nanzen pertencia, assim como o templo do Pavilhão Dourado, à seita Rinzai e constituía o centro espiritual da escola Nanzen. Nesse aspecto, diferia do templo do Pavilhão, que seguia a escola Sokokuji. Assim, estávamos em um templo de uma escola diferente da nossa, embora da mesma seita. Percorríamos, entretanto, os recintos com o guia nas mãos como faria qualquer estudante do curso secundário para admirar as pinturas de belas cores feitas no teto, segundo dizem, por Kano Tan'yu Morinobu e por Tosa Hogan Tokuetsu.

A pintura em um dos lados do teto representava anjos que voavam tocando flautas e *biwa*. No outro lado, um pássaro *kala-*

vinka — são descritos como pássaros de voz maviosa que habitam as montanhas nevadas da Índia e cujo corpo é metade pássaro e metade busto feminino — batia asas erguendo entre as mãos peônias brancas em atitude de oferenda. Na área central do teto, via-se um pássaro companheiro daquele que havia no topo do Pavilhão. Contudo, em nada lembrava o imponente pássaro dourado do Pavilhão. Era uma fênix bela como um arco-íris.

Diante da imagem de Sakya Muni, nós nos ajoelhamos e juntamos as mãos. Depois, saímos do salão. No entanto, relutávamos em deixar o alto da torre. Assim, nos recostamos no balaústre voltado para o sul, que ficava ao lado da escadaria por onde havíamos subido.

Eu percebera algo como um pequeno torvelinho de belas cores em algum lugar, quem sabe remanescente das magníficas cores da pintura no teto. A rica conjunção de cores me dava a impressão de que pássaros semelhantes ao *kalavinka* se escondiam por toda a parte nos galhos entre a folhagem e os pinheiros verdes, mostrando de relance as pontas de suas belas asas.

Mas não era o que acontecia. Abaixo de nós, havia uma ermida do outro lado da estrada. Uma trilha construída de pedras quadradas que só se tocavam pelos cantos serpenteava pelo jardim de árvores plantadas com simplicidade. A trilha ia dar em um amplo recinto com as portas corrediças escancaradas. Enxergava-se perfeitamente o seu interior, inclusive os detalhes decorativos. O recinto, segundo dizem, costumava ser utilizado, ou então alugado, para cerimônias de chá. Um belo tapete avermelhado havia sido estendido sobre o tatame. Uma jovem estava sentada nele. Foi tudo que meus olhos captaram.

Eu nuca vira naquela época de guerra uma mulher com um quimono de mangas longas tão vistoso como aquele. Se ela saísse de casa assim vestida, seria com certeza repreendida no meio do caminho e se veria forçada a voltar. As mangas longas do quimono eram realmente de arrebatar os olhos. O padrão do tecido — muito embora não me fosse possível distinguir os detalhes — era formado de flores estampadas ou bordadas sobre um fundo azul-claro. Os fios de ouro da corda de adorno da faixa sobre o quimono brilhavam, dando a impressão, com certo exagero, de iluminar todo o ambiente. A mulher, jovem e bela, estava sentada com impecável elegância. Seu perfil alvo destacava-se feito uma escultura bem talhada, levando-me a duvidar que ela realmente estivesse viva.

— Aquilo está vivo?

— Era o que eu estava pensando agora. Parece ser uma boneca — respondeu Tsurukawa sem tirar os olhos da mulher, com o peito fortemente pressionado contra a grade.

Nesse instante, surgiu dos fundos um oficial do Exército ainda jovem vestido em um uniforme. Ele sentou-se diante da mulher sobre as pernas dobradas, em postura formal. Ambos permaneceram por algum tempo sentados e imóveis.

A mulher se levantou e desapareceu silenciosamente na obscuridade do corredor. Retornou, porém, instantes depois, com uma tigela de chá nas mãos. A brisa balançava as longas mangas de seu quimono. Ela ofereceu o chá ao oficial, levando a tigela diante dele. Tendo cumprido as formalidades da etiqueta, voltou ao seu lugar. O homem dizia algo. Ele demorava a tomar o chá. Esse espaço de tempo pareceu extremamente longo. Uma tensão insólita parecia dominá-los. A mulher se mantinha com a cabeça profundamente curvada...

A cena inacreditável ocorreu nesse instante. De repente, a mulher abriu a gola do quimono, mantendo entretanto a postura ereta. Quase ouvi o atrito da seda do quimono puxada de dentro da faixa, feita de tecido rijo. Os seios alvos apareceram. Contive a respiração. A mulher libertava com as mãos um dos seios fartos.

O oficial ergueu a tigela de chá, de uma densa cor escura, e se aproximou da mulher adiantando-se sobre os joelhos. A mulher massageava o seio com ambas as mãos.

Não afirmo que vi tudo que descrevo a seguir, mas senti como se tivesse visto com toda a clareza o leite quente e branco jorrar para dentro do chá espumante verde-escuro na tigela e misturar-se a ele respingando, toldando a superfície de alvas espumas.

O homem ergueu a tigela e sorveu até o fim esse estranho chá. Os seios alvos foram guardados.

Contemplávamos a cena com as costas enrijecidas. Analisando depois os fatos numa sequência lógica, nos parece que havíamos assistido uma cerimônia de despedida entre um oficial que partia para a frente de batalha e uma mulher que trazia no ventre um filho seu. Mas naquele momento nossa emoção rejeitou qualquer explicação. Absortos por completo como estávamos, levou tempo para percebermos que tanto o homem como a mulher já haviam desaparecido. No recinto, restava apenas o largo tapete vermelho.

Eu vi o perfil bem talhado do rosto alvo e os seios extraordinariamente brancos daquela mulher. Um pensamento me assaltou durante o resto do dia, e também no dia seguinte, e no outro. A mulher não seria outra senão Uiko ressuscitada.

3.

Devíamos celebrar o primeiro aniversário da morte de meu pai. Minha mãe teve então uma ideia inusitada. Uma vez que o trabalho compulsório na fábrica não me permitia voltar para casa, ela pensou em ir ela mesma à cidade levando as cinzas de meu pai. Pediria ao reverendo Tayama Dosen que realizasse uma cerimônia, por breve que fosse, em memória do velho amigo.

A notícia não me encheu de satisfação. Até agora vim economizando referências à minha mãe, e há uma razão para isso: é que não me animo a falar sobre ela.

Jamais a repreendi por certo incidente, e também nada comentei a respeito. Presumo que ela nem se dê conta de que eu tenha conhecimento dele, mas não a perdoei, desde quando ele ocorreu.

O fato se deu quando deixei a casa de meu tio e voltei para a família durante as primeiras férias da escola secundária Maizuru Leste, onde eu estudava. Um certo Kurai, parente de minha mãe, fracassara nos negócios que mantinha em Osaka e retornara a Nariu. Porém sua mulher, herdeira de uma família abastada, não quis recebê-lo. Sem alternativa, ele fora ao templo de meu pai à procura de acolhida até que a situação se acalmasse.

Não havia muitas cortinas de filó contra mosquitos no templo. Acho até surpreendente que ninguém tenha sido contaminado pela doença de meu pai, pois dormíamos, minha mãe e eu, juntamente com meu pai tuberculoso, todos sob um mesmo filó. Kurai juntou-se a nós. Lembro que uma cigarra voou entre as árvores do jardim soltando chiados curtos altas horas da noite de verão. Talvez o chiado me tivesse despertado. A agitação do mar se fazia particularmente audível e o vento marítimo agitava as fímbrias verde-claras da cortina de filó. Mas havia algo de anormal na forma como a cortina estava sendo sacudida.

A cortina começava a se esfumar com o vento, mas logo o filtrava através das malhas do filó, agitando-se relutantemente nesse processo. Assim, a cortina não se amoldava com perfeição ao formato do vento. Antes, deixava-o passar abrandando suas arestas. O ruído que eu ouvia, semelhante ao das folhas de bambu esfregando o tatame, era produzido pelas fímbrias da cortina. Entretanto, alguns movimentos não provocados pelo vento se espalhavam pela cortina. Mais delicados que os do vento, espraiavam-se em marolas por toda a cortina, estirando as fibras grosseiras do filó, de tal forma que a superfície vista por dentro mais parecia a de um lago intranquilo. Dir-se-iam marolas talvez impelidas por um distante navio em aproximação sobre a superfície do lago, quem sabe vestígios de um navio que já passou...

Procurei com certo receio a origem dessas marolas. O que vi feriu meus olhos arregalados na escuridão como uma pontada de estilete.

Enquanto dormíamos os quatro no espaço apertado sob a cortina, eu havia provavelmente empurrado o pai para um canto ao me remexer durante o sono. Uma distância alva, coberta por um lençol amarrotado, se abrira entre mim e o que eu vira. Eu sentia diretamente sobre a gola do pijama a respiração de meu pai, que dormia todo encurvado às minhas costas.

Só notei que ele estava acordado quando percebi o ritmo descompassado e saltitante de sua respiração ao abafar uma tosse. Nesse preciso instante, algo enorme e cálido tapou de súbito os olhos arregalados do adolescente de treze anos. Eu fiquei cego. Soube logo o que passava. As mãos do pai vieram estendidas de trás e haviam vendado meus olhos.

Essas mãos, eu as tenho ainda vividamente na lembrança. Mãos enormes, além de toda conta. Mãos que me circundaram por trás e que esconderam de pronto dos meus olhos a visão do inferno. Mãos do outro mundo. Mãos que transmitiam quem sabe amor, quem sabe piedade, quem sabe opróbrio. Que obliteraram de imediato o mundo pavoroso com o qual eu tinha contato, sepultando-o imediatamente debaixo de trevas.

Entre essas mãos, eu fiz um ligeiro movimento com a cabeça para indicar que compreendera. O sinal foi logo entendido por meu pai, e as mãos se afastaram. Mesmo depois disso, permaneci obstinadamente de olhos fechados em obediência à ordem dessas mãos, insone até a madrugada, até sentir nas pálpebras a forte claridade vinda do exterior.

Peço-lhes que se lembrem de que eu não vertera uma gota sequer de lágrima anos depois, quando fui "ver" a toda pressa a saída do féretro de meu pai. Peço-lhes que se lembrem de que, com sua morte, os vínculos com a mão haviam sido desfeitos e que, ao contemplar intensamente o rosto de meu pai, eu me certificara da própria existência. Essa foi a represália justa e fiel contra aquelas mãos, contra aquilo que o mundo, por convenção, chama de amor. Entretanto, nunca cheguei a pensar em represálias à minha mãe, muito embora não a tenha perdoado por aquelas recordações.

* * *

Havia sido acertado que minha mãe poderia vir ao templo do Pavilhão no dia anterior ao do aniversário da morte de meu pai para passar a noite. O prior escrevera uma carta à minha escola, para que eu pudesse faltar às aulas nesse dia. Eu cumpria o trabalho compulsório indo do templo à fábrica e voltando no mesmo dia, mas naquele eu relutava em retornar ao Rokuonji.

Tsurukawa, sempre simples e puro, alegrava-se por meu encontro com minha mãe, que fazia tempo eu não via, e os outros colegas do templo também aguardavam com interesse esse encontro. Eu odiei a mãe miserável que eu tinha. Era difícil explicar ao bondoso Tsurukawa por que eu não queria me encontrar com minha mãe. Para piorar, ele me segurou pelo braço e me apressou tão logo o trabalho na fábrica se encerrou:

— Pronto, vamos voltar correndo agora!

Estaria exagerando se dissesse que não desejava em absoluto ver minha mãe. Eu não deixava de sentir alguma saudade dela. Talvez detestasse as manifestações públicas de amor maternal e procurasse por isso atribuir mil e uma razões para explicar minha falta de entusiasmo — tal é o caráter negativo da minha personalidade. Nada havia de mau enquanto eu procurasse justificar algum sentimento honesto com múltiplas razões. Às vezes, entretanto, eram as razões criadas em profusão por meu cérebro que me forçavam a sentimentos inesperados — sentimentos esses que me eram, fundamentalmente, distantes.

As minhas aversões continham, contudo, algo de honesto, porque eu próprio era um ser detestável.

— Não adianta correr. Estou cansado. Vamos voltar arrastando os pés.

— Quer provocar dó em sua mãe, para ser mimado?

Tsurukawa me interpretava sempre da forma errada, como

fazia naquele momento. Mas isso nunca me incomodou. Ele se tornara para mim uma pessoa necessária. Era um amigo imprescindível, um intérprete bem-intencionado, bom tradutor da minha linguagem para a linguagem do mundo.

Às vezes, Tsurukawa me parecia um alquimista — isso mesmo, um alquimista, capaz de transformar chumbo em ouro. Eu era a chapa negativa de uma fotografia. Ele, a cópia positiva. Quantas vezes não assisti, assombrado, aos meus sentimentos turvos e sombrios se tornarem, todos eles, transparentes e radiosos quando surgiam passados através desse filtro que era o espírito de Tsurukawa! Enquanto eu tartamudeava hesitante, Tsurukawa já virara do avesso os meus sentimentos e os expusera ao mundo. Nesse processo, eu havia aprendido, entre outras coisas, que, no que se referia apenas aos sentimentos, não existia discrepância entre os piores e os melhores deste mundo, nem distinção entre suas consequências, nem diferença aparente entre uma intenção assassina e uma piedosa. Eu poderia gastar meu vocabulário inteiro tentando explicar essas descobertas a Tsurukawa e, contudo, ele seria incapaz de acreditar nelas. Mas elas me assustavam. E se, graças a Tsurukawa, passei a não temer mais a hipocrisia, isso se deve também ao fato de que eu já a via como uma ofensa tão somente relativa.

Não cheguei a sofrer um bombardeio em Quioto, mas certa vez, quando eu levava pedidos de fornecimento de peças para aviões à matriz da fábrica, em Osaka, defrontei-me por acaso com um bombardeio e vi um operário com as entranhas expostas sendo carregado em uma maca.

Por que a visão de entranhas expostas é assim tão terrível? Por que somos levados a tapar os olhos, horrorizados, ao vermos as vísceras de um homem? Por que a visão de sangue derramado é tão chocante? Por que os órgãos internos de um ser humano são assim repelentes? Não possuem eles a mesma beleza de uma pele jovem e bela? Que cara faria Tsurukawa se eu lhe dissesse que aprendi com ele a pensar dessa maneira tão conveniente para reduzir a nada a minha feiura? Por que parece tão inumano enxergar o homem como uma rosa, sem fazer distinção entre suas partes internas e externas? Ah, se o homem pudesse abrir gentilmente o lado interno, da alma e do corpo, como fazem as rosas com suas pétalas, e expô-lo à brisa e ao sol de maio...

Minha mãe já chegara e conversava com o Velho Mestre em sua sala. Tsurukawa e eu nos ajoelhamos no corredor iluminado pelo solar vespertino do início de verão e anunciamos nosso retorno.

O Velho Mestre deixou-me entrar, só a mim, e disse qualquer coisa no sentido de que eu me comportava bem. Curvei-me sem quase olhar para minha mãe. Vi apenas suas pantalonas, à moda dos tempos de guerra, já surradas pelo uso, e as mãos com os dedos sujos pousadas sobre elas.

O Velho Mestre nos deu permissão para nos retirarmos. Saímos com repetidas mesuras. Um quarto dos fundos de cinco tatames, ao sul da Pequena Biblioteca e com vista para o jardim, me fora destinado. Sozinhos no quarto, minha mãe começou a chorar.

Eu já pressentira que isso ia acontecer, portanto consegui manter a frieza.

— Estou agora sob os cuidados do Rokuonji. Quero que você não me visite mais, até que alcance a maturidade.

— Eu sei, eu sei.

Eu me satisfazia por receber minha mãe com palavras ríspidas. E, ao mesmo tempo, achava irritante sua insensibilidade e sua passividade. Apenas imaginar que ela pudesse transpor barreiras e penetrar no meu mundo já me causava pavor.

Minha mãe possuía olhos espertos, pequenos e encovados e um rosto tostado pelo sol. Apenas os lábios se mostravam lustrosos e vermelhos como se tivessem vida própria, deixando ver uma fileira de dentes grandes e fortes, próprios de provincianos. Se fosse uma mulher citadina, uma maquiagem pesada não lhe cairia mal, pela idade que tinha. Porém o rosto maltratado dava a impressão de que minha mãe se esforçava por mostrá-lo tão feio quanto possível. Havia algo — eu diria um detestável resíduo carnal sedimentado — em algum ponto desse rosto que feriu minha sensibilidade.

Após o encontro com o Velho Mestre e superada a crise de lágrimas, minha mãe desnudou o torso tostado e se pôs a enxugar o suor com uma toalha de tecido artificial, distribuída pelo programa de racionamento de guerra. A toalha, lustrosa como o corpo de um animal, tornava-se ainda mais lustrosa umedecida pelo suor.

Ela retirou um pacote de arroz da mochila. Disse que trouxera de presente para o Velho Mestre. Eu permanecia calado. Em seguida, retirou também a tabuleta mortuária do pai enrolada diversas vezes em tecido de algodão cinza e a deixou sobre a estante de livros.

— Que felicidade! Amanhã, o reverendo nos celebrará uma reza. Que alegria para o pai!

— A senhora voltará depois para Nariu?

A resposta de minha mãe me surpreendeu. Ela havia transferido os direitos sobre o templo a outros e vendido a pequena horta que possuía para liquidar os débitos contraídos durante o tratamento de saúde de meu pai. E acertara com meus tios residentes no distrito de Kasa, na região suburbana de Quioto, que iria viver com eles, sozinha e sem nada.

Não havia mais templo algum para onde eu pudesse retornar! Não sobrara lugar naquele promontório desolado que me acolhesse!

Não sei que interpretação minha mãe teria dado à expressão de alívio que me veio ao rosto. Ela me disse, junto aos meus ouvidos:

— Ouça bem. Você não terá mais o templo. Para o futuro, não lhe resta outra opção a não ser tornar-se prior do Pavilhão Dourado. Conquiste as boas graças do reverendo monge e se esforce para ser o sucessor. Compreendeu? Vou viver apenas da esperança desse dia.

Isso me perturbou. Eu me voltei à minha mãe, sem coragem, no entanto, de encará-la, pois estava assustado.

O quarto já estava escuro. Como a "mãe amorosa" sussurrasse essas coisas ao pé do meu ouvido, eu me vi envolvido pelo odor de sua perspiração. Lembro-me de tê-la visto sorrir nessa hora. Memórias distantes associadas à amamentação, recordações do seio moreno — imagens fugazes correram pelo meu espírito, e como eram desagradáveis! Há algo de coerção carnal nas chamas de uma ambição desmesurada. Quem sabe isso tenha me assustado. Os cabelos crespos de minha mãe me roçaram a face. Vi nessa hora uma libélula pousada na borda de um vaso de pedra coberto de musgos existente no jardim. A tarde se refletia no pequeno círculo de água contido no pratinho sobre o qual ele estava. Não se ouvia ruído algum. O Rokuonji parecia um templo deserto nessa hora.

Consegui por fim encarar minha mãe. Ela sorria. A coroa de ouro de um dente luziu no canto de seus lábios macios. Gaguejei terrivelmente ao responder:

— Mas logo serei convocado para o serviço militar e poderei morrer na frente de batalha.

— Seu tolo. Se o Exército convocar gagos como você, o Japão estará perdido!

O ódio me enrijeceu a espinha, mas o que eu dissera gaguejando não passava de uma evasiva.

— Pode ser que o templo seja queimado por um bombardeio.

— Do jeito como vão as coisas, Quioto nunca será bombardeada. Os americanos estão respeitando a cidade.

Eu nada respondi. O jardim interno do templo, tomado por sombras, adquiria uma tonalidade de fundo do mar. As pedras do jardim foram, quem sabe, submersas nesse mar, surpreendidas enquanto travavam entre si uma violenta batalha. Pareciam lutar ainda.

Nada preocupada com meu silêncio, minha mãe se ergueu e, observando perfeitamente à vontade as paredes de madeira do quarto, disse:

— Será que já não vão servir o jantar?

Aquele encontro com minha mãe influiu, e não pouco, sobre meu estado de espírito, como constatei depois. Se essa oportunidade me fez perceber que ela vivia em um mundo absolutamente diverso, também me proporcionou, pela primeira vez, um contato com o pensamento de minha mãe que me causou forte impressão.

Ela fazia parte do gênero das pessoas insensíveis por natureza à beleza do Pavilhão. Mas possuía, em compensação, um senso de realidade que até então eu desconhecia. Talvez Quioto nunca viesse a ser bombardeada, por mais que eu sonhasse com isso. E se não houvesse mais esse risco para o futuro, minha vida estaria então despojada de sentido e cairia por terra.

Por outro lado, a ambição de minha mãe, embora odiosa, me dominava. Meu pai nada me dissera a este respeito, mas era possível que tivesse me enviado a este templo movido pela mesma ambição. O reverendo Tayama Dosen era solteiro. Se o próprio reverendo sucedera o templo por recomendação de seu predecessor, eu também poderia sucedê-lo, se a tanto me dedicasse. Então, o Pavilhão Dourado seria meu!

Eu estava confuso. Quando a ambição posterior se fizera insuportável, eu me voltara para o sonho anterior — de ver o Pavilhão bombardeado; e no momento em que este sonho primeiro fora desfeito pelo realismo explícito de minha mãe, eu regressara novamente à segunda ambição. Essas idas e vindas cruciais de pensamento tiveram como resultado uma enorme erupção em minha pele, na altura da base do pescoço.

Não lhe dei trato algum. Assim, a erupção estendeu raízes e me atacou atrás da nuca com uma energia calorenta e pesada. Durante o sono frequentemente interrompido, eu sonhava que um brilho reluzente como ouro puro nascia no pescoço e se expandia para circundar a região posterior da cabeça como um halo ovalado. Quando eu acordava, percebia que isso não passava de pontadas de dor provocadas pela violenta erupção.

Por fim, caí de cama acometido de febre. O prior enviou-me aos cuidados de um cirurgião, que vestia uniforme civil do tempo de guerra e usava perneiras. Ele atribuiu à erupção um nome simples: furúnculo, e lhe aplicou um bisturi desinfetado a fogo — para economizar álcool.

Soltei um gemido e senti o mundo pesado e calorento atrás da minha cabeça estourar, murchar e definhar.

A guerra terminava. Enquanto eu ouvia na fábrica a leitura do édito imperial pondo fim à guerra, não pensava em outra coisa senão no Pavilhão.

Portanto, não é de estranhar que tenha ido apressadamente até ele tão logo voltei. Na trilha destinada aos visitantes, a areia queimava sob o intenso sol de verão. A sola de borracha de má qualidade do meu calçado de esporte derretia, deixando aderências em cada uma das pedras.

Em Tóquio, seria caso de ir até o Palácio Imperial para chorar, após ouvir a proclamação do imperador pondo fim à guerra. Aqui, muitas pessoas foram chorar diante do palácio desabitado de Quioto. Entretanto, as pessoas dispõem em Quioto de templos xintoístas e budistas onde se dirigir para chorar. Os sacerdotes e monges tiveram com certeza um dia cheio. Mas obviamente ninguém procurou o Pavilhão Dourado.

Assim, minha sombra se estendia solitária sobre a areia ardente. Eu diria que o Pavilhão estava do outro lado, e eu deste. Ao primeiro olhar, percebi que a relação entre mim e o Pavilhão, ou seja, a "nossa" relação, já não era a mesma.

O Pavilhão transcendia essas coisas, como o impacto da derrota e a tristeza de um povo. Ou, pelo menos, assim fingia. Não era como ele se mostrara até ontem. O fato de não ter sido reduzido a cinzas por bombardeios, de ter se livrado para sempre desse risco, lhe devolvera a antiga postura orgulhosa: "Aqui estou desde a Antiguidade, e aqui permaneço para todo o sempre".

Ele permanecia em absoluto silêncio, uma mobília elegante e perfeitamente inútil, conservando em seu interior o ouro envelhecido, o exterior protegido pela laca reluzente do solar de verão. Uma vitrine imensa e vazia diante do verdor flamejante da floresta. Nada seria mais adequado às medidas dessa vitrine que algo como um turíbulo espantosamente enorme ou então um gigantesco vazio. Mas o Pavilhão perdera por completo essa espécie de conteúdo. Desnudara-se instantaneamente de toda a sua essência e construíra uma misteriosa forma vazia. E, coisa estranha, o Pavilhão ostentava uma beleza nunca vista, incomparável a todas as belezas já reveladas por ele.

Em momento algum essa beleza fora assim tão sólida. Ela suplantava em muito a minha imaginação; mais que isso, suplantava até a própria realidade, pura e livre de vaidades de qualquer natureza! Ela jamais fora assim radiosa e avessa a qualquer significado.

Digo sem exagero: meus pés tremiam ao observá-la. Minha fronte exsudava um suor frio. Recordo-me que quando visitei o Pavilhão Dourado tempos atrás, e depois voltei à província, tive a impressão de que toda a construção estava em harmonia, com seus mínimos detalhes ressoando conjuntamente como música. Mas o que eu ouvia agora era a completa imobilidade, o silêncio absoluto. Ali não havia fluidez ou transitoriedade. O Pavilhão se materializava, se agigantava diante de mim como se fosse uma assustadora pausa musical, um retumbante silêncio.

"As nossas ligações foram interrompidas", foi como pensei. "Desfez-se o meu sonho de viver com o Pavilhão em um mesmo mundo. Será o retorno da antiga situação, ou melhor, o início de uma situação mais destituída ainda de esperança que a antiga. Uma situação inalterável, enquanto este mundo existir..."

A derrota na guerra nada mais me ensejou senão experiências angustiantes como essa. Vejo ainda hoje, como se presenciasse diante de meus olhos, a incandescente luminosidade do verão daquele 15 de agosto. As pessoas diziam que todos os valores haviam sido destruídos. Mas dentro de mim, pelo contrário, a eternidade despertava, renascia e reclamava seus direitos — a eternidade que me dizia que o Pavilhão ali se achava para ali permanecer eternamente.

A eternidade, maldição que caía dos céus, aderia-se às nossas frontes, mãos e ventres, e nos soterrava... Sim, eu me lembro. No dia em que a guerra terminou, eu a ouvi no chiado das cigarras nas montanhas ao redor. Ela me soava como uma praga, plastificava-me em parede dourada.

Nesse dia, antes das preces da noite, rezou-se um longo sutra pela segurança do imperador e em intenção à alma dos que pereceram em combate. Com o início da guerra, todas as seitas passaram a usar paramentos simplificados, mas nessa noite o Velho Mestre vestiu a toga vermelha guardada por longos anos.

Seu rosto rechonchudo e perfeitamente imaculado, como se até o fundo de suas rugas tivessem sido lavadas, também se mostrava saudavelmente rosado nesse dia. E satisfeito, por alguma razão. Era uma noite quente. O atrito da seda dos paramentos nos parecia refrescante.

Após a leitura do sutra, todos foram convocados à sala do Velho Mestre para uma preleção.

O tema de reflexão zen escolhido por ele para a noite foi o Décimo Quarto Caso do *Mumonkan*, "Nansen mata um gato".

Esse mesmo tema é também repetido em dois outros casos: o Sexagésimo Terceiro do *Hekiganroku*, "Nansen mata um filhote de gato", e o Sexagésimo Quarto, "Joshu leva suas sandálias à cabeça", e é conhecido desde a Antiguidade por sua extrema dificuldade de interpretação.

No Período Tang, vivia no monte Nan Chuan um monge famoso, cujo nome era Pu Yuan. Mas, por viver nesse monte, as pessoas o chamavam de monge Nan Chuan (Nansen conforme a leitura japonesa).

Um dia, quando todos os monges haviam saído para cortar grama, surgiu de alguma parte um filhote de gato nesse templo solitário encravado na montanha. Todos o perseguiram por curiosidade e, por fim, conseguiram capturá-lo. Originou-se então uma disputa entre as facções leste e oeste do templo: as duas queriam tê-lo como animal de estimação.

O monge Nansen, que a tudo assistia, interveio imediatamente e, agarrando o filhote pelo pescoço, encostou-lhe uma foice à garganta e sentenciou:

— Se vocês encontrarem uma solução, eu salvarei o gato. Se não encontrarem, eu o matarei!

Não houve resposta. O monge Nansen matou o gato.

Ao cair da tarde, regressava ao templo um discípulo respeitado, conhecido por Choshu. O monge Nansen narrou-lhe o ocorrido e pediu-lhe que opinasse.

Choshu descalçou imediatamente as sandálias dos pés, levou-as sobre a cabeça e deixou o templo.

O monge Nansen lamentou:

— Ah, se você estivesse presente, o filhote de gato poderia ter sido salvo!

Em linhas gerais, a história é essa. Em particular, a interpretação da passagem em que Choshu leva as sandálias à cabeça é considerada problemática.

Entretanto, a passagem não ofereceria a propalada dificuldade, dizia o Velho Mestre em sua preleção.

O monge matara o gato para extirpar de vez as dúvidas criadas no espírito pelo egoísmo e para erradicar a fonte de fantasias e pensamentos desvirtuados. Ao decapitar o filhote de gato, lançara mão da prática da crueldade para podar o que houvesse de contradição, confronto e discórdia entre eles. Se a essa ação couber o nome de "espada assassina", então a de Choshu será, em contraposição, a "espada da vida", pois em um ato de infinita magnanimidade, ele havia levado à própria cabeça objetos desprezíveis e sujos de barro como sandálias, para mostrar na prática os preceitos do bodhisatva.

Assim nos ensinou o Velho Mestre, encerrando sua preleção. Nenhuma referência foi feita à derrota do Japão na guerra. Isso nos deixou perplexos. Não compreendíamos por que esse tema zen fora escolhido, particularmente no dia da derrota.

Enquanto voltávamos aos alojamentos manifestei essa dúvida a Tsurukawa. Ele também abanou a cabeça.

— É incompreensível. Ninguém compreenderá, a não ser que tenha completado a vida monástica. Mas fato é que o Velho

Mestre, no dia em que perdemos a guerra, não falou sobre isso, e sim de coisas como matar um gato. Creio que a chave do mistério está escondida aí.

Eu não me sentia nem um pouco infeliz com a derrota. Mas intrigava-me a expressão de plena felicidade que observara no rosto do Velho Mestre.

Em um templo, é o respeito ao prior que mantém, normalmente, a obediência aos severos regulamentos. Entretanto, embora vivendo sob a custódia do templo já por um ano, eu não via nascer em minha alma o amor respeitoso pelo Velho Mestre. Isso ainda era tolerável, porque, incensado como fora pela ambição de minha mãe, passei a criticá-lo de vez em quando — eu, um jovem de dezessete anos!

O Velho Mestre mostrava-se justo e desinteressado. Entretanto, essas qualidades não me pareciam excepcionais. Era de todo imaginável que eu próprio seria capaz de demonstrá-las em condições idênticas. E também o Velho Mestre não possuía aquele senso de humor característico dos monges zen. Fato curioso, pois normalmente gorduchos como ele são bem-humorados...

Ouvira dizer que ele esgotara os segredos da vida amorosa. Mas imaginá-lo em atividade me provocava riso e deixava-me, ao mesmo tempo, intrigado. Como se sentiria uma mulher abraçada por aquele corpanzil rosado e macio como massa de arroz? Metida quem sabe em um jazigo coberto por um extenso amontoado de carne rosada a perder de vista?

Intrigava-me que monges zen possuíssem carne. Talvez a vida sexual intensa do Velho Mestre se devesse ao desprezo que ele tinha pela carne, à vontade de se livrar dela. No entanto, intrigava-me como a carne assim desprezada absorvera nutrientes à vontade e, cheia de lustro, acabara envolvendo o espírito do Velho Mestre — essa mesma carne, dócil e humilde como um animal bem domesticado, uma verdadeira concubina para o espírito do reverendo monge...

Devo dizer o que foi para mim a derrota do país na guerra.

Não foi liberação. Absolutamente, não. Foi, isso sim, a ressurreição da rotina budista dissolvida na vida cotidiana, imutável e eterna.

A rotina do templo foi retomada no dia seguinte ao da derrota: abertura dos regulamentos, serviços matinais, desjejum, cumprimento de tarefas, refeições da tarde e da noite, banho, recolhimento... O velho Mestre proibira a aquisição de arroz no mercado negro. Por isso, dispúnhamos apenas do arroz que recebíamos dos párocos como oferenda ou daquele pouco que o vice-diácono comprava no mercado negro e levava ao templo, como se viesse de oferenda, para alimentar os jovens como nós, em fase de desenvolvimento. Esse arroz vinha em papas ralas no fundo da tigela. Íamos às vezes comprar batatas-doces. As papas eram servidas não apenas de manhã como também à tarde e à noite. Nossas refeições se constituíam apenas de papas e batatas, e, portanto, estávamos sempre famintos.

Tsurukawa pedia à família em Tóquio que lhe enviasse doces de vez em quando. Altas horas da noite, ele vinha com os doces à cabeceira da minha cama para que os comêssemos juntos. Vez ou outra, relâmpagos cruzavam o céu.

Eu lhe perguntei por que não retornava para o conforto de sua família abastada, para a companhia de pais tão amáveis.

— Estou me exercitando na prática da austeridade, pois deverei um dia suceder meu pai.

Ele se mostrava conformado, assim como hashi guardado em caixa. Porém insisti e lhe disse que uma nova época da qual nem fazíamos ideia estava provavelmente para chegar. Eu me lembrava nessa hora do que ouvira em conversas, quando fui à escola dois ou três dias depois da rendição: um oficial do Exército, dirigente da fábrica onde trabalhávamos, havia levado um caminhão cheio de material para casa. Segundo ouvi dizer, declarara abertamente nessa hora que, desse dia em diante, ele se tornaria um comerciante do mercado negro.

Pensei com meus botões que esse oficial de olhos frios, arrogante e cruel já se apressava a correr em direção ao mal. Ao longe nesse caminho por onde ele corria com os pés calçados por coturnos, o império da desordem o aguardava, uma aurora confusa com o semblante da morte em campo de batalha. Lá seguia ele a correr, curvado sob o peso das mercadorias roubadas que carregava às costas, agitando ao sopro das últimas brisas da noite seu cachecol de seda branca caído até o peito. Apenas para exaurir suas energias, e com espantosa rapidez. Ouvindo os sinos dourados do império da desordem a dobrar mais além...

Nada disso, porém, me dizia respeito. Eu não tinha dinheiro nem liberdade, tampouco emancipação. Mas certamente já sabia, com dezessete anos vividos, o que eu queria dizer quando falava em uma "nova época". Eu firmara uma decisão, sem contornos precisos, mas de qualquer forma uma decisão:

"Se as pessoas deste mundo querem sentir o gosto do mal por intermédio de suas vidas ou ações, então quero mergulhar tão fundo quanto possível no mal que há em meu mundo interior."

E, no entanto, todo o mal que de início eu imaginava não ia além de me insinuar habilmente junto ao Velho Mestre para conquistar algum dia o Pavilhão Dourado, ou de sonhar que o envenenaria para assumir seu lugar. Até senti a consciência mais leve quando constatei que Tsurukawa não alimentava a mesma ambição de se apossar do Pavilhão.

— Você não sente insegurança alguma quanto ao futuro? O que você espera dele?

— Não sinto nada, realmente. Também não espero nada. E adianta?

A resposta de Tsurukawa não continha, porém, traço algum quer de tristeza, quer de desespero. Bem nesse instante, um relâmpago iluminou suas sobrancelhas finas e suaves, a única área delicada de seu rosto. Pelo jeito, Tsurukawa deixava que os barbeiros lhe raspassem as sobrancelhas. Assim, elas, já delgadas, tornavam-se artificialmente ainda mais finas e com uma leve sombra esverdeada da raspagem da navalha nas pontas.

Eu me preocupava enquanto observava de relance essas marcas. Muito diferente de mim, esse rapaz se consumia em chamas no extremo puro da vida. O futuro será algo desconhecido, que restará quando as chamas se extinguirem. O pavio do futuro acha-se mergulhado em um combustível transparente e frio. Quem neste mundo precisará prever o que lhe restará, no final, da própria inocência e pureza? Se é que algo restará.

Nessa noite, tendo Tsurukawa se retirado ao seu quarto, o calor abafado e úmido de fim de verão não me deixava dormir e também me impedia de resistir ao costume que adquirira, o da masturbação.

Eu ejaculava de vez em quando em sonhos, sem que ocorressem precisamente imagens eróticas. Nesses sonhos, eu via, por exemplo, um cão negro correndo em ruas obscuras, arfando com a boca aberta, vermelha como fogo. À medida que o guiso preso a sua coleira tinia sem parar, minha excitação aumentava e me levava, no auge, a ejacular.

Eu tinha visões infernais quando me masturbava. Surgiam os seios de Uiko e suas coxas. Eu me transformava em um inseto incomparavelmente pequeno e feio.

Saltei do leito e me esgueirei para fora pelos fundos da Pequena Biblioteca.

Atrás do Rokuonji, mais ao leste do ponto em que se acha o Sekkatei, há um morro — o Fudosan. É um morro coberto de pinhos vermelhos, entre os quais crescem os bambus. E no meio deles dêutzias, azaleias e outros arbustos. Eu conhecia bem o caminho em aclive. Assim, conseguia subir por ele sem tropeçar mesmo à noite. Do topo, avistavam-se as regiões superior e central de Quioto, e também os montes Eizan e Daimonji a distância.

Eu subi. Subi sem parar, ouvindo a barulheira que os pássaros assustados faziam com as asas e me desviando de tocos de árvores. Essa escalada, que eu realizara sem pensar em nada, curou-me instantaneamente. Ao chegar ao topo, a brisa fresca da noite envolveu meu corpo molhado de suor.

O panorama que se abriu diante de mim me fez duvidar de meus próprios olhos. Quioto, escurecida durante muito tempo pela imposição do blecaute, era um mar de luzes a perder de vista. Desde o término da guerra eu nunca havia subido à noite até ali. Por isso a visão me pareceu miraculosa.

As luzes se compunham, formando um sólido. Contudo elas se espalhavam por todos os lados sobre uma superfície plana sem deixar perceber se estavam próximas ou distantes. De repente, surgia obstruindo a noite uma gigantesca estrutura transparente, formada apenas de luzes, com múltiplas torres e chifres complexos. Isso, sim, era uma autêntica metrópole. As luzes estavam ausentes apenas na floresta do palácio imperial, que me surgia como uma imensa gruta negra.

Ao longe, em uma das encostas do monte Hiei, relâmpagos riscavam de vez em quando o céu da noite.

"Aí está o mundo!", eu pensei. "A guerra acabou. Sob essas luzes todas, pessoas se entregam a pensamentos maldosos. Casais sem conta se encontram face a face, respirando o odor desse ato 'parecido com a morte', prestes a darem início a ele. Essa infinidade de luzes são todas elas perversas. Eu me conforto pensando assim. Que a perversidade existente em mim prolifere, multiplique-se infinitamente, para corresponder, faiscando, a cada uma das luzes dessa multidão que vejo diante dos meus olhos! E que as trevas da minha alma que envolvem essa perversidade se igualem às da noite ao redor dessa miríade de luzes!"

O Pavilhão Dourado recebia visitantes em quantidades cada vez maiores. O reajuste do preço dos ingressos de acordo com a inflação, solicitado pelo Velho Mestre à prefeitura, havia sido aprovado.

Até então, os escassos visitantes do Pavilhão eram apenas pessoas em trajes simples. Vestiam fardas, roupas de trabalho ou pantalonas do tempo da guerra. Não tardou para que as tropas de ocupação chegassem, e um ambiente mundano e devasso se formasse ao redor do Pavilhão. Por outro lado, o hábito da cerimônia do chá ressuscitava. As mulheres vinham até o Pavilhão em formosos quimonos, escondidos durante anos. Nós, monges, já saltávamos à vista com os nossos tristes trajes monásticos. Parecíamos perfeitos bêbados fantasiados de monge ou, quem sabe, nativos de alguma aldeia bizarra que, para atrair turistas, se apegam mais ainda a seus bizarros costumes tradicionais. Os soldados americanos, em particular, costumavam nos puxar pela manga e rir de nós. Ou então pediam que lhes emprestássemos nossas roupas, oferecendo em troca algum dinheiro, para tirar fotos de lembrança enfiados nelas. Tsurukawa e eu passamos a ser chamados frequentemente para servir de guia e usarmos nosso inglês vacilante, substituindo os guias efetivos que não tinham conhecimento nenhum dessa língua.

Estávamos no primeiro inverno após a guerra. A neve começara a cair desde a noite de uma sexta-feira para continuar no sábado. Mesmo durante a aula eu ansiava ver o Pavilhão coberto de neve tão logo regressasse da escola à tarde.

A neve prosseguia tarde adentro. Continuei pela trilha dos visitantes até o lago Kyoko, calçando botas de borracha e carregando a mala pendurada no ombro. A neve caía fluente. Escancarei a boca para o céu, como fazia quando criança. Os flocos tocavam meus dentes com um tênue ruído de batida em folha delgada de latão. Eu sentia os flocos esparramando-se por toda a cálida cavidade bucal e infiltrando-se na rósea superfície da carne. Nesse momento imaginei a boca da fênix no topo do Kukyo-cho — a boca quente e lisa desse misterioso pássaro dourado.

A neve desperta em nós a alma de adolescente. Com meus dezoito anos ainda incompletos, eu não era exceção. Mentiria se dissesse que sentia na alma a excitação de um adolescente?

Nada se comparava à beleza do Templo Dourado envolto em neve. A arquitetura aberta dava livre entrada aos flocos por entre as fileiras de colunas delgadas. Ela se erguia em uma nudez purificadora em meio à neve.

"Por que a neve não gagueja?", eu me perguntei. Quando ela se acumula nas folhas das árvores e cai, pode-se dizer, é verdade, que de certa forma ela gagueja. Mas sob a neve que caía desimpedida e fluente eu esquecia as distorções da minha alma, e meu espírito recuperava a cadência natural, como se a música nevasse sobre mim.

O Pavilhão em realidade tridimensional se via reduzido pela neve a uma figura plana, a uma figura em um quadro, e perdia a postura de desafio ao mundo ao derredor. Em ambas as margens do lago, os ramos secos do bordo não suportavam a neve toda. O arvoredo parecia mais despido que sempre. Mas a neve acumulada nos pinheiros esparsos oferecia uma visão magnífica.

Ela se acumulava também sobre a superfície do lago coberta de gelo, curiosamente intato em algumas áreas, criando assim enormes manchas brancas como nuvens pinceladas com ousadia em uma pintura ornamental. A neve sobre o lago gelado se estendia desde a rocha Kyusan Hakkai até a ilha Awaji, e os pequenos pinheiros que neles cresciam pareciam nascidos por acaso no meio da planície de neve e gelo.

Excetuadas as três áreas brancas e nítidas formadas pelos telhados do Kukyo-cho e Cho-ondo, mais o pequeno telhado do Sosei, a complexa estrutura de madeira do Pavilhão desabitado despontava com um fresco negrume em meio à neve. Da mesma forma como alguém que vê em um quadro da Escola Nanshu a pintura de um castelo nas montanhas e é tentado a aproximar o rosto da tela para descobrir se há alguém vivendo dentro dele, o esplêndido negrume das velhas estruturas de madeira me atraía a ponto de provocar-me o desejo de ir verificar se havia alguém no Pavilhão Dourado. Mas, se aproximasse o rosto, a gélida tela da neve viria ao meu encontro e me impediria de ir além.

As portas do Kukyo-cho estavam escancaradas para a neve também nesse dia. Eu erguia o rosto para seguir os flocos que flutuavam no minúsculo espaço vazio em seu interior até se aderirem às velhas e oxidadas folhas de ouro das paredes, para então desaparecerem formando pequenas gotas douradas.

Na manhã do dia seguinte, um domingo, o guia idoso do Pavilhão veio chamar-me.

Um soldado estrangeiro aparecera antes do horário de início das visitas. Por gestos, o velho pedira ao soldado que esperasse um pouco e viera procurar-me, porque eu "falava inglês". Por estranho que possa parecer, eu me expressava nessa língua melhor que Tsurukawa e, sobretudo, sem gaguejar!

Havia um jipe estacionado diante da entrada do templo. O soldado americano, completamente embriagado, apoiava-se em uma coluna da entrada e riu com desprezo ao me fitar do alto de sua estatura.

A nevasca da noite deixara reflexos brilhantes no jardim da entrada. Tendo como pano de fundo essa claridade ofuscante, o soldado aproximou seu rosto carnudo e gorduroso do meu, atingindo-me em cheio com seu hálito branco cheirando a uísque. Como sempre, eu não sentia segurança alguma em imaginar quais sentimentos se passavam no interior de pessoas para mim gigantescas.

Assim, resolvi não contrariá-lo em nada. Disse-lhe que, embora estivesse cedo para as visitas, eu abriria exceção e me prontificava a guiá-lo. E solicitei-lhe o pagamento do bilhete de entrada e da taxa de remuneração do guia. Para a minha surpresa, o gigante embriagado pagou sem reclamar. Depois, ele foi até o jipe e, enfiando o rosto lá dentro, disse algo como: "Saia daí!".

Os reflexos da neve me tolhiam a visão e me impediam de enxergar o interior escuro do jipe, porém, à luz da janela da capota, pareceu-me que alguma coisa branca se movia. Alguma coisa, um coelho talvez.

Mas um pé calçado com um sapato de sola alta e delgada surgia sobre o estribo. Eu me espantei, pois o pé estava nu naquele frio. Logo percebi que a mulher, enfiada em um casaco vermelho como fogo, era uma prostituta que atendia soldados americanos. Trazia as unhas das mãos e dos pés pintadas na cor do casaco. Por entre as barras do casaco, via-se um pijama sujo de tecido atoalhado. Ela se achava também completamente embriagada e com os olhos parados. O soldado não se mostrava com a farda em desalinho, porém a mulher não fizera outra coisa senão sair do leito e vestir o casaco e o cachecol sobre a camisola.

O rosto da mulher parecia pálido sob os reflexos da neve. O batom rubro contrastava fortemente com a pele pálida e sem cor de sangue. Ela espirrou no instante em que saiu do veículo. Seus olhos cansados da embriaguez se ergueram por um breve momento em um olhar distante, juntando pequenos vincos sobre o nariz afilado, mas em seguida voltaram a se fazer turvos e sombrios. E chamou pelo companheiro, de nome Jack, que pronunciava como "Ja-a-ck".

— *Ja-a-ck, tsuh korudo, tsuh korudo!* (*Too cold!*)

A voz suplicante da mulher se espalhava sobre a neve acumulada, mas o homem nada respondia.

Essa foi a primeira vez que achei linda uma prostituta como aquela. Não porque fosse parecida com Uiko. Quando muito poderia ser um retrato malfeito de Uiko, produzido com todo o cuidado para subtrair qualquer semelhança com sua imagem nos mínimos detalhes. Esse retrato, dir-se-ia assim elaborado em rebeldia à imagem de Uiko, trazia entretanto uma nova beleza, fresca e contestadora. Havia nela uma espécie de provocação à resistência que eu opunha à sensualidade após minha primeira experiência na vida com a beleza.

Mesmo assim a mulher se assemelhava a Uiko em apenas um ponto: não me dava a mínima atenção, a esta pobre figura de blusão sujo e botas de borracha, sem os hábitos monacais.

Havíamos acabado de varrer apressadamente a neve acumulada na trilha dos visitantes, num esforço coletivo iniciado desde as primeiras horas da manhã. E mal pudemos abrir uma estreita passagem apenas suficiente para a quantidade habitual de visitantes, desde que alinhados em fila única. Assim, teríamos dificuldade em receber grupos numerosos. Conduzi o soldado americano e a mulher por essa trilha.

Ao chegar ao lago onde a paisagem se expandia, o soldado abriu extasiado os braços e exclamou aos berros algo ininteligível, sacudindo a mulher com rudeza. Incomodada, tudo que ela fazia era repetir:

— *Oh Ja-a-ck, tsuh korudo!*

Uma fruta vermelha e lustrosa despontava dentre a folhagem verde das árvores curvadas sob o peso da neve. O soldado me perguntou que fruta era aquela, porém eu não soube responder. Disse-lhe apenas que era *aoki*. Quem sabe aquele corpanzil enorme abrigasse surpreendentemente uma alma poética. Mas os olhos azuis e límpidos me pareceram cruéis.

Dizem, porém, os *Contos da Mamãe Ganso*, essa coletânea de versos infantis ocidentais, que são os olhos negros que refletem malvadeza e crueldade. Os homens talvez tenham por hábito deleitar-se atribuindo crueldade às coisas estrangeiras.

Conduzi os visitantes ao Pavilhão conforme as regras. Todo embriagado, o soldado andava cambaleando e atirou os sapatos para os lados ao descalçá-los. Puxei do bolso com as mãos entorpecidas de frio o texto explicativo em inglês, preparado para ser lido nessas horas, mas o americano arrebatou-o das minhas mãos e começou a lê-lo em tom jocoso. Assim, tornei-me desnecessário.

Recostei-me então no balaústre do Hosui-in e observei o lago. Sua superfície reluzia intensamente. Os reflexos iluminavam todo o interior do Pavilhão como jamais eu vira e me deixavam intranquilo.

Uma discussão se iniciara entre os dois, que haviam se encaminhado, sem que eu percebesse, para os lados do Sosei. A discussão se fazia cada vez mais violenta, mas nada pude entender do que diziam. A mulher respondia aparentemente com palavras fortes, não saberia dizer se em japonês ou inglês. Eles retornavam ao Hosui-in ainda discutindo, esquecidos da minha presença.

O soldado americano a insultava, curvando-se para ela. A mulher esbofeteou-lhe o rosto com força, voltou-lhe as costas e fugiu calçando os sapatos de salto alto, correndo pela trilha dos visitantes em direção à entrada.

Sem nada entender, eu desci também do Pavilhão e comecei a correr à beira do lago. Mas, quando alcancei a mulher, o soldado com suas longas pernas já me ultrapassara. Ele agarrou a mulher pelas golas do casaco vermelho.

O soldado relanceou os olhos em minha direção e soltou de leve as mãos que agarravam a lapela do casaco. Entretanto, a força de suas mãos fora, pelo jeito, considerável. A mulher caiu de costas na neve. As barras do casaco vermelho se abriram, expondo as coxas alvas na neve.

A mulher nem procurava erguer-se. Fitava com raiva os olhos do gigante, lá no alto. Não pude deixar de ajoelhar-me ao lado dela para ajudá-la a se levantar.

— *Hey!* — gritou o soldado americano. Eu me voltei. Ele estava bem diante de mim, de pé com as pernas abertas, fazendo-me sinais com o dedo. E disse-me em inglês, com uma voz subitamente alterada, mais gentil e suave:

— Pise nela! Vamos, pise nela!

Eu não entendia o que ele queria. Mas seus olhos eram todo comando ali do alto de sua estatura avantajada. Por trás de suas costas largas, o Pavilhão brilhava com a neve sob o céu perfeitamente azul de inverno, limpo como se tivesse sido lavado. Aqueles olhos azuis já não me pareciam cruéis, nem um pouco. Mas por que me pareciam assim líricos?

Sua mão grossa veio do alto e me agarrou pela gola para levantar-me. Entretanto, a ordem foi dada com brandura:

— Pise. Vamos, pise!

Não havia como resistir. Ergui o pé calçado com a bota de borracha. O soldado americano bateu em meus ombros. O meu pé desceu e eu pisei em algo macio como barro da primavera — o ventre da mulher. Ela gemia, de olhos fechados.

86

— Mais! Pise mais!

Eu pisei. A repulsa que senti à primeira vez se transformava agora em uma alegria transbordante. Isto aqui é o ventre da mulher, pensei. E isto os seios. Nunca imaginara que o corpo alheio reagisse com tanta resiliência, como se fosse uma bola.

— Agora chega! — ordenou o soldado americano. Depois, ergueu cortesmente a mulher e limpou-a da lama e da neve. A seguir, conduziu-a apoiada em seus braços, caminhando à minha frente sem me dar atenção. A mulher manteve o olhar afastado do meu rosto o tempo todo.

Ao chegar ao jipe, ele a acomodou antes de tudo no interior do veículo. Já recomposto da bebedeira, voltou-se para mim com ar severo e me disse *"thank you"*. Fez menção de me oferecer dinheiro e eu me apressei em recusar. Apanhou então dois maços de cigarro do assento do jipe e os empurrou em minhas mãos.

Permaneci em pé e com o rosto afogueado, em meio aos reflexos da neve, diante do portão de entrada. O jipe se afastou sacudindo e desapareceu na nuvem de neve que se ergueu. Meu corpo estremecia de excitação.

Enfim mais calmo, imaginei uma trapaça que me daria um prazer hipócrita. Com que alegria o Velho Mestre, um aficionado do cigarro, haveria de receber aquele presente, "sem saber de nada"!

Que necessidade havia de confessar o que fizera? Eu fora forçado a cumprir ordens. Quem poderia dizer o que teria me acontecido se recusasse?

Fui à sala do Velho Mestre, a Grande Biblioteca. O vice-diácono raspava-lhe a cabeça, era hábil em coisas como essas. Aguardei no terraço bem iluminado pelo sol da manhã. Sobre o pinheiro do jardim, em forma de navio, a neve luzia dando a impressão de que o navio estava de velas novas, enroladas nos mastros.

Enquanto lhe raspavam a cabeça, o Velho Mestre mantinha os olhos fechados, segurando entre ambas as mãos uma folha de papel para aparar os cabelos que caíam. Terminado o serviço, o vice-diácono envolveu o crânio do Velho Mestre em uma toalha aquecida. Instantes depois, retirada a toalha, o crânio surgia renascido e quente como se cozido em fervura.

Por fim, pude entregar-lhe com algumas explicações e com uma mesura as duas caixinhas de Chesterfield.

— Bom trabalho! — disse ele com um sorriso que parecia extravasar os contornos do próprio rosto. Só isso. Os dois maços de cigarro foram recebidos mecanicamente e largados sem nenhum cuidado sobre a pilha de cartas e documentos.

O vice-diácono começou a massagear-lhe os ombros, e ele então fechou os olhos novamente.

Eu devia retirar-me. Fervia de revolta. A inexplicável maldade que cometera, os cigarros que ganhara como recompensa, o Velho Mestre que recebera esses cigarros sem nada saber... Eu esperava algo mais teatral, mais pungente dessa sequência de acontecimentos.

O Velho Mestre não havia notado essa insatisfação. Passei a desprezá-lo mais ainda por isso.

Entretanto, me deteve quando eu me preparava para me retirar. Percebi que ele estivera pensando em recompensar-me.

— Ouça — disse —, pretendo enviá-lo à Universidade Otani tão logo conclua o curso secundário. Estude bastante para ingressar na universidade com boas notas, pois seu finado pai deverá estar muito preocupado com você.

A notícia foi prontamente divulgada por todo o templo pela boca do vice-diácono. Ter sido indicado pelo próprio Velho Mestre para prosseguir os estudos na universidade era prova de que ele me julgava promissor. Eu ouvira mil histórias sobre acólitos que, em outros tempos, haviam ido noites sem conta ao quarto do prior para massagear-lhe os ombros com o intuito de conquistar favores e ganhar finalmente a almejada indicação ao ensino superior. Tsurukawa, que também seguiria para a Universidade Otani custeado pela família, felicitou-me me batendo nas costas de alegria. O outro acólito não recebera o mesmo favor do Velho Mestre. Ele deixou de dirigir-me a palavra a partir desse dia.

4.

Na primavera de 1947, ingressei orgulhosamente na Universidade Otani para o curso preparatório, prestigiado como sempre pelo Velho Mestre e cercado da inveja de meus colegas — é como poderia parecer aos outros, mas não foi bem o que aconteceu. Fatos desagradáveis ocorreram, cuja simples lembrança me traz desgosto.

Ao retornar da escola, decorrida uma semana desde aquela manhã de neve em que recebi do Velho Mestre a permissão para continuar meus estudos na universidade, aquele acólito excluído me recebeu com uma visível alegria estampada no rosto, ele que desde então jamais quisera falar comigo.

Percebi também algo estranho no comportamento tanto dos empregados do templo como do diácono, muito embora se esforçassem visivelmente por aparentar normalidade.

Essa noite fui ao quarto de Tsurukawa e me queixei da atitude do pessoal. De início, ele reagiu simulando estranhar como eu o fato, mas, honesto com os sentimentos como era, não demorou a fitar-me nos olhos com severidade, e com certo ar de culpa.

— Aquele sujeito — e disse o nome do rapaz — me contou que ouviu falar, isso porque ele próprio estava na escola e não esteve presente... Bem, o fato é que, segundo ele, coisas estranhas aconteceram quando você não estava aqui.

Fiquei sobressaltado. Pressionei Tsurukawa. Ele me fez prometer que guardaria segredo e começou a contar-me, atento à minha reação.

Na tarde desse dia, uma prostituta que trabalhava com estrangeiros viera procurar o prior vestindo um sobretudo vermelho. O diácono fora atendê-la na porta de entrada. A mulher o insultara, reclamando que fazia questão de ver o prior. Desafortunadamente, o Velho Mestre passava nessa hora pelo corredor e, vendo a mulher, foi até a porta. Ela viera queixar-se de que cerca de uma semana antes, na manhã seguinte a uma nevada, viera com um soldado americano visitar o Pavilhão Dourado. Fora então derrubada na neve por ele, e um dos acólitos, para agradar o soldado, pisoteou-a no ventre. A mulher estava grávida e nessa noite abortara a criança. Exigia agora que o Templo lhe pagasse alguma quantia em dinheiro por isso. Caso contrário, denunciaria o Rokuonji em público.

O Velho Mestre pagou a mulher em silêncio e ela se foi. Nesse dia, ninguém senão eu servira de guia para os dois, isso ele sabia. Mas não havia testemunhas da denúncia. Assim, ele determinara que o fato não viesse a meu conhecimento. O Velho Mestre abafara o caso.

Entretanto, o pessoal do templo acreditou piamente em minha culpa tão logo ouviram a história do diácono. Quase às lágrimas, Tsurukawa tomou minhas mãos e fitou-me com os olhos límpidos. Sua franqueza e sinceridade juvenil me comoveram.

— Diga-me a verdade, você fez mesmo isso?

Eu me via face a face com meus sentimentos sombrios. Tsurukawa me encurralara nessa situação com a pergunta.

Por que ele me perguntava uma coisa como essa? Por amizade? Estaria ciente de que, com essa pergunta, abandonava de vez seu verdadeiro papel? De que traía meus sentimentos mais recônditos?

Creio que já repeti diversas vezes, Tsurukawa era a impressão fotográfica positiva do meu retrato. Cumprisse ele fielmente o seu papel, não me encostaria à parede com perguntas dessa natureza, aliás, nada me perguntaria, teria deixado meus sentimentos sombrios intatos para traduzi-los em forma de sentimentos mais luminosos. A mentira então seria transformada em verdade, e esta em mentira. Se eu tivesse percebido em Tsurukawa a intenção de cumprir esse papel tão próprio dele — de traduzir todas as sombras em luz, todas as noites em dia, todo o luar em luz do sol, todo o musgo úmido da noite em folhagem viçosa do dia —, quem sabe eu lhe gaguejasse minha inteira confissão. Entretanto, não o fez justo nessa hora. Meus sentimentos sombrios com isso saíram fortalecidos.

Eu ri de forma ambígua. A noite já avançada no templo frio e sem fogo. O joelho gelado. As colunas, velhas e grossas, estavam por toda parte ao nosso redor enquanto conversávamos em sussurros.

Eu tremia, muito talvez por causa do frio. Mas o prazer em mentir descaradamente a esse amigo pela primeira vez bastava para levar meus joelhos a tremer dentro do pijama.

— Eu nada fiz.

— Então é isso. A mulher mentiu. Que diabo, até o vice-diácono acreditou nela!

O senso de justiça de Tsurukawa se inflamava. Ele se exaltava, protestaria amanhã mesmo junto ao Velho Mestre a minha inocência. Veio-me de repente à lembrança nesse instante a cabeça recém-raspada do prior, que lembrava um vegetal cozido. E também seu rosto rosado e passivo. Essas imagens me provocaram, não sei por quê, uma repulsa, súbita e violenta. Era necessário abafar de vez os arroubos de justiça de Tsurukawa antes que explodissem.

— Mas será que o Velho Mestre acha mesmo que sou culpado?

— Sei lá... — Tsurukawa ficou perplexo com a pergunta.

— Os outros que digam o que quiserem, o Velho Mestre vê as coisas e se mantém calado. Não há por que nos preocuparmos. Eu penso assim.

Eu o convenci de que os protestos dele serviriam apenas para aprofundar as suspeitas sobre mim. Argumentei que só o Velho Mestre sabia muito bem que eu era inocente, e por isso mesmo não investigara o caso. Enquanto eu falava, uma alegria despontava em mim e espalhava raízes vigorosas: "Ninguém me viu, não há testemunhas!".

É preciso que se diga que eu nunca acreditei que o Velho Mestre me tivesse por inocente. O simples fato de que não levara adiante uma investigação corroborava essa conclusão.

Talvez ele tivesse percebido o que acontecera já no momento em que recebera das minhas mãos os dois maços de Chesterfield. Suspendera quem sabe as investigações para se afastar e aguardar uma confissão espontânea. Mais ainda, oferecia uma isca — a indicação para eu estudar na universidade. Propunha tacitamente uma barganha: se não confessasse, a desonestidade seria punida com o cancelamento da indicação. Caso contrário, e se constatado o meu arrependimento, a indicação me seria desta vez ostensivamente confirmada como um favor. O Velho Mestre determinara ao vice-diácono que essas coisas não deviam ser reveladas a mim, e aí estava outra armadilha ainda mais perigosa. Se eu fosse realmente inocente, nada me afetaria e eu poderia cuidar da rotina diária sem saber de nada. Por outro lado, se eu tivesse de fato cometido a falta, e se tivesse um pouco de inteligência, poderia seguir cumprindo o dia a dia no silêncio das almas puras, assim como teria feito se fosse realmente inocente. Isto é, eu poderia muito bem simular o cotidiano de quem nada tivesse a se arrepender. Melhor, eu devia simular. Seria essa a melhor alternativa, o único caminho que me restaria para me defender das suspeitas. Era isso que o Velho Mestre me sugeria. Era essa a armadilha. Eu me enfureci ao chegar a essa conclusão.

Cabiam argumentos para me defender. Se eu não tivesse pisoteado a mulher, o soldado estrangeiro poderia ter sacado o revólver e ameaçado minha vida. Era impossível opor resistência às tropas de ocupação. Eu fora forçado a fazer o que fiz.

Entretanto, tudo aquilo que senti: o ventre da mulher na sola das botas, a resiliência convidativa, os gemidos, a sensação de que a carne esmagada se abria como uma flor, aquela certa falência dos sentidos, a impressão que me veio nessa hora de que algo como um relâmpago sutil vazara do interior do corpo da mulher e trespassara o meu corpo... Eu nunca poderia afirmar que fora obrigado até a isso. Pois senti um prazer até hoje inesquecível.

O Velho Mestre conhecia a essência daquilo que eu sentira, a essência desse prazer!

Depois disso, durante um ano, achei-me como um pássaro engaiolado. A gaiola, eu a via a todo instante. Decidira não confessar e não encontrava paz na vida.

Coisa estranha. Aquela ação — a de ter pisoteado a mulher — que na época não me trouxera sentimento algum de culpa, começava a reluzir cada vez mais na minha lembrança, não apenas porque vim a ter conhecimento de que ela provocara um aborto. A ação se decantava no fundo da lembrança feito ouro em pó e começava a emitir um brilho ofuscante e perpétuo. O brilho da perversidade. Sim, foi isso. A consciência bastante nítida de ter cometido uma perversidade, mesmo que pequena, se instalara em mim sem que me desse conta. Achava-se pendurada como uma condecoração do lado interno do meu peito.

Pois bem, nesse período antecedente aos exames vestibulares da Universidade Otani não me restava na verdade outro recurso senão me abandonar à perplexidade, conjecturando o que o Velho Mestre teria em mente. Ele jamais me deu a entender que reverteria minha indicação ao curso superior. Mas, por outro lado, nada me disse também para me incentivar a me preparar para os exames. E quanto esperei por uma palavra do Velho Mestre, fosse qual fosse! Ele se mantinha contudo em um silêncio maldoso e me levava a uma tortura prolongada. E por outro lado não pude confirmar junto a ele, quem sabe por receio, quem sabe por rebeldia, suas intenções sobre o prosseguimento de meus estudos. A figura do Velho Mestre, que em outros tempos me inspirava respeito como era natural, e que por vezes eu observava com olhos críticos, surgia-me agora como a de um monstro. O prior não me parecia mais um ser dotado de sentimentos humanos. Tornara-se um castelo fantasmagórico, insistentemente presente por mais que tentasse desviar dele os meus olhos.

O outono terminava. O Velho Mestre havia sido convidado para atender ao funeral de um antigo paroquiano em uma região distante duas horas de trem. Na noite anterior à viagem, ele decidira que partiria no dia seguinte às cinco e meia da manhã. O vice-diácono o acompanharia. Portanto, deveríamos despertar às quatro da manhã para efetuar limpezas e preparar a refeição com rapidez para não atrasar sua partida.

Logo ao despertar, iniciamos os trabalhos matinais rezando sutra enquanto o vice-diácono cuidava do Velho Mestre.

Do jardim frio e escuro, o ruído produzido pelas roldanas no poço soava constantemente. O pessoal se apressava em lavar o rosto. Um galo cantou no fundo do jardim, estilhaçando a alvorada do fim de outono com sua voz estridente e branca. Nós compusemos as mangas dos nossos hábitos monacais e nos dirigimos às pressas à frente do altar do Salão dos Visitantes.

No Salão, onde ninguém dormia, os amplos tatames pareciam repelir qualquer contato, mergulhados que estavam no ar gélido da madrugada. A chama das velas do altar balançava delicadamente. Nós efetuamos as Três Reverências. De pé, realizávamos uma curvatura. Sentávamo-nos depois ao som de um sino e realizávamos outra curvatura. Repetimos essa ação por três vezes.

Sempre eu sentia frescas as vozes masculinas que entoavam os sutras em coro nos trabalhos matinais. De todo o dia, soavam mais vigorosas de manhã. Escapavam das gargantas formando uma torrente negra, dando a parecer que espalhavam por todos os lados e vigorosamente as imagens perturbadoras da noite anterior. Quanto a mim, não sei dizer. Mesmo assim, o simples pensamento de que eu espalhava da mesma forma as mesmas imundícies masculinas juntando minha voz às outras me trazia uma estranha coragem.

Não termináramos ainda nossa "sessão de papas" quando chegou a hora da partida do Velho Mestre. Como de praxe, devíamos todos nos alinhar na entrada do templo para desejar-lhe boa viagem.

A noite ainda não clareara. O céu estava cheio de estrelas. O pavimento de pedra se estendia esbranquiçado à luz das estrelas até o portão principal, mas os gigantescos carvalhos, ameixeiras e pinheiros deitavam sombras que se fundiam umas nas outras, cobrindo todo o terreno. O frio da madrugada se infiltrava pelo cotovelo do suéter esburacado que eu vestia.

As formalidades deviam ser cumpridas em silêncio. Nós nos curvamos em silêncio. O Velho Mestre retribuiu quase imperceptivelmente. O som produzido pelo *getá* nos pés do prior e do vice-diácono sobre o pavimento de pedra se distanciava ao longe. Fazia parte da etiqueta zen segui-los até perdê-los de vista.

Não podíamos vê-los por inteiro enquanto se afastavam. Víamos apenas a barra branca dos hábitos monacais e as meias também brancas. Desapareciam às vezes, mas era porque estavam ocultos entre as sombras das árvores. A barra dos hábitos e as meias brancas voltavam a aparecer além das sombras, quando então seus passos pareciam ecoar até mais alto.

Nós os seguimos com a vista sem esmorecer até saírem pelo portão principal e por fim desaparecerem. Esse lapso de tempo nos pareceu extremamente longo.

Uma estranha compulsão tomava forma em meu espírito nessas horas. Essa compulsão ardia em minha garganta, assim como acontecia quando a gaguice me bloqueava uma palavra importante. Eu queria ver-me livre. Minhas ambições — o desejo de prosseguir estudos na universidade, sem falar daquela sugerida por minha mãe, de suceder o prior no Pavilhão — haviam desaparecido do meu espírito. Eu queria apenas fugir daquilo que me oprimia, que me esmagava com seu peso.

Eu não diria que me faltou coragem nessa hora. Coragem para confessar? Desprezível! Para quem, como eu, viveu vinte anos em mudez, o peso dessa coragem era simplesmente desprezível. Estou me gabando? Mas creio que, se me abstive de confessar em reação ao silêncio do Velho Mestre, foi porque tentava responder uma única questão: "O Mal é possível?". Se eu não me arrependesse até o final, então se comprovaria que o Mal, por menor que fosse, era possível.

Contudo, à medida que as bordas brancas da roupa e as meias também brancas do Velho Mestre se afastavam ao longe entre as sombras do arvoredo, madrugada adentro, a força da compulsão que me ardia na garganta se tornava incontrolável. Eu queria confessar tudo. Queria correr atrás do mestre, agarrar as mangas de sua roupa e confessar em alta voz tudo que se passara no dia da neve. Não por respeito ao prior, absolutamente. O poder que o Velho Mestre exercia sobre mim era algo semelhante a uma terrível força física.

Entretanto, eu me detive quando pensei que a primeira pequena perversidade cometida na minha vida seria destruída no momento em que eu a confessasse. Era como se alguém me puxasse com firmeza pelas costas. O vulto do Velho Mestre cruzara o portão e desaparecera sob o céu ainda escuro da madrugada.

Instantaneamente livres, todos correram para o interior do templo em algazarra. Só eu permanecia absorto, quando Tsurukawa me bateu nos ombros. Os ombros despertaram. Estes ombros, magros e miseráveis, recuperavam o orgulho.

Mas enfim prossegui, como já disse, os estudos na Universidade Otani, não obstante essas experiências. A confissão foi desnecessária, pois dias depois o Velho Mestre nos chamou, Tsurukawa e eu, à sua presença para nos ordenar em poucas palavras que começássemos a nos preparar para os exames vestibulares, e que nos dispensava por isso das tarefas do templo.

Eu ingressei na Universidade, mas as coisas não terminaram aí. As atitudes do Velho Mestre nada revelavam, e também nada consegui perceber sobre suas intenções com respeito à escolha de seu sucessor.

Pois bem, a Universidade Otani. Nela, abracei pela primeira vez um ideal, aliás, um ideal que escolhi por capricho. Foi onde minha vida sofreu uma brusca guinada.

Essa universidade fora criada há cerca de trezentos anos, quando o dormitório de estudantes pertencente ao Templo Tsukushi Kanzeon foi transferido em 1663 para o interior dos recintos da mansão Kikoku, em Quioto, e passou desde então a ser utilizado, e durante muito tempo, como monastério pelos adeptos da Seita Otani do Hoganji. Entretanto, na época do Décimo Quinto Patriarca de Hoganji, um adepto de Naniwa de nome Takagi Soken realizou uma piedosa doação: escolheu o terreno atual em Karasuma-gashira, ao norte da cidade, e construiu nele a universidade. A área do terreno, de cerca de quatro hectares, não é nada espaçosa para uma universidade. Entretanto, muitos jovens, não apenas da seita Otani como também de diversas outras, vieram estudar na universidade para adquirir conhecimentos básicos da filosofia budista.

O velho portão de tijolos voltado para o monte Hiei, cujas fraldas se sobrepõem sob o céu a oeste, separa o campus universitário da rua percorrida por bondes. Uma via carroçável pavimentada de areia se estende desde o portão até o pátio de circulação de carruagens, diante do edifício principal — uma construção antiga de dois andares, melancólica, de tijolos vermelhos. No topo do telhado da entrada do prédio ergue-se ao céu uma torre de cobre que, para ser um campanário, falta-lhe o sino, e, para ser uma torre de relógio, falta-lhe o próprio relógio. Assim, a torre não cumpre outra finalidade a não ser recortar com sua janela quadrada perfeitamente inútil um pedaço do céu e servir de base para um para-raios delgado.

Ao lado da entrada, cresce uma tília alta e vetusta, cuja magnífica folhagem resplandece como cobre sob o sol. A universidade, restrita de início ao edifício principal, passou por expansões ao longo do tempo, quando diversas alas interligadas lhe foram acrescentadas de forma desordenada, a maior parte delas construções térreas de madeira. Calçar sapatos era proibido no interior dos recintos, e assim os corredores entre as alas estavam forrados por intermináveis tapetes de bambu trançado já quase destruídos. Os tapetes estavam casualmente remendados em alguns pontos. Assim, ao seguir de uma ala para outra, os pés pisavam em um mosaico de cores formado por tapetes desde os mais recentes até os mais antigos.

Embora eu frequentasse a universidade todos os dias de alma nova, sentia-me inseguro como qualquer calouro de escola. Não conhecia ninguém exceto Tsurukawa. Por conseguinte, eu me via propenso a conversar só com ele. Isso não fazia muito sentido, já que ingressávamos em um mundo novo. Creio que Tsurukawa pensava o mesmo, porque, passados alguns dias, nós nos separamos intencionalmente durante o intervalo das aulas para tentarmos fazer novas amizades. Entretanto, gago como eu sou, faltava-me coragem. Eu me vi cada vez mais isolado, enquanto o círculo de amizades de Tsurukawa se expandia.

O primeiro ano do curso preliminar da universidade abrangia dez disciplinas: educação moral, língua japonesa, literatura clássica chinesa, língua chinesa moderna, língua inglesa, história, literatura budista, lógica, matemática e educação física. As aulas de lógica me martirizaram desde o início. Certo dia, durante o intervalo que se seguiu à aula dessa matéria, tomei coragem e decidi abordar um estudante para discutir algumas questões com ele. Desde algum tempo eu contava com esse estudante para estabelecer nova amizade.

Ele costumava comer seu lanche junto a um canteiro de flores, sempre sozinho, um hábito algo ritualístico. Não gostava quem sabe do lanche, que comia visivelmente aborrecido. Nessas horas mostrava-se terrivelmente antipático, e por essa razão as pessoas não se aproximavam dele. Não procurava conversar com os colegas e parecia recusar amizades.

Chamava-se Kashiwagi, eu sabia. A característica mais notável de seu aspecto físico eram os pés, retorcidos, voltados para dentro. Tinha um andar elaborado: parecia caminhar eternamente no meio de um lodaçal — trabalhava para soltar um dos pés da lama e o outro se afundava nela. Com isso, o corpo inteiro saltitava, o andar se transformava em uma espécie de dança espalhafatosa e inusitada.

Há uma razão para eu me ter interessado por Kashiwagi desde os primeiros dias na universidade. Sua malformação física me tranquilizava. Desde o início, seus pés tortos manifestavam apoio à minha deficiência.

Kashiwagi abria seu lanche em um campo de trevos, no jardim dos fundos, para onde se voltavam os barracões dos grêmios de caratê e tênis de mesa. Os barracões estavam abandonados, com os vidros da janela quase todos destruídos. Cinco ou seis pinheiros magros cresciam por perto. Havia também uma pequena moldura de canteiro vazia, pintada de verde. A pintura se descolava, formava felpas, se encrespava feito flores artificiais ressecadas. E ao lado, duas ou três estantes de bonsai, um amontoado de detritos e, também, canteiros de primaveras e jacintos.

O campo de trevos não deixava de ser um lugar adequado para se sentar. A luz, absorvida pela tenra folhagem, formava sombras minúsculas e todo o campo parecia flutuar. Diferentemente de quando andava, Kashiwagi, sentado, era um estudante como outro qualquer. Havia em seu rosto pálido uma espécie de beleza severa. Os portadores de deficiência física possuem a mesma beleza atrevida das mulheres formosas. Ambos estão cansados de ser observados, enjoados de ser objetos de atenção, de ser perseguidos, e reagem aos olhares devolvendo, desafiantes, a sua realidade. A batalha de olhares se vence olhando. Kashiwagi baixava o olhar enquanto comia, mas dava-me a impressão de que seus olhos haviam perscrutado em detalhes tudo que existia no mundo ao redor.

Banhado pelo sol, ele se mostrava autossuficiente. Isso me impressionou. Bastava vê-lo assim em meio à luminosidade e às flores da primavera para perceber que ele nada possuía dos sentimentos de vergonha e timidez que havia em mim. Era uma sombra que protestava existência, ou melhor, a própria sombra existente. O sol, sem dúvida, não penetrava naquela pele endurecida.

O lanche que Kashiwagi comia todo compenetrado, porém com evidente desgosto, era pobre, mas não muito inferior ao que eu preparava de manhã com as minhas mãos na cozinha do templo. Em 1947, era impossível obter alimentos apropriados, a não ser que se recorresse ao mercado negro.

Fui até ele com meu lanche e cadernos. Minha sombra incidiu sobre o lanche de Kashiwagi e ele ergueu o rosto. Fitou-me de relance e voltou a baixar os olhos. Depois, continuou a mastigar monotonamente como um bicho de seda triturando folhas de amora.

— Será que você pode me ajudar numa dúvida da aula? — perguntei, gaguejando, em dialeto oficial de Tóquio. Decidira usá-lo quando entrasse na universidade.

— Não estou entendendo nada. Você gagueja muito — respondeu Kashiwagi intempestivo. Eu enrubesci. Ele passou a língua pela ponta do hashi e acrescentou, direto e impetuoso:

— Eu sei perfeitamente por que você veio falar comigo, Mizoguchi. É esse o seu nome, não é? Entendo que queira fazer amizade com outro deficiente como você, mas diga-me: você se julga mais deficiente que eu? O defeito que você tem é assim grave? Eu creio que você se preocupa demais consigo mesmo. É por isso que se preocupa também com a gaguice que tem.

Mais tarde, quando soube que ele vinha de uma família de adeptos do zen da nossa seita Rinzai, percebi que ele pretendera mostrar nesse diálogo inicial uma postura típica de monge zen, mas não posso negar que naquele primeiro momento ele me impressionou fortemente.

— Vá, gagueje! Gagueje! — Kashiwagi se divertia enquanto eu permanecia mudo, sem poder responder.

— Você encontrou finalmente alguém com quem se abrir gaguejando sem nenhum receio. Não é verdade? É assim que todos procuram um companheiro. Mudando de assunto, você ainda é virgem?

Acenei que sim com a cabeça. Kashiwagi me interrogava como se fosse médico: fazia-me sentir que não faria bem mentir para ele.

— Foi o que pensei. Você é virgem. E nem um pouco vistoso. Não consegue atrair mulheres, nem tem coragem para comprar prostitutas. Isso é tudo. Mas se você quis ter outro virgem como você para companheiro, então se enganou. Quer saber como deixei de ser virgem?

Kashiwagi começou a falar sem esperar que lhe respondesse:

— Eu venho de um templo zen dos subúrbios de San-no-miya. Tenho pernas tortas desde que nasci. Você, que me vê confidenciando estas coisas, vai quem sabe pensar que sou um pobre doente que expõe sua vida íntima sem olhar a quem, porém eu não me abro com qualquer um. É embaraçoso, mas eu também havia escolhido você para confidente desde o início. Digo-lhe por quê: tudo que andei fazendo, penso eu, poderá provavelmente lhe ser de muita valia, e creio mesmo que o melhor para você é talvez fazer como eu fiz. Como sabe, é assim que os religiosos conseguem farejar adeptos e os abstêmios, seus companheiros.

É verdade, eu me envergonhava das condições da minha existência. Julgava uma derrota conciliar-me e conviver em paz com elas. Causas para revoltar-me, havia quantas quisesse. Meus pais deviam me ter proporcionado uma cirurgia corretiva nos pés enquanto eu era criança. Agora já é tarde. Entretanto, eu os vejo com indiferença. Odiá-los seria tedioso.

Eu acreditava que nunca seria amado por mulher alguma. É uma certeza muito mais pacífica e tranquila do que as pessoas imaginam, como você mesmo deve saber. Ela não contradiz necessariamente a decisão de não me conciliar com as minhas condições — porque, se eu acreditasse que poderia ser amado por uma mulher assim como sou, então eu estaria, nesse aspecto, me apaziguando com as minhas condições. Descobri que a coragem para interpretar corretamente a realidade e a coragem para combater essa interpretação se amoldam uma à outra com muita facilidade. Eu me sentia espontaneamente aguerrido.

Portanto, nada mais natural me parece que não tivesse tentado romper a minha virgindade com prostitutas, assim como fizeram os meus amigos. Pois eu sei que elas não dormem com seus clientes por amor. Para elas, não importa se os clientes são velhos, mendigos, caolhos ou bonitões. Podem ser até leprosos, se elas não souberem. São todos iguais para elas, e assim os homens em geral se sentem confortáveis e compram a primeira que lhes aparece. Isso, porém, não me agradava. Não suportava a ideia de ser recebido como se eu tivesse as mesmas qualificações de outro qualquer fisicamente perfeito. Via nisso uma horrível profanação do meu ser. Se estas pernas tortas fossem ignoradas ou esquecidas, nada restaria da minha existência — tinha esse pavor, assim como você tem agora, creio eu. Para que as minhas condições físicas fossem reconhecidas e aceitas sem reservas, era necessário um preparo muitas vezes mais elaborado que o das pessoas normais. A vida devia ser necessariamente assim. Foi como pensei.

A terrível insatisfação que nos conduz a uma situação de confronto com o mundo poderia ser sanada se um de nós dois — nós ou o mundo — mudasse. Mas eu odiava tais sonhos de mudança. E passei a ser inimigo exacerbado de sonhos. A conclusão logicamente amadurecida a que cheguei foi que eu deixaria de existir se o mundo mudasse e o mundo deixaria de existir se eu mudasse. De certa forma, ela se assemelha, por paradoxal que seja, a uma solução de conciliação e compromisso. Isso é possível, desde que o mundo se concilia com a ideia de que não posso ser amado tal como sou. Contudo, a armadilha em que o deficiente físico finalmente termina caindo não é a de solucionar o antagonismo entre si e o mundo, mas a de assumi-lo por completo. Eis por que a deficiência é incurável...

Foi nessa época da minha juventude — e eu uso esse termo na exata acepção da palavra — que me vi envolvido em um incidente inacreditável. A filha de um dos paroquianos, famosa por sua beleza, uma jovem de família abastada formada no Colégio Feminino de Kobe, veio por acaso confessar seu amor por mim. Não pude acreditar em meus próprios ouvidos durante certo tempo.

Mas se duvidei não foi por ter atribuído a motivação desse amor à piedade. Sabia muito bem que nenhuma mulher me amaria só por piedade — a desgraça me tornou mais apto a perceber a psicologia das pessoas. Pensando bem, concluí que a causa daquele amor se achava no orgulho exacerbado da jovem. Ela tinha consciência da própria beleza e de quanto valia como mulher. Por isso, não admitia pretendentes jovens e autoconfiantes. Recusava-se a pôr na mesma balança o orgulho dela e a vaidade deles. Em outras palavras, os bons partidos, quanto melhores, maior repulsa lhe causavam. Repeliu de forma puritana qualquer tentativa de pôr o amor em um prato de balança (e nisso mostrou-se irredutível) e voltou a mim sua atenção.

Minha resposta já estava decidida. Você poderá rir de mim, mas eu disse que não a amava. Que outra resposta poderia dar? Era uma resposta honesta e sem afetação alguma. Se eu tivesse respondido que também a amava, pensando em aproveitar a chance que me era oferecida, eu teria ultrapassado os limites do cômico para me tornar trágico. Eu sou suficientemente inteligente para saber como devem se comportar as figuras cômicas como eu para evitar parecerem trágicas, ainda que seja por engano. Não parecer miserável — isso é importante para as almas daqueles que convivem conosco. Por isso eu disse simplesmente: "Eu não a amo".

Mas ela não desistiu. Dizia que eu estava mentindo. O que ela fez depois para me convencer, tomando todos os cuidados para não ferir meu amor-próprio, foi notável. Ela não concebia que existisse neste mundo algum homem que não a amasse. Se algum homem assim dissesse, estaria com certeza mentindo. Ela analisou em detalhe a minha personalidade, para me afirmar com toda a segurança que, na verdade, eu a amava havia muito tempo. Era uma mulher inteligente. Admitindo a hipótese de que ela me amava de verdade, escolhera por objeto de amor um indivíduo de trato terrivelmente difícil. Se me dissesse que meu rosto era formoso, quando sei que não, poderia me enfurecer; se dissesse que achava lindas minhas pernas tortas, certamente me enfureceria mais ainda; e se dissesse que amava as minhas qualidades internas e não a minha aparência, teria me enfurecido muito mais. Tudo isso ela ponderou, e, assim, permaneceu apenas repetindo o tempo todo que me amava. E acabou por descobrir, pela análise que fez de mim, que havia um sentimento correspondente ao seu dentro de mim.

Eu não via lógica nisso, e não me convencia. Mas, verdade seja dita, eu sentia internamente o desejo arder a cada momento com maior intensidade. Não julgava contudo que esse desejo nos uniria. Se ela me amasse realmente, e não a outro, deveria haver uma individualidade em mim que me distinguia dos outros. Só podiam ser as pernas tortas. Assim, embora ela não pusesse em palavras, ela devia amá-las. Para mim, isso era simplesmente impossível. Se a minha individualidade estivesse manifesta em algo além das pernas tortas, talvez o amor fosse possível. Entretanto, aceitar a individualidade, a própria razão da minha existência, em algo que não fossem as pernas tortas, seria aceitá-la apenas como algo acessório, e implicaria, inevitavelmente, aceitar a razão da existência de outras pessoas também dessa forma. Mais ainda, me levaria a aceitar a condição em que me encontro, de prisioneiro deste mundo. Assim, o amor era impossível. O amor que ela julgava sentir por mim não passava de ilusão e o meu amor por ela era simplesmente impossível. Portanto, permaneci repetindo: "Eu não a amo".

Por incrível que pareça, quanto mais eu repetia que não a amava, tanto mais ela se afogava na ilusão de que me amava. E certa noite ela chegou, por fim, a ponto de entregar-me o corpo. A beleza daquele corpo era simplesmente ofuscante. Mas a impotência me assaltou.

Essa decepção inominável trouxe, contudo, a solução. Aparentemente, isso a convenceu enfim de que eu não a amava. Ela se distanciou de mim.

Eu me constrangi. Mas esse constrangimento nada era comparado ao que me trazem os pés tortos. Estava consternado, contudo por outras razões. Eu sabia a causa da impotência. Naquela hora, imaginara os pés lindos daquela jovem tocando os meus tortos. Fora essa a causa da impotência. Essa descoberta me corroeu por dentro a paz que me trazia a plena convicção de que não seria de forma alguma amado, reduzindo-a a escombros.

E lhe digo por quê. Naquela hora, uma alegria desonesta despontara em mim: eu me serviria do desejo, da execução do desejo, para comprovar a impossibilidade do amor. Porém a carne me traiu, e antecipou-se, executando o que eu pretendia em espírito. Assim, vi-me em face de uma contradição. Usando de expressões vulgares, eu sonhara com o amor porque estava certo de não ser amado, e no último instante encontrara alívio fazendo do desejo substituto do amor. E viera a descobrir que o próprio desejo exigia que eu relegasse as minhas condições de existência ao olvido, que me desfizesse da única barreira que me separava do amor: a certeza de nunca ser amado. Sempre acreditei que o desejo fosse algo muito mais evidente e, portanto, jamais imaginei que ele exigisse que as pessoas se pusessem em um estado de devaneio, alimentando fantasias sobre si mesmas.

Mas a partir desse dia a carne passou de repente a me atrair a atenção em lugar do espírito. Não pude, entretanto, me encarnar em puro desejo. Apenas sonhava com ele. Transformava-me em vento, em existência invisível enquanto eu podia ver, aproximar com facilidade, acariciar e, por fim, introduzir-me sorrateiramente nas partes mais íntimas. Quando se fala em consciência da carne, você imagina certamente a consciência de uma "coisa" sólida, material e opaca. Mas eu não. Para mim, realizar-me como um corpo bem definido, como um desejo bem definido, significava tornar-me invisível, transparente, ou seja, transformar-me em vento.

Nisso, meus pés tortos vinham imediatamente me impedir. Eles jamais se fariam transparentes. Pareciam mais espíritos rebeldes e obstinados que propriamente pernas. E lá estavam, "coisas" mais sólidas ainda que o próprio corpo.

As pessoas pensam que é preciso um espelho para se verem, mas minha deficiência física é um espelho debaixo do meu nariz refletindo meu corpo inteiro vinte e seis horas por dia. Não há como esquecê-la. Por essa razão, o que o mundo costuma chamar de aflição para mim nada mais é que brincadeira de criança. A aflição não existe. Aqui estou eu, tão presente quanto o Sol, a Terra, os belos pássaros e os jacarés feios. O mundo é inerte como uma pedra de túmulo.

Vazia de aflição e sem nenhum ponto de apoio — assim começou a minha vida criativa. Para que estou vivendo? Questões

108

como essa levam as pessoas à aflição e até ao suicídio. Mas eu nada sinto. Porque para a minha vida as pernas tortas são a condição, a razão, o objetivo, o ideal... Enfim, a própria vida. Porque o fato de existir é para mim mais que suficiente. As aflições da existência — não seriam elas uma luxuriosa insatisfação com a própria existência?

Comecei a prestar atenção em uma velha viúva, de sessenta anos segundo alguns, ou mais idosa, segundo outros, que vivia sozinha na vila. No aniversário da morte de seu pai, fui oferecer as rezas em lugar do meu pai. Nenhum parente dela se achava presente no serviço. Estávamos eu e a velha, e mais ninguém diante do altar. Terminado o serviço, quando me vi em um quarto ao lado servindo-me do chá que me fora oferecido, pedi à velha que me deixasse banhar, pois era verão. A velha despejou água sobre meus ombros desnudados. Enquanto ela observava penalizada meus pés, ocorreu-me de súbito uma trapaça.

Ao retornar à sala, comecei a lhe contar com ar circunspecto uma história. Quando nasci, disse a ela, Buda aparecera em sonho à minha mãe e transmitira uma revelação: a mulher que venerasse do fundo da alma os pés de seu filho quando adulto seria recebida no paraíso após a morte. A viúva, mulher piedosa, escutava fitando-me nos olhos enquanto percorria com os dedos as contas de um rosário. Juntei sobre o peito as minhas mãos enroladas por um rosário e, entoando sutras arremedados, deitei-me de costas como um defunto, inteiramente nu. Eu havia cerrado os olhos, mas meus lábios continuavam com os sutras.

Imagine você os esforços que eu fazia para conter o riso que me transbordava nas entranhas! E não me achava em absoluto em estado de devaneio. Percebi que a velha adorava meus pés entoando sutras. Eu pensava apenas nos meus pés transformados em objeto de adoração, uma situação tão hilariante que me sufocava. Pés tortos, pés tortos, só nisso eu pensava, era tudo que me vinha à mente. Minha monstruosa deformação. A situação de extrema feiura em que eles me colocavam. A farsa desregrada. A velha se curvava repetidas vezes diante dos meus pés, quando então seus cabelos crespos me roçavam a sola, provocando cócegas que aumentavam ainda mais a vontade de rir.

É possível que eu tivesse tido uma falsa ideia acerca do desejo quando a impotência me atacou no instante em que os pés formosos daquela jovem roçaram os meus. Digo isso porque, durante esse culto detestável, eu me percebi excitado, sem o mínimo auxílio de devaneio algum! E com um extremo descaramento!

Ergui-me e derrubei a velha com um empurrão. Nem tive tempo para estranhar por que ela não se mostrou nem um pouco assustada. Derrubada, a viúva fechou os olhos e continuou recitando sutras.

Pois coisa estranha, a velha recitava um trecho do Darani da Grande Compaixão. Disso me lembro bem.

Ikiikih. Shinoshinoh. Orasan. Furasharih. Hagihagih. Furashayah.

Como você deve saber, essas palavras, segundo o Comentário, querem dizer:

"Eu Te imploro, eu Te imploro, pela substância da imaculada pureza que destrói os Três Venenos: a Avareza, a Cólera e a Estupidez!"

Eu via diante dos olhos o rosto sem maquiagem e tostado pelo sol da mulher de sessenta anos que me recebia de olhos fechados. Mesmo assim a excitação não se extinguia, nem um pouco. A farsa chegava ao ápice, mas eu estava "sendo conduzido" inconscientemente.

Ah, inconscientemente é apenas uma forma de dizer, pois tudo eu via. O inferno se caracteriza nisto: tudo pode ser visto com extrema clareza, até os mínimos detalhes. E em meio à escuridão!

O rosto enrugado da velha viúva não era nem belo nem divino. A velhice e a feiura daquele rosto pareciam apenas confirmar meu estado de espírito, deserto de sonhos. E quem poderá garantir que o rosto de uma mulher por mais belo que seja não se desfigure sem um mínimo de sonho? Em um rosto como o dessa velha? Meus pés tortos, esse rosto... A visão da realidade sustentava sem dúvida a excitação da minha carne. Pela primeira vez acreditei com simpatia em minha própria lascívia. Compreendi então que o problema não estava em descobrir como reduzir a distância entre mim e o objeto, mas em como manter distância para que o objeto permanecesse, em suma, objeto.

Pois veja. Nesse momento, da lógica dos deficientes — dessa lógica segundo a qual a estagnação significa ao mesmo tempo a chegada ao ponto final e a inexistência da aflição — eu criara minha lógica do erotismo. Tinha inventado uma fantasia para substituir aquilo que o mundo costuma chamar de paixão. Para mim, a junção carnal baseada nesse desejo que mais se parece com vento ou com um manto mágico, que esconde quem o veste, não passa de sonho. Eu preciso ver e ser visto em mínimos detalhes. A minha mulher e os meus pés tortos estão expulsos desse mundo nessa hora e guardam ambos a mesma distância de mim. A realidade pertence a ambos, o desejo não passa de imaginação. E enquanto vejo a realidade, eu mergulho infinitamente no seio da imaginação. E por fim ejaculo contra essa realidade que está sendo vista por mim. Meus pés tortos e minha mulher não se tocam jamais, não se juntam, e permanecem ambos expulsos do mundo. O desejo não é contido e progride indefinidamente, mesmo porque aqueles pés formosos e os meus pés tortos já não terão que se tocar por toda a eternidade.

Acha difícil entender meu pensamento? É preciso que lhe explique melhor? Mas creio que você entendeu por que desde então passei a acreditar pacificamente que "o amor é impossível". Não me sujeito à aflição. Nem ao amor. O mundo se estagnou para a eternidade e, ao mesmo tempo, atingiu seu ponto final. Seria necessário acrescentar uma nota explicativa a este "mundo", para dizer que se trata do "nosso mundo"? Eu posso em uma palavra definir a confusão que há no mundo com respeito ao "amor". É o resultado da tentativa empreendida pela imaginação de se juntar com a realidade. Não tardou para que eu percebesse que essa minha certeza, de que nunca serei amado, constituía na verdade a condição básica da existência humana. Eis como perdi a virgindade.

Kashiwagi calou-se.

Eu, que me conservara inteiramente atento ao que ele dizia o tempo todo, pude enfim soltar um suspiro. Estava muito impressionado, não conseguia me recobrar do sofrimento que me causou o contato com esse novo pensamento que até então me era completamente desconhecido. Aos poucos, o sol da primavera despertava outra vez ao meu redor e as folhas claras do trevo da campina começavam a reluzir. Renasciam também os gritos que vinham da quadra de basquete. Tudo revivia debaixo do sol a prumo nessa mesma tarde de primavera, mas com um sentido completamente mudado.

Eu não podia me manter calado, quis manifestar compreensão e acabei por gaguejar uma bobagem.

— E por isso você se sente solitário desde então?

Maldosamente, Kashiwagi fez que não me entendeu e me obrigou a repetir a pergunta.

A resposta, porém, já vinha em tom amistoso.

— Solitário, você disse? Por que acha que devo me sentir solitário? Você conhecerá mais a meu respeito depois disso, pouco a pouco, enquanto convivermos como amigos.

A campainha sinalizou o início das aulas da tarde. Eu quis me levantar. Kashiwagi, ainda sentado, me puxou violentamente pela manga. Meu uniforme universitário era o mesmo que eu utilizara quando estudante da escola zen, apenas reformado e com os botões trocados. O tecido estava velho e judiado. Como se não bastasse, era apertado, fazendo meu pobre corpo parecer ainda mais franzino.

— A aula agora é de literatura chinesa. Não é interessante. Vamos dar uma passeada por aí — disse Kashiwagi, e ergueu-se trabalhosamente, dando a impressão de que precisava desmontar primeiro todo o corpo para montá-lo outra vez. Lembrava um camelo se erguendo sobre as patas, como se vê nos filmes.

Eu nunca cabulara uma aula sequer, mas a oportunidade de conhecer mais a respeito de Kashiwagi pareceu-me imperdível. Começamos a andar em direção ao portão de entrada.

Ao sair pelo portão, o andar peculiaríssimo de Kashiwagi me ocupou de repente a atenção e me provocou um sentimento próximo à vergonha. Participar de sentimentos vulgares, envergonhar-me por caminhar ao lado de Kashiwagi — tudo isso me era inusitado.

Fora ele quem me mostrara com toda a clareza a localização exata da minha vergonha. E, ao mesmo tempo, me incentivara para a vida... Minha timidez, minha desonestidade, tudo fora lapidado por suas palavras e se transformara em novos sentimentos. Talvez por essa razão o monte Hiei que eu via bem à frente ao sol da primavera ao sair pelo portão de tijolos vermelhos me pareceu encantador como nunca.

Não apenas o monte Hiei como tudo aquilo que parecia adormecido ao redor renascia em novas cores. O cume saliente do Hiei desdobrava infinitamente as suas fraldas como múltiplas e infindáveis ressonâncias oriundas de um tema musical. Muito além do mar de telhados baixos, as dobras da montanha se destacavam, só elas sombreadas no ventre da montanha em um índigo escuro em meio aos matizes das cores da primavera. Mostravam-

-se assim particularmente mais nítidas, o que causava a impressão de estarem mais próximas.

O tráfego de transeuntes e automóveis era escasso na rua defronte ao portão da Universidade Otani. E também raras vezes se ouvia o ruído dos bondes na linha entre a estação de Quioto e o pátio de Karasuma. Em frente ao portão da universidade, do outro lado da rua, erguiam-se as colunas do portão de entrada da praça de esportes da universidade. Uma alameda de bordos revestidos de folhagem fresca se estendia do lado esquerdo.

— Vamos passear um pouco pela praça de esportes — disse Kashiwagi.

Ele atravessou a rua primeiro. Correu impetuoso como uma roda-d'água cruzando a rua de trânsito quase deserto, sacudindo freneticamente o corpo todo.

A praça de esportes era espaçosa. Grupos de estudantes, quem sabe aproveitando uma folga, quem sabe cabulando aulas, praticavam o *catch ball* ao longe. Perto de nós, cinco ou seis se exercitavam na maratona. Decorridos nada mais que dois anos desde o término da guerra, os rapazes já procuravam gastar suas energias. Eu pensei na magra refeição do templo.

Nos sentamos em uma balança meio apodrecida e observávamos por acaso os maratonistas que corriam sobre a pista ovalada, ora se aproximando, ora se afastando. As horas de lazer conquistadas por vadiagem passavam como a brisa suave e o solar que nos cercavam, deixando-nos uma sensação do frescor de camisa nova sobre a pele. O grupo de atletas resfolegantes se aproximou pouco a pouco para se distanciar em seguida em passadas descontroladas pela crescente fadiga, deixando atrás a poeira erguida.

— Um bando de tolos — disse Kashiwagi. A observação, entretanto, não me pareceu vir nem com a mais leve inveja.

— O que eles querem mostrar? Que são saudáveis? Se é isso que querem, então pergunto: que sentido faz exibir saúde? O esporte está sendo divulgado por toda parte. É o sinal do fim do mundo. O que deve ser realmente divulgado não está sendo, nem um pouco. O que deve ser divulgado? É a execução, a pena de morte. Por que não se divulga a execução? — E continuou como se sonhasse:

— Foi possível manter durante a guerra uma severa disciplina devido à exposição em público da morte violenta, não acha? As execuções deixaram de ser públicas, segundo dizem porque poderiam levar o povo à selvageria. Pura besteira! As pessoas que recolhiam cadáveres durante os bombardeios se mostravam todas bondosas e ativas. Então não percebem que são o sofrimento, o sangue e os gemidos de agonia que tornam as pessoas mais humildes, os espíritos mais delicados, mais dispostos e mais cordatos? Essas coisas não nos fazem cruéis ou selvagens, em absoluto. A crueldade nos vem de súbito, por exemplo, quando observamos, distraídos, os raios de sol filtrados pela folhagem das árvores brincando sobre a relva bem cuidada, numa tarde pacífica de primavera como esta. Não lhe parece assim? Tudo que existe de pesadelo no mundo e na história dos homens nasceu dessa forma, sem exceção. A visão à plena luz do dia de um ser humano ensanguentado e agonizante dá contornos nítidos ao pesadelo e o materializa. Assim, o pesadelo não é mais o nosso próprio sofrimento, mas o sofrimento físico violento de outras pessoas — sofrimento esse que nós não podemos sentir. Graças a Deus que não!

Naquele momento eu estava mais interessado em saber que caminhos Kashiwagi percorrera após a perda da virgindade do que em ouvir seus dogmas sangrentos (muito embora não deixassem de ser interessantes). Como já disse, eu ansiava por aprender com Kashiwagi sobre a "vida". Portanto, intervim com uma pergunta nesse sentido.

— Quer que fale de mulheres? Ora! Pois saiba que já posso

descobrir por instinto aquelas que podem gostar de alguém com pés tortos. Eu lhe digo, existe um tipo peculiar de mulher que é assim. Para elas, a preferência por homens de pés tortos é sua única concessão ao mau gosto, o único sonho de suas vidas e são capazes de mantê-la para sempre em segredo, quem sabe até o túmulo. E como distingui-las à primeira vista? Bem, são em geral extremamente lindas. Têm nariz afilado, que transmite uma impressão de frieza, e lábios um tanto quanto lascivos...

Uma mulher se aproximava nesse momento.

5.

A mulher não vinha pela praça de esportes. Uma rua, cerca de meio metro abaixo da praça, circundava um conjunto de mansões existentes do lado de fora. Ela vinha por essa rua.

Saíra do portão de uma luxuosa mansão em estilo espanhol. A mansão — com duas chaminés, janelas de vidro protegidas por grades oblíquas e uma ampla estufa de teto de vidro — parecia delicada e frágil. Com certeza, a cerca alta de fios de arame da praça de esportes no lado oposto da rua fora erguida para satisfazer as reclamações do proprietário.

Kashiwagi e eu nos achávamos em uma tora da madeira utilizada para exercícios físicos, próxima a essa cerca. Levei um susto ao observar de perto o rosto da mulher, pois seus traços por sinal nobres correspondiam exatamente à descrição que Kashiwagi fizera da mulher propensa a gostar de homens de pés tortos. Uma infantilidade, como me dei conta depois, porque muito provavelmente Kashiwagi já teria visto a mulher antes e quem sabe estivesse sonhando com ela.

Nós a aguardávamos. Sob a forte claridade do solar da primavera, víamos a distância o pico azulado do monte Hiei enquanto, perto de nós, a mulher se aproximava pouco a pouco. Eu não me refizera ainda do impacto das estranhas palavras que acabara de ouvir de Kashiwagi. Dissera ele que os seus pés tortos e a mulher de seus desejos eram existências pontuais e isoladas no mundo real, assim como duas estrelas afastadas que nunca chegavam a se tocar; e que, quanto aos desejos da carne, ele os satisfazia nos infinitos meandros do mundo da fantasia. Uma nuvem toldou nesse instante a face do sol, envolvendo-nos em penumbra, e de repente pareceu-me que o nosso mundo se fizera palco de fantasmas. Tudo era incerto nesse mundo cinzento, até mesmo minha existência. Só o cume azulado do distante Hiei e a mulher de traços nobres que se aproximava caminhando lentamente me pareciam existências concretas pertencentes ao mundo da realidade.

Ela, de fato, estava muito próxima. Mas o tempo transcorria em ritmo torturante e, além disso, um outro rosto completamente estranho tomava forma e, enquanto isso, se tornava cada vez mais distinto.

Kashiwagi se levantou e sussurrou junto aos meus ouvidos em voz abafada:

— Vamos, ande! Faça como lhe digo!

Fui obrigado a andar. E andamos ao lado da mulher na mesma direção, cerca de meio metro acima, junto a uma mureta baixa de pedra.

— Pule agora, aí está bem!

Kashiwagi pressionou-me as costas com seu dedo pontudo. Passei por cima da mureta de altura desprezível e saltei para a rua abaixo. A queda era pouca. Mas logo em seguida Kashiwagi com seus pés tortos desabava estrondosamente ao meu lado. Ele também saltara e fora como era previsível ao chão, falhando no salto.

Lá estava ele prostrado, as costas arfantes dentro do uniforme negro. Caído de bruços, ele não me parecia uma figura humana, e sim uma enorme mancha escura sem nenhum sentido, talvez uma poça d'água turva de chuva acumulada no caminho.

Kashiwagi caíra bem diante da mulher que vinha caminhando. Ela parou assustada. Enquanto me abaixava para ajudá-lo a erguer-se, vi de relance o nariz afilado e frio da mulher, seus lábios um tanto quanto lascivos, seus olhos úmidos — coisas que me trouxeram instantaneamente a imagem de Uiko banhada pelo luar.

Mas a imagem se desfez de pronto. A jovem — ela não teria ainda vinte anos — me atirava um olhar de desprezo e procurava seguir seu caminho.

O sensível Kashiwagi logo percebeu a intenção da jovem e se pôs a gritar. Os seus gritos assustadores produziam eco no bairro das mansões, deserto na tarde de primavera.

— Desalmada! Você vai me deixar? Não vê que estou assim por sua causa?

A jovem voltou-se. Estava trêmula. Com a ponta dos dedos finos e secos, fez como se esfregasse o rosto empalidecido. Conseguiu finalmente perguntar-me:

— O que devo fazer?

Kashiwagi já levantava o rosto. Fitou-a diretamente nos olhos e respondeu escandindo bem as palavras:

— Não me venha dizer que nem remédios tem na sua casa!

A jovem permaneceu calada por algum tempo, depois seguiu de volta em direção à sua casa. Ajudei Kashiwagi a levantar-se. Ele pesava muito até pô-lo de pé. Parecia sentir dores e ofegava. Mas quando se pôs a andar apoiado em meus ombros, vi com surpresa que se mexia com leveza...

Corri até o pátio de trens em frente à estação Karasuma e tomei aos pulos um bonde. Só sosseguei quando ele começou a andar em direção ao Pavilhão Dourado. As palmas das minhas mãos estavam molhadas de suor.

Eu conduzira Kashiwagi até ele entrar pelo portão da mansão em estilo espanhol atrás da jovem, mas, tomado de pânico, o abandonara nesse ponto e fugira sem sequer voltar o rosto. Nem tive coragem de regressar à universidade. Corri pela calçada deserta. Passei depressa pela farmácia, pela loja de doces e pela casa de artigos elétricos. Nesse momento, lembro-me de ter visto com o canto dos olhos em um rápido relance algo nas cores verde e carmesim. Provavelmente, eu passara correndo ao longo do muro negro do Templo Kotoku do Tenrikyo com uma fileira de lanternas ao alto, marcadas com o brasão de flor de ameixa, e pelo portão onde havia uma cortina esverdeada com o mesmo brasão.

Eu próprio não sabia para onde me dirigia com tanta pressa. O bonde se aproximava aos poucos de Murasakino. Só então percebi que meu espírito me impelia para junto do Pavilhão Dourado.

Estávamos em plena temporada de turismo e, assim, uma multidão de visitantes circulava pelo Pavilhão, não obstante ser um dia útil da semana. O guia idoso lançou-me um olhar desconfiado quando me viu andando entre a multidão a passos apressados, afastando as pessoas, rumo ao Pavilhão.

Eu estava finalmente diante do Pavilhão da primavera, que encontrei cercado por uma multidão abominável e envolto em uma nuvem de poeira. Em meio aos gritos ruidosos dos guias, o Pavilhão parecia querer mostrar tão somente a metade da sua beleza com ar de inocência fingida. Apenas sua imagem refletida no lago se apresentava perfeitamente nítida. Entretanto, a poeira levantada dava a parecer, de certa forma, aquela nuvem dourada ao redor dos bodhisatvas, da célebre pintura que descreve a descida de Buda à terra cercado dos santos, e também a visão do Pavilhão enturvada pela poeira fazia lembrar velhas pinturas esgarçadas e com as cores fenecidas. O congestionamento e a confusão de ruídos se infiltravam no interior da arquitetura de delicadas colunas para serem sugados pelo céu esbranquiçado contra o qual se erguia, adelgaçando para o alto, o pequeno Kukyo-cho encimado pela fênix no topo. Isso não era estranhável, mesmo porque a simples presença da arquitetura bastava para impor ordem e disciplina. Quanto mais a confusão à volta se intensificava, tanto mais o Pavilhão — essa arquitetura desproporcionada porém delicada de dois andares encimados pelo Kukyo-cho abruptamente reduzido, tendo a oeste o Sosei — agia como um perfeito filtro por onde as águas turvas que passam se tornam límpidas. Pois o Pavilhão não repelia o vozerio da multidão. Antes, o absorvia no espaço livre das colunas gentis como um filtro para produzir silêncio e transparência. E assim reproduzia sobre a terra essa sua mesma imagem refletida sem a mínima distorção na superfície do lago.

Meu espírito se apaziguava e o pânico se desfazia finalmente. Era o que eu esperava da Beleza — que me isolasse da vida e me protegesse dela.

"Se o destino me reserva uma vida semelhante à de Kashiwagi, rogo então que me protejas, pois creio que não poderei suportá-la!", supliquei, quase em prece.

A vida, tal como sugeria Kashiwagi e por ele encenada diante de mim, não distinguia o que era viver do que era destruir-se. Dava a ambos o mesmo significado. Não havia nela espontaneidade alguma, tampouco beleza como a da arquitetura do Pavilhão. Dir-se-ia uma espécie de dolorosa convulsão. É verdade, eu fora atraído por essa visão da vida e havia reconhecido nela meu próprio caminho. Mas a ideia de que começaria por sangrar a mão em um fragmento cheio de farpas dessa vida me era simplesmente assustadora. Kashiwagi desprezava da mesma forma tanto o intelecto como o instinto. Sua existência rolava de um lado a outro como uma bola deformada para arrebentar a barreira da realidade. Isso nem mesmo envolvia uma única ação. A vida, tal como sugerida por ele, não passava em suma de uma perigosa farsa concebida para destruir a realidade, que nos ilude camuflada sob o manto do que é desconhecido, e varrer o mundo de qualquer vestígio do desconhecido, para que não viesse outra vez a contaminá-lo.

Digo isso porque mais tarde vim a descobrir na pensão onde ele residia um anúncio de uma agência turística, uma bela litografia que mostrava os Alpes japoneses. O anúncio trazia os seguintes dizeres escritos na horizontal sobre o pico branco da montanha, tendo ao fundo um céu azul: "Convidamos você para um mundo desconhecido!". Kashiwagi havia riscado esses dizeres e o pico da montanha com um escandaloso X vermelho e rabiscara ao lado, em caligrafia dançante que bem lembrava seu trejeito de andar com os pés tortos:

"Não suporto que me falem de vida desconhecida!"

No dia seguinte, fui à universidade preocupado com Kashiwagi. Entretanto, não me sentia muito culpado por ter fugido naquela hora, abandonando-o à mercê da própria sorte, porque, pensando depois no que havia acontecido, achei que poderia ter sido até um ato de profunda amizade. Não obstante, temia que ele não aparecesse nas aulas daquele dia, mas ele veio. Eu o vi entrando como de costume na sala justo no início da preleção, empertigando desajeitadamente o corpo.

No intervalo, eu o agarrei imediatamente pelo braço. Essa

agilidade não me era habitual. Ele sorriu torcendo os lábios e me acompanhou até o corredor.

— Não está machucado?

— Machucado? — ele me olhou com um sorriso apiedado. — Quando foi que me machuquei? Hein? Você está sonhando? E por quê?

Fiquei sem palavra. Kashiwagi se divertiu quanto quis comigo mantendo-me em suspense, depois me explicou:

— Ora, aquilo foi uma farsa. Eu havia exercitado diversas vezes a queda sobre o caminho para cair de forma espalhafatosa, como se tivesse quebrado algum osso, mas não estava nos meus planos que a mulher fosse seguir adiante sem me dar atenção. Pois veja, a mulher já está meio caída por mim. Minto. Ela está meio caída, quero dizer, pelos meus pés tortos. Ela me lambuzou os pés de iodo com as próprias mãos!

Kashiwagi ergueu as calças e me mostrou o tornozelo tinto de amarelo-claro.

Nesse momento, acreditei ter percebido seu ardil. Ele desmoronara sobre o chão para chamar a atenção da jovem, disso não restava dúvida. Mas não teria tentado esconder o defeito de nascença para simular um acidente? Essa dúvida, longe de me provocar desprezo, contribuiu, ao contrário, para aumentar minha simpatia por ele. Pareceu-me que quanto mais ardilosa a filosofia de Kashiwagi, tanto melhor ele comprovava sua postura de seriedade em relação à vida. Dessa maneira, eu me comportava como um jovem típico.

Tsurukawa não via meu relacionamento com Kashiwagi com bons olhos. Ele me deu conselhos repletos de amizade, que achei irritantes. Reagi, além disso, a seus conselhos argumentando que Tsurukawa, sim, conseguia ter bons amigos, mas eu só podia satisfazer-me com alguém como Kashiwagi, para mim um bom parceiro. Nessa hora, uma inefável sombra de tristeza toldou os olhos de Tsurukawa. Nem tenho como descrever a terrível amargura do arrependimento que me assalta todas as vezes que me recordo daqueles olhos.

Estávamos em maio. Kashiwagi, que detestava andar entre a multidão em um feriado, planejou um passeio ao Arashiyama em plena semana, cabulando as aulas da universidade. Disse que iríamos se o dia estivesse nublado e sombrio. Caso contrário, se o céu estivesse claro e límpido, não iríamos — coisa típica nele. Ele levaria a jovem da mansão em estilo espanhol e traria, para me fazer companhia, uma menina da pensão. Assim ficou combinado.

Devíamos nos encontrar na estação Kitano da linha Keifuku de trens elétricos, popularmente conhecida por Randen. O tempo, ainda bem, estava nublado e deprimente nesse dia, coisa rara no mês de maio.

Tsurukawa havia regressado a Tóquio em licença de uma semana, para resolver complicações que teriam surgido na família. Assim, fui poupado do embaraço de sairmos juntos para ir à universidade e eu depois desaparecer sem lhe dizer nada, muito embora eu não o tivesse na conta de delator.

Sim, é verdade — para mim, a lembrança daquele passeio à montanha é amarga. Éramos todos jovens, mas a impaciência, a insegurança e o niilismo próprios da juventude lançaram sombras durante o dia inteiro, do começo ao fim. Kashiwagi previra com certeza essa situação e escolhera por isso um dia sombrio como aquele.

O vento nesse dia soprava do sudoeste. Vinha em rajadas repentinas e abruptas, e nos intervalos uma brisa incomodativa se manifestava vez ou outra. O céu, embora escuro, deixava entrever o Sol. Em algumas áreas, as nuvens permitiam divisar uma brancura luminosa que lembrava o peito alvo de uma mulher sutilmente entrevisto por trás das golas de quimonos superpostos — brancura que se fazia por alguns momentos mais densa no âmago, sem chegar porém a ocultar de todo a presença do sol, para se diluir em um instante na baça tonalidade do céu nublado.

Kashiwagi honrava a promessa feita. Ele surgiu na entrada da plataforma acompanhado realmente de duas jovens.

Uma delas era sem dúvida aquela — bela jovem de nariz afilado e frio, lábios lascivos, vestida em um traje de tecido importado, trazendo ao ombro um cantil. Ao lado dela, a menina gordinha da pensão ficava a dever tanto na aparência como no vestir. Apenas o queixo pequeno e os lábios comprimidos mostravam alguma feminilidade.

Já no percurso de ida, dentro do trem, o ambiente supostamente alegre se arruinava. Por algum motivo, Kashiwagi e a bela senhorita discutiam sem parar. Não era possível ouvir com clareza o que tanto discutiam. Vez ou outra a jovem mordia os lábios, quem sabe para conter o pranto. A jovem da pensão se mantinha indiferente. Cantarolava em voz baixa uma toada popular, que interrompeu para me falar de repente de coisas como estas:

— Talvez você não saiba, mas perto de onde eu vivo mora uma professora de arranjos florais, por sinal muito bonita. Outro dia, eu ouvi dela uma triste história de amor. Contou-me que durante a guerra ela namorou um oficial do Exército, mas ele foi convocado à frente de batalha. Como dispunham de pouco tempo para se despedir, tiveram tão somente um rápido encontro no Templo de Nanzen. Era um namoro proibido, mesmo assim, a coitada teve um bebê que nasceu morto. Qual não foi a tristeza do oficial! Pelo menos, dissera ele, deixasse provar o seu leite, o leite da mãe do seu filho, antes de partir. Pouco tempo lhes restava. Assim, diz ela que espremeu o leite dentro da xícara de chá e deu-lhe para beber. Não passou um mês sequer e o oficial morreu em combate. Desde então, a professora vive sozinha, fiel à memória do seu namorado. Jovem ainda, e bonita... uma pena!

Duvidei dos meus ouvidos. Ressurgiu-me prontamente na lembrança aquela cena inacreditável que presenciei do portão do Templo de Nanzen com Tsurukawa, já no final da guerra. Mas eu nada disse à menina acerca dessa lembrança do passado. Acreditei que se isso saísse de minha boca a emoção da história que acabara de ouvir poderia trair a aura de mistério que cercava aquela cena já distante no tempo. O fato de me calar viria a aprofundar mais ainda esse mistério, longe de elucidá-lo. Foi como senti.

O trem nesse instante corria à beira de um extenso bambual nas proximidades de Narutaki. Em maio, estação da queda das folhas, as folhas dos bambus se mostravam amarelecidas. O vento farfalhando nos ramos ao alto despencava uma chuva de folhas secas no interior do bambual cerrado, mas embaixo as raízes se mantinham em silêncio, como se nada disso lhes dissesse respeito, entrelaçando em confusão os grossos talos até o recesso da vegetação. Apenas os bambus mais próximos à linha vergavam-se em movimentos exagerados com a passagem do trem. Um deles se destacava dos outros pela cor verde lustrosa e por ser muito mais jovem que os demais. Ele se dobrava intensamente em estranhos movimentos lascivos. Prendeu o meu olhar e depois se afastou e desapareceu...

Chegamos ao Arashiyama. Estávamos nas cercanias da ponte Togetsu e pretendíamos visitar o túmulo da Dama de Kogo, cuja existência nos passara despercebida até aquele dia.

No Período Heian, o imperador incumbira Minamoto-no-Nakakuni de descobrir a dama que se ocultara em algum lugar de Sagano para escapar da ira de Taira-no-Kiyomori (1118-81). Eis que, em uma noite enluarada de outono, o som mavioso de uma harpa japonesa chegou debilmente aos ouvidos de Nakakuni. Guiado pelo som, Nakakuni descobriu por fim o esconderijo da dama. A melodia tocada pela harpa era o *Sofuren*. Há uma descrição desses acontecimentos em *Kogo*:

"Atraída pelos encantos da Lua, talvez ela deixasse o recolhimento, e (assim supondo) para o Templo de Horin se dirigiu. Chegou-lhe então aos ouvidos o som de uma harpa. Que som é esse? Vendaval nas montanhas? Vento sobre os pinheiros? Uma harpa, quiçá tocada pela pessoa que procurava? Que melodia era aquela? — perguntou-se. Com alegria, descobriu que era o Sofushi, a Ária da Saudade do Marido".

A dama passaria o resto da vida no retiro de Sagano, velando a alma do imperador Takakura.

O túmulo se achava ao fundo de uma trilha estreita e não passava de uma pequena lápide de pedra, ladeada por um bordo gigantesco e uma ameixeira idosa. Kashiwagi e eu lhe dedicamos educadamente um breve sutra. Ele o proferiu com uma seriedade exagerada, um tanto quanto blasfema. Quem sabe contagiado, eu a entoei como um estudante gaiato nasalando uma toada qualquer. Esse pequeno ato de irreverência, porém, me fez sentir mais livre e vivaz.

— Túmulos da nobreza não passam de uma coisa miserável — disse Kashiwagi. — Os poderosos, tanto políticos como ricaços, deixam para a posteridade túmulos magníficos. Túmulos realmente imponentes. Essa espécie de gente, pobre de imaginação já em vida, acaba construindo túmulos também pouco imaginativos. Mas os nobres viveram tão somente à custa da própria imaginação. Assim, apelam para a imaginação até nos túmulos que deixam. A meu ver, eles se fazem ainda mais miseráveis, pois precisam mendigar pela imaginação dos outros mesmo após a morte.

— A nobreza só existe na imaginação? — Eu entrava alegremente na conversa de Kashiwagi. — O que é a realidade, a realidade da nobreza para você?

— Isto aqui — disse Kashiwagi batendo com a palma da mão no alto da lápide. — Pedra, ou então osso, ou fragmentos inorgânicos de restos humanos após a morte.

— Diabo de visão budista, a sua!

— Budismo coisa nenhuma. Nobreza, cultura, beleza concebida pelo homem, a realidade de tudo isso é uma coisa tão estéril como matéria inorgânica. Nada mais que pedra, tal como o Ryoanji! Filosofia é pedra, a arte também. É de se lamentar, mas a única preocupação orgânica do ser humano é a política! Diria até que o ser humano é uma criatura que profana a si mesmo.

— E o desejo carnal, de que lado está?

— Desejo carnal? Bem, eu diria que não está em nenhum dos lados; está a meio caminho entre o homem e a pedra, que se perseguem um atrás do outro em um círculo vicioso.

Eu me preparava para reagir à ideia de beleza formulada por Kashiwagi, mas as duas jovens que nos acompanhavam já retornavam pela trilha estreita, aborrecidas com a nossa discussão, e, assim, me apressei em acompanhá-las. Observando da trilha o rio Hozu, percebi que estávamos numa área ao norte da ponte Togetsu, onde as águas do rio pareciam represadas. Via-se só ali uma linha branca de espumas agitadas, e o ruído das águas se espalhava ao redor enquanto do outro lado do rio um verde sombrio cobria o monte Arashiyama.

Os botes sobre o rio não eram poucos. Entretanto, quando entramos pelo portão do Jardim Kameyama, passando pela trilha à margem do rio, encontramos poucos visitantes no jardim. O que se viam eram pedaços de papel jogados ao chão.

Do portão, nos voltamos para observar mais uma vez a paisagem do rio Hozu e da folhagem nova e verdejante do Arashiyama. Havia uma pequena queda-d'água na outra margem.

— Belas paisagens são um inferno! — disse outra vez Kashiwagi.

Queria provocar-me, pelo menos assim me pareceu pelo modo como falou. Mas tentei enxergar como ele o inferno nessa paisagem. O esforço não foi inútil, pois o inferno pairava também nessa paisagem casual, silenciosa, envolvida em folhagem fresca, que se abria diante de nossos olhos. Pelo visto o inferno surgia a qualquer hora e em qualquer lugar, à noite ou de dia, a nosso inteiro dispor. Podíamos quem sabe convocá-lo onde estivéssemos, que lá ele se faria presente em um instante.

As cerejeiras do Arashiyama, transplantadas do monte Yoshino segundo dizem no século XIII, já haviam perdido suas flores e se cobriam apenas da folhagem. Passada a temporada de floração, as pessoas dessa região falavam da flor como se de alguma bela mulher já falecida.

O que mais se notava no Jardim Kameyama eram pinheiros, e por isso as cores não mudavam com a estação do ano. Era um jardim extenso e acentuadamente ondulado. Os pinheiros se erguiam eretos, com suas folhas bem ao alto. Os troncos desnudos se cruzavam em desarranjo, perturbando a visão panorâmica do jardim.

Um caminho largo, cheio de subidas e descidas, circundava o jardim. Viam-se por toda parte cepas de árvores podadas, arbustos e pinheiros baixos. Azaleias púrpuras floriam em profusão nas proximidades dos imensos rochedos parcialmente soterrados que emergiam da terra as faces alvacentas. Debaixo do céu nublado, a cor das azaleias me parecia ocultar más intenções.

Fomos subindo e passamos por um balanço instalado em uma depressão do terreno, ocupado por um casal de jovens. Descansamos em um quiosque em forma de guarda-chuva no topo de uma pequena colina. Contemplava-se desse ponto o panorama quase inteiro do jardim, a leste. A oeste via-se o curso do rio Hozu entre a folhagem. O rangido da balança, semelhante ao rilhar dos dentes, subia constantemente até o quiosque.

A jovem elegante abriu o lanche que trouxera. Kashiwagi não mentira quando nos disse que não precisávamos nos preocupar com comida. Havia ali sanduíches suficientes para quatro pessoas, doces de procedência estrangeira difíceis de obter no mercado e, por fim, surgiu até uísque — o Suntory, produzido exclusivamente para as tropas de ocupação e só encontrado no mercado negro. Quioto nessa época era tida como o centro do mercado negro da região Quioto-Osaka-Kobe.

Eu não estava habituado ao álcool, mas aceitamos, eu e Kashiwagi, o copo que nos foi oferecido juntando as mãos em agradecimento. As jovens tomaram o chá preto dos cantis.

Essa intimidade visível entre Kashiwagi e a jovem elegante me parecia, contudo, ainda inacreditável. Não entendia por que uma jovem fastigiosa como aquela manteria uma intimidade com um pobre estudante de pés tortos como Kashiwagi. Como se respondendo a essa dúvida, Kashiwagi começou a dizer depois de dois ou três goles de uísque:

— Vocês nos viram discutindo no trem? O motivo é que a família dela quer que ela se case com um homem detestável. Ela é frágil e propensa a ceder à pressão familiar. Eu estava tentando consolá-la, e até a ameaçava de vez em quando, dizendo que vou atrapalhar esse casamento até o fim.

Assuntos dessa natureza devem ser, de bom senso, evitados na presença da pessoa envolvida, mas Kashiwagi parecia perfeitamente à vontade, sem se importar com isso. Entretanto, a jovem não demonstrou a menor perturbação. Trazia no pescoço delicado um colar azul de contas de porcelana. A moldura de seus densos cabelos negros abrandava contudo os traços agressivamente bem definidos do rosto, tendo ao fundo o céu nublado. A úmida transparência de seus olhos transmitia a sensualidade de um corpo nu. Dir-se-ia que ela se apresentava nua apenas nos olhos. Os lábios lascivos se mostravam como de costume ligeiramente entreabertos, revelando dentes pequenos e cortantes como presas de um roedor.

— Ai, ai, está doendo! — De repente, Kashiwagi se dobrou e começou a gemer pondo as mãos nos tornozelos. Eu também me curvei afobado, tentando socorrê-lo. Mas Kashiwagi afastou minhas mãos e me lançou um olhar curioso, quem sabe algo como um sorriso frio e distante. Afastei as mãos.

— Ai, como dói! — gemia Kashiwagi, como se de fato sentisse dor. Eu me voltei para a jovem, que se achava ao seu lado. Ocorria uma brusca transformação na expressão do rosto dela. Os olhos haviam perdido a tranquilidade, os lábios tremiam aflitos. Apenas o nariz, frio e altivo, permanecia imperturbável, formando um curioso contraste com o resto do rosto, quebrando-lhe o equilíbrio e a harmonia.

— Me perdoe! Me perdoe! Já lhe curo, espere só um pouco! Só um pouquinho! — Ouvi pela primeira vez sua voz, estridente e despudorada. Ela percorreu com o olhar os arredores, estirando o pescoço longo e belo, mas ajoelhou-se imediatamente sobre o chão de pedra do quiosque e tomou os tornozelos de Kashiwagi nos braços. Acariciou-os em seguida, encostando a face neles, e por fim beijou-os.

Assustei-me como daquela vez. Voltei-me para a menina da pensão. Ela desviava os olhos da cena e nasalava uma melodia qualquer.

Pareceu-me que o sol escapou por entre as nuvens nesse instante, mas é possível que tenha sido apenas impressão. Uma incongruência se originava entretanto na pacífica paisagem do jardim. Tive a sensação de que ocorriam pequenas rachaduras na tela desse quadro cristalino onde nos achávamos com a floresta de pinheiros, o reflexo das águas do rio, as montanhas longínquas, os alvos rochedos, as azaleias espalhadas — rachaduras que se espalhavam por toda a superfície da tela, de ponta a ponta.

E o milagre acontecia, como se esperava. Kashiwagi parou de gemer. Ergueu o rosto, lançando-me outra vez um olhar maroto.

— Estou curado! Que coisa estranha, sempre que você me trata dessa forma, a dor some!

Tomou entre as mãos os cabelos da mulher que erguia docilmente o rosto como um cãozinho fiel, e sorriu. Nesse instante, a luminosidade pálida e difusa do Sol me levou a ver, naquele belo rosto, um outro rosto — o da velha de sessenta anos tal como descrita por Kashiwagi tempos atrás.

Seja como for, Kashiwagi se tornou mais expansivo após a encenação do milagre. Tão expansivo que parecia perder as estribeiras. Riu alto, puxou a mulher sobre os joelhos e beijou-a. Sua risada produzia eco entre os ramos dos pinheiros do vale.

— Vai, não fique aí parado, converse com a menina! — disse-me ele, ao me ver calado. — Eu a trouxe só para você. Está com receio de que ela ria da sua gaguice? Gagueje, gagueje! Quem sabe ela goste de gagos!

— Você é gago? — perguntou-me a menina da pensão, como se só naquele momento tivesse atinado com isso. — Então são dois dos Três Aleijadinhos que temos aqui.

Isso me feriu profundamente. Lutei para me conter. O engraçado é que o ódio à menina me provocou uma espécie de atordoamento, que de imediato se transformou em desejo.

— Vamos nos separar aos pares e nos esconder por aí. Voltaremos a nos reunir neste quiosque daqui a duas horas — disse

Kashiwagi, observando abaixo o casal, ainda na balança sem mostrar enfado.

Separei-me de Kashiwagi e da jovem, e desci a colina do quiosque com a menina da pensão em direção ao norte, para subir outra vez por uma ladeira suave que a circundava para o leste.

— Ele faz aquela garota pensar que é uma santa. É assim que ele começa — disse a menina. Eu lhe perguntei, gaguejando terrivelmente:

— Mas como sabe disso?

— Sei porque foi assim comigo. Eu também fui garota de Kashiwagi.

— E vocês terminaram. Como consegue mostrar tanta indiferença?

— Ah, eu não me importo. Não por um aleijado como aquele.

Agora isso me deu coragem, e a pergunta seguinte saiu com fluência:

— Vai ver você gostava das pernas aleijadas dele...

— Ai, deixe disso! Aquelas pernas de sapo? Mas acho que ele tem olhos bonitos.

Foi-se com isso a coragem adquirida, porque, diga Kashiwagi o que disser, a menina o amara por uma qualidade que ele próprio desconhecia, enquanto eu me recusava por pura arrogância a aceitar qualquer qualidade dessa natureza em mim, uma vez que acreditava conhecer absolutamente tudo a meu respeito.

Eu e a menina chegamos a um pequeno prado no topo do aclive. Ao longe, avistavam-se, envolto em brumas entre pinheiros e cedros, o Daimonjiyama, o Nyoigatake e outras montanhas. Um bambual cobria o longo declive que descia para a cidade, à beira do qual havia uma única cerejeira de flores tardias. A cerejeira florira de fato fora de época. Deu-me a impressão de que se atrasara, gaguejando ao florir.

Eu sentia o peito oprimido, o estômago pesava, mas não por causa da bebida. O desejo carnal uma vez despertado começava a pesar cada vez mais à medida que a hora chegava. Adquiria uma estrutura abstrata, de máquina de ferro negra e pesada fora do meu corpo, que se impunha sobre meus ombros e me esmagava.

Como já disse por diversas vezes, eu apreciava a bondade, ou quem sabe a maldade com que Kashiwagi me compelia à vida. Na época em que eu era estudante do curso médio, eu danificara propositadamente a bainha do espadim de um ex- -aluno da escola onde estudava. Por isso mesmo reconhecia não possuir, com certeza, qualificações que me permitissem entrar na vida pelo lado luminoso. E Kashiwagi era para mim um amigo que me ensinara pela primeira vez a passagem obscura que me dava acesso à vida pelos fundos. Essa sabedoria, embora parecesse à primeira vista uma marcha para a destruição, continha truques surpreendentes em profusão; era por assim dizer uma alquimia capaz de transformar mesquinhez em coragem e transformar aquilo que chamamos imoralidade em energia pura. E isso é também vida. É vida, com seus progressos, conquistas, mudanças e perdas. Dificilmente vida em sua conceituação típica, mas vida mesmo assim, com todas as suas funções. E se, em algum ponto para nós invisível, formos confrontados com a premissa de que todas as formas de vida são destituídas de objetivo, então a vida segundo Kashiwagi se faria ainda mais equivalente às outras comuns.

Não se poderia dizer que Kashiwagi estivesse livre da embriaguez, eu pensei. Eu sabia havia muito tempo que qualquer conhecimento, por mais obscuro, esconde a embriaguez do próprio conhecimento. E tudo que embriaga o homem é saquê.

Nós nos sentamos entre azaleias descoloridas e castigadas por insetos. Eu não entendia por que a menina da pensão se dispunha a me fazer companhia. Falo com deliberada crueldade para comigo mesmo: eu não entendia por que a menina se via impelida a "ultrajar-se" dessa forma. Devia haver no mundo uma passividade repleta de timidez e doçura. Parecia-me no entanto que ela se limitava a deixar que eu pousasse a mão na sua, como uma mosca pousada em alguém durante a sesta.

Um beijo prolongado e o contato com o queixo macio da menina despertaram, porém, o meu desejo. Era sem dúvida um momento muito sonhado e, contudo, o sentimento de realidade que me acudia era raso e rarefeito. O desejo dava voltas por outros trajetos. As nuvens brancas e maciças, o farfalhar das folhas do bambual, as joaninhas lutando para galgar as folhas das azaleias, tudo coexistia de forma desordenada e separada.

Eu procurava não pensar que a menina diante dos meus olhos fosse objeto do meu desejo. Devia pensar que tudo aquilo fazia parte da vida. Devia pensar que era uma barreira a ser transposta para avançar e conquistar. Se deixasse escapar aquela oportunidade, a vida jamais me procuraria outra vez. Eu me afligia por mil lembranças dos momentos de vergonha que passei, quando a palavra não saía da minha boca, impedida pela gaguice. Eu devia abrir a boca resolutamente, dizer o que quer que fosse mesmo gaguejando, ganhar a vida. A instigação cruel de Kashiwagi, seus rudes gritos — "Gagueje! Gagueje!" — voltavam aos meus ouvidos, despertando-me os brios. Por fim, escorreguei a mão em busca da saia da menina.

Foi então que o Pavilhão Dourado me apareceu.

A arquitetura austera, elegante e delicada. A carcaça luxuriosa com restos de folhas de ouro ainda aderidas aqui e ali. O

Pavilhão surgia como sempre flutuando cristalinamente em seu espaço próprio e misterioso: mostrava-se próximo porém afastado, íntimo porém distante.

Ele se interpunha entre mim e a vida que eu almejava. Ele, que no início surgira pequeno, como uma pintura em miniatura, se agigantara em poucos instantes e passava a invadir todos os recantos do mundo em torno de mim, ocupando inteiramente suas dimensões, assim como aquela delicada maquete do Pavilhão pôde abrigar, na minha imaginação, a réplica de outro monstruoso Pavilhão que abrangia o mundo inteiro. Ele enchia o mundo como se fosse uma música fantástica, e complementava apenas com essa música o significado do mundo. O Pavilhão, que muitas vezes parecia evitar-me, erguendo-se distante de mim, envolvia-me agora por completo e permitia a minha presença no interior de sua arquitetura.

A menina da pensão desapareceu como um minúsculo grão de poeira varrido para longe. O Pavilhão rejeitara a menina e, também, a minha vida. Como poderia estender a mão à vida, imerso inteiramente na Beleza? Mesmo porque a Beleza tinha o direito de me exigir renúncia. Impossível tocar a eternidade com a ponta do dedo de uma mão e a vida com a da outra mão. Se as atitudes que tomamos com respeito à vida significam jurar fidelidade a certo instante e paralisar esse instante, acredito que o Pavilhão tinha pleno conhecimento disso. Assim, viera sob a forma desse instante, deixando de lado por um breve período a manifesta indiferença por mim, para alertar-me de quão destituída de sentido era a minha sede pela vida. Na vida, o instante que surge em forma de eternidade nos embriaga; mas o Pavilhão sabia muito bem que isso não se compara nem de longe à eternidade que surge sob a forma de um instante, assim como o próprio Pavilhão acabara de fazer. E é precisamente em momentos como esse que a eternidade da Beleza nos bloqueia a vida e envenena a nossa existência. A Beleza instantânea que a vida nos mostra apenas de relance nada pode contra esse veneno. Ele a reduz a pedaços imediatamente, a destrói e expõe por fim a própria vida ao brilho acastanhado da destruição.

Mas, enfim, não permaneci por longo tempo envolto na imagem do Pavilhão Dourado. Quando dei por mim, o Pavilhão já se escondera. Não passava agora da arquitetura ainda hoje conservada na terra de Kinugasa, bem distante a nordeste, naturalmente fora do alcance da vista. Os momentos de ilusão em que o Pavilhão me acolheu e me envolveu tinham passado. Eu me achava deitado no alto de uma colina do Jardim Kameyama. Nada mais havia ao meu redor senão uma menina indolentemente esparramada entre flores silvestres e o surdo zumbido de insetos esvoaçantes.

A menina ergueu o corpo diante do meu súbito retraimento e me atirou um olhar contundente. Sentou-se voltando as costas para mim e, tirando um espelho da bolsa, mirou-se nele. Eu nada disse, mas senti seu desprezo na flor da pele, um desprezo que me picava o corpo inteiro como carrapichos de outono grudados na roupa.

O céu baixava sobre nós. Gotas leves de chuva começavam a bater sobre a relva e as folhas de azaleia em volta. Levantamos apressadamente e fugimos para o quiosque.

O dia me deixou uma impressão particularmente tenebrosa, não apenas porque o passeio à montanha terminou em miserável fracasso. À noite, pouco antes da hora do recolhimento, um telegrama endereçado ao Velho Mestre chegara de Tóquio, cujo conteúdo foi imediatamente divulgado por todo o templo.

Tsurukawa morrera. O telegrama mencionava somente que fora vítima de um acidente. Entretanto, soubemos mais tarde os detalhes do acontecimento: na noite anterior, Tsurukawa fora até a casa de um tio em Asakusa, onde lhe serviram saquê. Ele não estava acostumado com a bebida. Quando voltava à sua casa, um caminhão que surgira repentinamente de uma travessa perto da estação de trens o colheu, atirando-o longe. Sofreu ruptura do crânio e teve morte instantânea. A família, aturdida, só se lembrou de enviar o telegrama a Rokuonji na tarde do dia seguinte.

Por ele eu verti lágrimas nem sequer derramadas pelo falecimento de meu pai, porque sua morte afetava muito mais meus problemas cruciais do que a morte de meu pai. Eu me isolara um pouco de Tsurukawa desde que conhecera Kashiwagi. Foi preciso perdê-lo para eu ter consciência de que o fio que me ligava ao mundo da claridade, único e tênue, se rompera com sua morte. Eu chorava pelas tardes perdidas, pela luz perdida e pelos verões perdidos.

Desejava ir a Tóquio levar minhas condolências, mas não havia como. A mesada que eu recebia do Velho Mestre não passava de quinhentos ienes por mês. Minha mãe vivia na pobreza, como sempre. Mal conseguia enviar-me duzentos ou trezentos ienes uma ou duas vezes por ano. Ela se decidira a vender a casa e as posses e ir morar com meu tio em Kasa porque se tornara difícil viver apenas dos escassos quinhentos ienes provenientes da paróquia, mesmo acrescidos do parco auxílio oferecido pela prefeitura.

Não tendo visto o corpo de Tsurukawa nem assistido ao seu funeral, eu não sabia como convencer meu espírito da morte dele. Recordava-me particularmente do dia em que o vira deitado sob os raios de sol que se filtravam por entre a folhagem, sua camisa alva ondulando ligeiramente sobre o ventre ao compasso da respiração. Como entender que nada restava senão cinzas? Quem poderia imaginar que esse corpo e espírito, feitos exclusivamente para a luz e exclusivamente condizentes com a luz, conseguissem descansar sob a terra de um túmulo? Nada havia nele, absolutamente nada, que indicasse um fim prematuro. Por nascença, ele estava imune a temores e aflições, não havia em Tsurukawa vestígio de qualquer elemento associável à morte. Talvez estivesse aí a causa dessa morte tão súbita. Tsurukawa, constituído tão somente por componentes puros da vida, não possuía quem sabe meios para se defender da morte. Assim, sua vida era frágil como a dos animais de puro sangue. E nesse caso eu deveria aguardar uma amaldiçoada longevidade, ao contrário de Tsurukawa — assim me pareceu.

A estrutura transparente do mundo em que Tsurukawa vivia sempre me fora um enigma indecifrável que, com sua morte, se tornava mais apavorante. Esse mundo transparente fora despedaçado por um caminhão que surgira de uma esquina. Colidira com ele e o arrebentara, como a um vidro que por excessiva transparência se fazia invisível. Essa imagem é sem dúvida apropriada, uma vez que a morte de Tsurukawa não se dera por doença. A morte acidental — uma morte pura —, condizia à perfeição com a estrutura de sua vida incomparavelmente imaculada. Um choque instantâneo pusera em contato vida e morte, e provocara uma rápida reação química. Esse drástico processo fora a única maneira encontrada por esse estranho jovem, que não possuía sombra, para juntar-se à sua sombra, à sua morte.

Muito embora o mundo em que Tsurukawa vivia extravasasse sentimentos luminosos e de bondade, afirmo categoricamente que Tsurukawa não o escolheu por engano ou juízo condescendente. Seu espírito, cuja luminosidade não era própria deste mundo, possuía um arcabouço de força e tenacidade que constituíam por si as regras de seu comportamento. Havia algo incomparavelmente preciso na forma como ele conseguia traduzir meus sentimentos obscuros, um por um, em outros luminosos.

Havia uma perfeita correspondência e um perfeito contraste entre a sua luminosidade e a minha obscuridade, até nos mínimos detalhes, que me levavam a suspeitar às vezes se Tsurukawa não teria experimentado de fato meus próprios sentimentos. Mas não era isso! A luminosidade de seu mundo era ao mesmo tempo pura e unilateral. Constituía um sistema acurado, cuja precisão talvez fosse próxima à precisão do mal. E se a energia incansável desse jovem não trabalhasse constantemente para suportá-lo, seu mundo luminoso e transparente talvez tivesse entrado em colapso em curto tempo. Tsurukawa corria a toda a velocidade. E nisso um caminhão atropelara seu corpo.

A atração que Tsurukawa exercia sobre as pessoas vinha de sua aparência, que irradiava jovialidade, e de seu físico, desenvolto e desinibido. E quando tudo isso já deixara de existir, eu me via levado a misteriosas reflexões acerca daquilo que os olhos podiam ver em um homem. Parecia-me estranho que atributos visíveis pudessem mostrar, simplesmente pelo fato de existirem, uma força tão luminosa como aquela. Eu pensei no quanto o espírito teria a aprender com o corpo para adquirir essa presença tão despretensiosa. Dizem que o zen faz da ausência do aspecto a forma e que, para o zen, o poder da visão não é outra coisa, em suma, senão a abertura da consciência de que meu espírito é algo destituído de forma ou aspecto. Entretanto, a visão, essa capacidade de ver até aquilo que não possui aspecto, deveria necessariamente ser sensível ao extremo em relação ao fascínio da forma. Pois como poderia alguém inapto para ver forma e aspecto com sensibilidade objetiva ser capaz de distinguir com toda a clareza aquilo que não possui forma ou aparência? Assim é que a própria aparência clara e distinta de Tsurukawa — um ser que irradiava luminosidade somente pelo fato de existir, que podia ser alcançado quer pelos olhos, quer pelas mãos, e de quem se poderia dizer que vivia para viver — se tornava, agora que deixara de existir, a mais clara metáfora do indistinto, do que não possui aparência. Sua existência havia sido uma concreta representação em modelo do Nada desprovido de forma. Parecia-me que ele não fora outro senão a metáfora em pessoa. Por exemplo, Tsurukawa se assemelhava e se adequava às flores de maio tão perfeitamente quanto se assemelhavam e se adequavam entre si as flores lançadas no interior de seu esquife nesse mesmo maio, mês de sua morte súbita.

Seja como for, faltava à minha vida esse simbolismo evidente que havia na de Tsurukawa. Por isso, eu sentira tanta necessidade dele. Invejava-o, sobretudo porque ele conseguira completar a vida sem nada ter desse individualismo, ou dessa consciência de carregar às costas uma missão individual própria, que havia em mim. Esse individualismo me roubou o simbolismo da vida, ou seja, esse simbolismo que parecia fazer da vida de Tsurukawa uma metáfora de algo fora dela. Roubou-me por conseguinte os sentimentos de expansão e solidariedade, e se fez fonte de uma implacável solidão. Coisa estranha. Tampouco o Nada me inspirou algum sentimento de solidariedade.

Minha solidão recomeçara. Não me encontrei depois disso com a menina da pensão e deixei de manter as relações amistosas de antes também com Kashiwagi. O modo como ele conduzia a vida ainda me atraía fortemente, mas eu resisti. Evitei-o mesmo contra a minha vontade, porque sentia que assim eu reverenciava a memória de Tsurukawa. Enviei uma carta à minha mãe, em que escrevi sem rodeios que não me viesse visitar até que eu alcançasse a maturidade. Não obstante já lhe ter dito verbalmente, achei mais seguro repetir-lhe uma vez por escrito em termos enérgicos. Na resposta, redigida de forma vacilante, ela descrevia por linhas e linhas o que fazia trabalhando com afinco para ajudar meu tio na lavoura, acrescentando também algumas recomendações simples à guisa de conselho. E finalizava: "Só morrerei depois de vê-lo uma vez prior do Rokuonji". Odiei essas palavras, que me roubaram a paz por dias seguidos.

Deixei de visitar minha mãe na casa de meu tio mesmo durante o verão. A alimentação pobre roubava-me as energias nessa estação do ano. Em meados de setembro, a previsão meteorológica anunciava a chegada de um grande tufão. Era preciso que alguém ficasse à noite de plantão no Pavilhão Dourado e eu me candidatei para a tarefa.

Penso que uma mudança sutil começava a ocorrer em meus sentimentos com relação ao Pavilhão por volta dessa época — uma espécie de premonição de que a qualquer dia surgiria com certeza uma situação de antagonismo absoluto entre o Pavilhão e algo que começava a brotar dentro de mim, não diria propriamente ódio. Essa premonição se tornava cada vez mais distinta desde os acontecimentos no Jardim Kameyama, e eu temia dar a isso um nome. Entretanto, não deixei de sentir alegria em ter o Pavilhão sob meus cuidados durante uma noite, nem disfarcei essa satisfação.

Recebi a chave do Kukyo-cho. Esse andar era particularmente enobrecido por um quadro com inscrições do imperador Gokomatsu, graciosamente disposto sobre o dintel a alguns quinze metros de altura.

O rádio anunciava de minuto a minuto a aproximação do tufão, mas não se via ainda vestígio dele. A chuva intermitente da tarde cessara, e no céu claro da noite erguia-se a lua sem dúvida alguma cheia. O pessoal do templo observava do jardim as condições atmosféricas e dizia que era a calmaria antes da tempestade.

O silêncio tomou conta do templo adormecido. Eu estava só no Pavilhão Dourado. Sentia a escuridão do Pavilhão me envolver suntuosa e pesada, fora do alcance do luar, e me extasiava. Eu imergia lenta e profundamente nessa sensação deveras real, que se transformava aos poucos em uma espécie de alucinação. E então percebi de repente que me achava na verdade no interior da imagem que me isolara da vida, no Jardim Kameyama.

Eu estava só, e o Pavilhão Dourado, único e absoluto, me envolvia por inteiro. Eu possuía o Pavilhão, ou seria ele que me possuía? Ou, quem sabe, surgira um instante de raro equilíbrio que me permitira ser eu o Pavilhão e, ao mesmo tempo, o Pavilhão ser eu?

O vento se intensificou por volta das onze e meia da noite. Subi a escadaria com o auxílio de uma lanterna de bolso e introduzi a chave na fechadura do Kukyo-cho.

De pé, encostei-me ao balaústre do Kukyo-cho. O vento vinha do sudeste. Contudo, nenhuma mudança ocorrera ainda no céu. A Lua brilhava refletida entre as algas do lago. A voz dos insetos e o coaxar dos sapos enchiam o ar ao redor.

A primeira forte rajada de vento me agrediu em plena face. Senti um arrepio, eu diria quase sensual, percorrer-me o corpo. O vento crescia de intensidade como se não conhecesse limites, como se estivesse prenunciando minha destruição juntamente com a do Pavilhão. Meu espírito habitava o Pavilhão, mas ao mesmo tempo cavalgava o vento. O Pavilhão, que traçava as normas da estrutura do meu mundo, mantinha-se perfeitamente senhor de si banhado pelo luar e sem uma cortina sequer balançando ao vento. Mas o vento, a minha maldosa intenção, não deixaria a qualquer momento de sacudir o Pavilhão, de despertá-lo e de destruí-lo, roubando-lhe nesse instante o sentido de sua arrogante existência.

Sim, eu me achava naquele momento envolvido pela Beleza, imerso de fato no seio dela. Entretanto, é de duvidar se poderia ter-me mantido nessa situação sem o concurso do vento selvagem que procurava intensificar-se indefinidamente. Assim como Kashiwagi me animara aos gritos de "Gagueje! Gagueje!", eu experimentei espicaçar o vento, animando-o com gritos como a um cavalo:

— Força! Força! Mais rápido! Mais forte!

A floresta começava a se açodar. Os ramos das árvores ao redor do lago raspavam-se, atritando. O céu noturno perdia a pacífica coloração anil e adquiria uma turva tonalidade verde-azulada. O coro dos insetos não se debelara ainda, mas o assobio longínquo e misterioso do vento que levantava e eriçava tudo que havia nos arredores se fazia cada vez mais próximo.

Eu via nuvens em quantidade voando pela face da Lua. Elas surgiam sucessivamente de trás das montanhas como grandes exércitos em marcha de sul a norte: nuvens espessas, nuvens esgarçadas, nuvens gigantescas, e pequenos fragmentos de nuvens despedaçadas. Todas surgiam do sul, passavam diante da lua, encobriam o teto do Pavilhão Dourado e corriam afobadas para o norte, como se algo muito importante houvesse ocorrido naquelas bandas. Pensei ter ouvido o grito da fênix sobre a minha cabeça.

A ventania se aquietava repentinamente, para recomeçar com força. A floresta se fazia ora quieta e atenta, ora agitada. O luar, em consonância, aumentava ou reduzia sua luminosidade e por vezes varria a superfície do lago, reunindo seus reflexos esparsos.

Camadas de nuvens acumuladas por trás das montanhas se esparramavam pelo céu todo como uma imensa manopla, e se aproximavam contorcendo-se aos trancos, oferecendo um espetáculo aterrorizante. Os fragmentos límpidos e luminosos do céu que se mostravam entre as nuvens eram imediatamente recobertos por elas. Mas, quando uma nuvem bem esgarçada passava, a auréola difusa da Lua transparecia através dela.

Assim o céu se movimentou durante a noite toda. Entretanto, a força da ventania não cresceu. Adormeci junto ao balaústre. Um velho servente do templo veio me despertar no dia seguinte, de manhã cedo. O céu estava claro. O tufão se desviara de Quioto — foi o que ele me disse.

6.

Creio que mantive luto por Tsurukawa durante quase um ano. Uma vez iniciado o período de luto, não foi particularmente difícil acostumar-me com o isolamento que isso me impunha. Constatei de fato que pouco me exigia permanecer calado, sem falar com ninguém. A impaciência que sentia com a vida se afastava. Foram dias mortos, porém agradáveis.

A biblioteca da universidade se tornava meu único retiro. Ali, eu lia indiscriminadamente romances traduzidos e obras filosóficas, deixando de lado a literatura budista. Não mencionarei os autores por uma questão de discrição. Reconheço que eles me influenciaram de alguma forma e me motivaram ao ato que cometi tempos depois, mas gostaria de creditar a mim mesmo a idealização do ato em si. Além de tudo, detestaria que pensassem que agi por influência de alguma filosofia já concebida.

Não ser compreendido se constituíra, como disse, meu único orgulho desde a adolescência, e por isso não empreendia esforço algum para ser compreendido. De qualquer forma, procurava ser claro, porém é duvidoso que isso se devesse a um esforço em passar-me a limpo, pois esse esforço vem da própria natureza humana e forma a ponte que interliga as pessoas. A embriaguez que me provocava a beleza do Pavilhão Dourado turvava parte de minha personalidade. Essa embriaguez excluía todas as outras, e precisei defender deliberadamente, para poder resistir, a clareza da outra parte. Assim, pelo menos no que me diz respeito — pois não sei quanto aos outros —, a claridade era eu mesmo, e não o contrário; isto é, não era eu o dono da claridade.

As férias de primavera chegaram. Estávamos em 1948, meu segundo ano na universidade. O Velho Mestre se ausentara nessa noite, e eu, que não possuía amigos, não tinha como passar as horas felizes de liberdade a não ser em um passeio solitário. Deixei o templo saindo pelo portão principal. Havia uma placa de aviso ao lado do fosso, fora do portão.

Já me cansara de vê-la. Não obstante, fui novamente até a velha placa e, por ócio, pus-me a ler sob o luar as letras lá escritas.

AVISO

1 — *Nenhuma alteração poderá ser realizada sem a devida autorização;*
2 — *Atos que atentem contra a conservação do recinto são proibidos.*
Observar as disposições acima. Os infratores serão punidos por lei.

31 de março de 1928
MINISTÉRIO DO INTERIOR

O aviso se referia ao Pavilhão Dourado, como era claro, mas, redigido como estava em palavreado abstrato, não deixava perceber claramente o que queria dizer, dando a impressão de que o Pavilhão, imutável e indestrutível, só podia estar em um outro mundo, longe de uma placa como essa. Esse aviso antecipava alguma ação estranha ou impossível. O autor desses regulamentos sem dúvida se perdera tentando generalizar delitos que só loucos poderiam conceber. Como assustar os loucos com castigos antes que eles viessem a praticar infrações? Era de se imaginar que isso exigisse palavras inteligíveis apenas a eles, os loucos...

Enquanto eu me entregava a essas divagações sem proveito, um vulto se aproximava pela larga estrada diante do portão. Já não se via sombra dos visitantes da tarde. Os pinheiros iluminados pelo luar e o brilho distante dos faróis de automóveis em trânsito na rua dos bondes eram os únicos elementos que compunham o cenário da noite nestas paragens.

Percebi de repente que se tratava de Kashiwagi, pelo modo como vinha andando. Esqueci então o longo ano de interrupção de nossas relações, imposto por mim, e pensei apenas na gratidão que lhe devia pelas curas que me proporcionara no passado. Isso mesmo, com suas miseráveis pernas tortas, com suas palavras ferinas e impudicas e com suas confissões, sinceras ao extremo, ele me curara já em nosso primeiro encontro da consciência de ser também um aleijado. Devo ter descoberto naquele momento a alegria de conversar com alguém de igual para igual. E, também, provado a alegria de mergulhar bem fundo na sólida consciência de ser monge e, além disso, gago — uma alegria semelhante à que se tem quando se pratica o mal. A amizade com Tsurukawa não dera lugar a coisas como essas, pois eu as suprimia de imediato.

Recebi Kashiwagi com sorriso. Ele vestia o uniforme da universidade e tinha nas mãos um embrulho de forma alongada.

— Você estava de saída?

— Não tem importância.

— Foi bom encontrá-lo. É que... — Kashiwagi sentou-se na escadaria de pedra e abriu o embrulho. Dele surgiram duas flautas *shakuhachi*, escuras e lustrosas.

— Um tio meu lá da minha terra faleceu outro dia e me deixou de herança uma flauta *shakuhachi*. Mas eu ainda tenho a flauta que ganhei dele quando me ensinou a tocar. A que ele me deixou de herança parece ser de qualidade superior à que eu tenho, mas prefiro a minha, pois me acostumei a tocar com ela. Além disso, não saberia o que fazer com duas flautas. Pensei assim em lhe dar uma de presente, portanto a trouxe aqui.

Eu nunca havia recebido presentes na vida, por isso fiquei satisfeito em receber um. Peguei a flauta nas mãos. Notei que havia quatro orifícios na frente e um atrás.

Kashiwagi prosseguiu:

— Meu estilo é o da escola Kinko. A Lua hoje está excepcionalmente bela e, assim, vim até aqui pedir-lhe permissão para tocar no Pavilhão Dourado, enquanto eu lhe ensino a tocar...

— Então chegou em boa hora. O Velho Mestre está ausente, e disso se aproveita o velhinho da limpeza, que ainda não fez o serviço por pura preguiça. O Pavilhão é trancado somente após a limpeza.

Se a aparição súbita de Kashiwagi me surpreendeu, seu desejo de tocar flauta no Pavilhão porque a lua estava bela me foi igualmente surpreendente. Esse comportamento não condizia com a imagem que eu tinha de Kashiwagi, mas o simples fato de me causar surpresa enchia de felicidade minha enfadonha vida. Com a flauta que ganhara nas mãos, conduzi Kashiwagi ao Pavilhão.

Não me recordo muito bem o que conversamos nessa noite. Creio que foram tão somente trivialidades. Antes de tudo, Kashiwagi não demonstrava disposição alguma em desfiar sua filosofia excêntrica e seus paradoxos venenosos.

Quiçá tivesse vindo com o intuito exclusivo de mostrar-me sua outra face. E, de fato, o crítico mordaz que parecia sentir um prazer único em blasfemar contra a Beleza mostrou-a, e por sinal extremamente delicada. Em que pese a Beleza, Kashiwagi era dono de um discernimento muitas vezes mais acurado que o meu. Isso ele me revelou não por intermédio de palavras, mas pela expressão corporal, pelo olhar, pela melodia da flauta e por aquela sua fronte que o luar banhava. Estávamos debruçados sobre o balaústre do Cho-ondo, no segundo andar do Pavilhão. O corredor, à sombra da cimalha suavemente encurvada, estava apoiado sobre oito travessões encaixados nas colunas, em estilo indiano, e se projetava sobre a superfície do lago onde a lua se refletia.

Kashiwagi executou de início uma pequena melodia — a "Carruagem do Palácio". Sua habilidade surpreendeu-me. Tentei imitá-lo levando os lábios ao bocal da flauta, mas não consegui extrair som algum. Ele então me ensinou com paciência desde como segurar a flauta com a mão esquerda para cima e posicionar os dedos até a abertura correta dos lábios sobre o bocal e os segredos para soprar por ele um fluxo de ar largo e plano como uma placa delgada. Experimentei por diversas vezes, mas ainda assim não conseguia produzir som. As bochechas e os olhos estavam de tal forma tensos que a lua refletida no lago parecia partida em mil pedaços, embora não houvesse brisa alguma.

Cansado ao extremo, cheguei até a suspeitar por um momento que Kashiwagi estivesse me expondo deliberadamente a esse sofrimento para zombar da minha gaguice. Pouco a pouco, entretanto, esse esforço físico a que me entregava, tentando extrair um som que não queria sair, parecia purificar o esforço mental de todos os dias, de pronunciar a primeira palavra com fluência superando o temor da gaguice. O som que ainda não produzira, pensei, já devia existir certamente em alguma parte deste mundo silencioso batido pelo luar. Bastava chegar por fim até ele e despertá-lo.

Mas como chegar a esse som, a esse som mavioso que Kashiwagi produzia em sua flauta? Outro caminho não havia senão a prática. A prática era a Beleza. Encorajava-me a ideia de que era preciso apenas praticar para alcançar o som límpido e belo, assim como Kashiwagi conseguira apesar de seus pés tortos e feios. Entretanto, percebi algo mais. Por que a "Carruagem do Palácio" tocada por Kashiwagi soava tão bela? Não seria por causa mesmo de seus pés tortos, muito embora a noite enluarada também contribuísse?

Kashiwagi não gostava da Beleza duradoura, como vim a saber após conhecê-lo na intimidade. Sua preferência limitava-se a coisas como a música que se extingue em um instante ou arranjos florais que ressecam em questão de dias, e odiava a arquitetura ou a literatura. Eu não tinha dúvida alguma de que Kashiwagi procurara o Pavilhão Dourado interessado por ele apenas enquanto o luar perdurasse. Mas, de qualquer forma, como é fascinante a beleza da música! Essa beleza de curta existência produzida por quem a executa faz de um determinado lapso de tempo uma continuidade pura. Não se repete. Tem vida curta, assim como uma miragem e, no entanto, é a perfeita abstração da própria vida, uma criação. Nada se parece tanto com a vida como a música. Em comparação, a beleza do Pavilhão Dourado, embora Beleza, parecia afastada da vida, parecia humilhá-la. E no momento em que Kashiwagi terminara a melodia que tocava, a música, essa criatura imaginária, morria, deixando no entanto perfeitamente intato e inalterado o corpo disforme de Kashiwagi, juntamente com seus pensamentos sombrios.

O que Kashiwagi buscava na Beleza não era, certamente, consolo! Isso eu descobri, sem que houvesse necessidade de palavras ou explicações. Mais que tudo, ele amava ver seu corpo disforme e seus pensamentos sombrios permanecerem até mais vívidos e mais renovados que antes após os breves instantes em que a Beleza produzida pelo sopro de seus lábios no bocal da flauta enchia os ares. A inutilidade da Beleza, que passava por seu corpo e desaparecia sem deixar vestígio, absolutamente incapaz de alterar o que quer que fosse... eis aí o que Kashiwagi amava. Se a Beleza me fosse também algo assim, quanto alívio teria sentido em minha vida!

Eu continuava minha tentativa de produzir som sem me enfadar, procurando seguir as instruções de Kashiwagi. Meu rosto se afogueava, eu começava a ofegar. Nesse instante, me vi de repente um pássaro: a flauta emitia uma nota grave como se fosse um pio saído de minha garganta.

— Isso! — exclamou Kashiwagi com uma risada.

Não era, de forma alguma, uma bela nota, mas outras iguais se seguiram a ela, uma após outra. Nesse momento, eu imaginava ouvir na voz misteriosa da flauta, que nem parecia ter sido produzida por mim, a voz da fênix dourada pousada no alto.

Depois disso, exercitei todas as noites para me aprimorar na flauta, seguindo as lições do manual de prática individual que Kashiwagi me dera. E à medida que eu começava a executar peças bem simples como o "Sol vermelho sobre um fundo branco", nossas relações voltavam ao que eram antes.

Em maio, pensei em retribuir a Kashiwagi o presente que me dera. Entretanto, não tinha dinheiro. Assim, expus-lhe com franqueza a situação. Respondeu-me ele que não queria nada que custasse dinheiro. Mas torceu a ponta dos lábios em um curioso trejeito e disse coisas como estas:

— Pensando bem, já que oferece, eu tenho um desejo. Gostaria de compor arranjos florais, mas as flores custam caro. Acredito que o íris e o cálamo estejam florindo nesta época no Pavilhão. Você me colheria quatro ou cinco íris, alguns em botão, outros quase abertos e outros em flor, juntamente com seis ou sete espadanas? Pode trazer-me à pensão esta noite mesmo.

Concordei de boa vontade, sem pensar muito, mas o que ele me sugeria era roubo, como percebi depois. Para honrar a promessa, eu seria obrigado a me tornar um ladrão de flores.

Nessa noite, a refeição teve farinha por base. Consistiu de pão, preto e pesado, e, fora isso, apenas vegetais cozidos. Felizmente era um sábado de tarde livre, e aqueles que pretendiam sair já haviam deixado o templo. A hora do recolhimento estava liberada. Podia-se ir cedo para o leito ou regressar a ele até as onze da noite. Isso era bom porque se permitia dormir na manhã seguinte pela regra do "despertar esquecido". O Velho Mestre já havia saído.

Às seis e meia da tarde, o dia finalmente escurecia. Começava a ventar. Aguardei o primeiro sino da noite. Às oito horas, o sino à esquerda do portão central, afinado em *ojiki*, ressoava alto e límpido as dezoito badaladas de longa reverberação da primeira vigília da noite.

Uma pequena boca d'água junto ao Sosei escorria a água de um pequeno lago de lótus para o interior do lago Kyoko. Havia uma cerca semicircular ao redor da boca d'água, em torno da qual os íris cresciam em profusão. As flores estavam particularmente belas naqueles dias.

A brisa noturna agitava a plantação quando lá cheguei. As altas pétalas violáceas estremeciam de leve ao suave murmúrio das águas correntes. As trevas se faziam profundas naquela área, e tanto o violáceo das pétalas como o verde das folhas se confundiam numa só tonalidade escura. Procurei apanhar duas ou três flores. Mas elas, assim como as folhas, me escapavam das mãos, açodadas pelo vento. Uma folha me cortou o dedo.

Encontrei Kashiwagi na pensão estirado, lendo um livro, quando cheguei carregando os íris e as espadanas. Eu temia um encontro com a menina da pensão, mas ela parecia estar ausente.

O pequeno furto me animara. Sempre que me envolvia com Kashiwagi me sobrava realizar pequenos atos de corrupção, de profanação e outros delitos menores, mas isso costumava me deixar animado. Não saberia dizer se essa animação cresceria indefinidamente com o agravamento dos pequenos delitos.

Kashiwagi recebeu meu presente com grande alegria e em seguida procurou a dona da pensão para pedir vasos e balde apropriados para o arranjo floral. O quarto de Kashiwagi ficava em uma edícula separada da pensão, situada em uma casa térrea.

Apanhei a flauta *shakuhachi* de Kashiwagi encostada em uma estante e levei os lábios ao bocal. Executei uma pequena peça de exercícios, que, entretanto, saiu extraordinariamente perfeita, surpreendendo Kashiwagi, que retornava. Mas nessa noite ele não era o mesmo de quando fora me visitar no Pavilhão.

— Olhe só, você não gagueja nem um pouco com a flauta, não é mesmo? E eu, que lhe ensinei o *shakuhachi* esperando ouvir uma melodia gaguejada!

Essa observação bastou para nos reduzir à situação do nosso primeiro encontro. Ele reconquistava sua posição. Mas com isso senti-me livre para indagar a respeito da jovem da mansão espanhola.

— Ah, sim, aquela mulher! Ela se casou há muito tempo — disse simplesmente. — Eu lhe expliquei bem minuciosamente o que ela deveria fazer para que a perda da virgindade não fosse descoberta. Parece que deu certo, mesmo porque o noivo era um rapaz muito sério...

Enquanto falava, ele retirava as flores da água e as examinava atentamente uma por uma. Depois, mergulhava a tesoura na água para cortar os talos dentro dela. Sempre que Kashiwagi apanhava uma flor, a sombra dela descrevia um largo movimento sobre o tatame. De repente, ele me perguntou:

— Diga-me, você conhece as célebres frases dos Ensinamentos Populares, de *Rinzairoku*? "Matarás Buda, se Buda encontrares, matarás teus ancestrais, se teus ancestrais encontrares!..."

Eu continuei:

— "Matarás os santos, se os santos encontrares, matarás teus pais, se teus pais encontrares, matarás teus parentes, se teus parentes encontrares. Só assim alcançarás a salvação."

— Isso mesmo. Aquela mulher era santa.

— E você alcançou a salvação.

— Hum! — Kashiwagi, que observava as flores cortadas, disse no entanto:

— Para isso, teria que matá-la melhor.

O vaso, com o interior prateado, estava cheio de água límpida. Ele examinou meticulosamente a base de fixação das plantas e endireitou com todo o cuidado um dos pinos tortos.

Eu continuei falando, para encher o tempo.

— Você com certeza conhece o tema "Nansen mata um gato", não? O Velho Mestre nos reuniu no dia do término da guerra para nos dar uma preleção sobre ele.

— "Nansen mata um gato", não é? — respondeu Kashiwagi comparando o comprimento das espadanas em relação ao vaso. É um tema com que o homem se depara na vida por vezes e vezes, em diversas variantes. Um tema horripilante. Sempre que nos defrontamos nas esquinas da vida com ele, já se mostra diferente tanto na forma como em substância. O vilão foi o gato que o monge Nansen matou. Era um belo gato, veja você, um gato excepcionalmente belo, de olhos dourados e pele lustrosa. Todos os prazeres deste mundo estavam comprimidos como mola naquele corpo pequeno e macio. A maioria dos estudiosos, exceto eu, deixa de mencionar que o gato era a própria Beleza materializada. E esse gato saltou de repente do meio do matagal e se deixou prender, pode-se dizer até de propósito, reluzindo seus olhos suaves e espertos. Isso motivou disputa entre as facções. Por quê? Ora, porque a Beleza se entrega a qualquer um, mas não é de ninguém. A Beleza é, como direi... Isso mesmo, é como um dente cariado, que toca e prende a língua, causa dor e quer mostrar assim que existe. A dor se torna insuportável e o dente então é extraído pelo dentista. E que pensa o paciente, ao examinar na palma da mão o pequeno dente sujo, amarelado e cheio de sangue? "É isto aqui? Foi esta coisa? Foi isto que me causou tanta dor, que tanto me perturbou, reclamando atenção, que se arraigou teimosamente no meu corpo? Agora, não passa de matéria sem vida. Seria mesmo aquilo? Se isto estava originariamente fora do meu corpo, de que forma, e por que carma, ele se associou ao meu corpo? E como conseguiu se transformar na fonte da dor que senti? Quais são os fundamentos que justificam a existência dessa coisa? Esses fundamentos estavam no interior do meu corpo? Ou estavam nela mesma? De qualquer forma, isto que está na palma da minha mão extraído do meu corpo é seguramente um outro objeto. Não é em absoluto 'aquilo'!" É o que ele pensaria, não acha?

Ele continuou:

— Veja, Beleza é isso. Pode-se dizer que matar o gato seria o mesmo que extrair a Beleza da mesma forma como se arranca um dente cariado, mas é de se duvidar que tivesse sido a solução final. Porque a raiz da Beleza não foi extirpada, porque, embora o gato estivesse morto, sua beleza talvez não. Por isso, em alusão à simplicidade de uma solução como essa, Choshu levou seu sapato à cabeça. Em outras palavras, ele sabia que não havia outra solução neste caso senão suportar a dor do dente cariado.

Era uma interpretação peculiar e típica de Kashiwagi. Provavelmente, ela se dirigia a mim. Penso que Kashiwagi aludia à indecisão que percebia em mim. Pela primeira vez, o temi de fato. Receando manter-me em silêncio, fiz-lhe outra pergunta:

— E você, de que lado está? De Nansen? Ou de Choshu?

— Bem, não sei dizer. Neste momento, estou com Nansen e você com Choshu. Mas é possível que algum dia você esteja com Nansen e eu com Choshu. Este tema é mutável como um "olho de gato".

Enquanto conversávamos, Kashiwagi trabalhava destramente com as mãos. Alinhava as bases de fixação das plantas, pequenas e enferrujadas, no centro do vaso plano e raso, e introduzia as espadanas nelas para formar o "Paraíso". Dispunha a seguir os íris em arranjo de três folhas para compor aos poucos o arranjo floral ao estilo da escola Kansui. Seixos pequenos e bem lavados, alguns brancos, outros amarronzados, estavam empilhados ao lado do vaso, prontos para ser utilizados no acabamento final.

O movimento das mãos de Kashiwagi era simplesmente notável. Pequenas decisões eram tomadas uma após outra, os efeitos de contraste e equilíbrio convergiam com precisão, e as plantas em estado natural eram transpostas ao compasso de um ritmo regular para o contexto de uma ordem artificial. Folhas e flores se transfiguravam, de "como eram" para "como deviam ser". Espadanas e íris deixavam de ser plantas individuais e anônimas pertencentes às suas espécies e se convertiam em manifestações francas e concisas daquilo que se diria a essência de cada uma delas.

Mas havia algo cruel no movimento das mãos de Kashiwagi. Ele agia como se tivesse, com respeito às plantas, um poder sombrio e desagradável. Quem sabe por isso cada vez que ouvia a tesoura cortar um talo eu sentia como se visse o sangue escorrer dele.

O arranjo floral ao estilo Kansui estava concluído. Ao lado direito do vaso, as linhas retas das espadanas se misturavam com as curvas acentuadas das folhas de íris. Uma das flores se abria e duas outras estavam em botão, semiabertas. O arranjo preencheu quase todo o espaço do nicho onde foi colocado. A água do vaso se aquietou. Os seixos, que ocultavam as bases de fixação das plantas, lembravam a margem de uma lagoa de águas cristalinas.

— Isto é uma beleza! Onde você aprendeu? — perguntei.

— Com uma professora de arranjos florais aqui perto. Ela deve vir daqui a pouco. Fiz amizade enquanto aprendia arranjos florais com ela e, assim, cheguei a produzir arranjos como esse. Mas então me enjoei dela. É uma professora ainda jovem e bonita. Manteve relações com um militar durante a guerra, teve um filho natimorto, e o militar morreu em combate. Depois disso, ela passa o tempo brincando com homens. Possui uma pequena fortuna e por isso dá aulas de arranjos florais apenas por distração. Se você quiser, poderá levá-la para passear hoje à noite. Ela o acompanhará aonde quer que seja.

Uma enorme confusão se apoderou do meu espírito. Quando a vi do topo do portal do Templo Nanzen, Tsurukawa estava ao meu lado. Hoje, três anos depois, eu devia vê-la pelos olhos de Kashiwagi. Os olhos límpidos que assistiram outrora a seu drama com sacrossanto respeito estavam agora sombrios e descrentes de tudo. Não restava dúvida de que aquele seio visto ao longe, branco como a Lua, já fora tocado pelas mãos de Kashiwagi, e o colo, envolto em um faustoso quimono, também profanado por seus pés tortos. Sim, ela já havia sido profanada sem dúvida por Kashiwagi, ou seja, pelo Conhecimento.

Isso me perturbou bastante, a ponto de querer fugir dali. Mas a curiosidade me detinha. Eu esperava ansioso pela chegada dessa mulher, que julgava a própria encarnação de Uiko, agora desprezada por um estudante aleijado. Sem que me desse conta, eu me comprazia imaginando profanar com as próprias mãos, em cumplicidade com Kashiwagi, a recordação que dela eu guardava.

Por fim, a mulher chegou. Mas nenhuma perturbação me assaltou. Eu me recordo claramente ainda hoje da voz um tanto quanto rouca, das finas maneiras, da fala bem educada, do brilho não obstante selvagem em seus olhos, dos queixumes que dirigia a Kashiwagi, mesmo embaraçada com a minha presença... Percebi então o motivo por que Kashiwagi me pedira para estar com ele nessa noite. Ele pretendia se escudar em mim.

A mulher nada tinha em comum com a imagem que eu havia formado dela. Parecia uma individualidade completamente desconhecida, que eu via pela primeira vez. Aos poucos ela perdia a compostura, embora mantivesse a fala refinada. Já não se incomodava com a minha presença.

Por fim, enjoada com o papel miserável que desempenhava, ela pretendeu quem sabe deixar um pouco de lado as tentativas de reconquistar Kashiwagi. Passou então a simular de repente um comportamento mais tranquilo. Relanceou o olhar pelo quarto apertado da pensão e notou, ao que parece só nesse momento, o arranjo floral exuberante disposto no nicho, embora ela já estivesse no quarto havia trinta minutos.

— Belo arranjo floral. Está muito bem executado.

Era o comentário que Kashiwagi aguardara para dar o tiro de misericórdia.

— Não é verdade? Assim, já não tenho o que aprender. Acabou, entendeu?

Desviei o olhar da mulher, cujo rosto se transtornara diante dessas palavras. Pareceu-me tê-la visto sorrir por um breve instante, adiantando-se educadamente sobre os joelhos para se aproximar do nicho. Apenas ouvi a sua voz:

— Mas isto é um arranjo floral? O que é esta coisa?

A água espirrou sobre o tatame, as espadanas foram derrubadas, os íris desabrochados se despedaçaram. As flores que eu colhera cometendo roubo jaziam ultrajadas. Ergui-me de um salto e me deixei ficar de costas para a janela sem saber o que fazer. Vi Kashiwagi segurar o pulso delgado da mulher. Depois, agarrou-a pelos cabelos e desfechou-lhe um tapa no rosto. Essa sequência de violências de Kashiwagi nada diferia da crueldade tranquila exibida por ele momentos antes ao cortar folhas e talos com a tesoura enquanto elaborava o arranjo floral. Um prolongamento dessa mesma crueldade. Foi como eu senti.

A mulher cobriu o rosto com as mãos e correu do quarto.

Kashiwagi porém voltou-se para mim ali de pé e paralisado, esboçou um sorriso inocente e disse:

— Vai, corre atrás dela! Vai consolá-la! Vai depressa!

Pus as pernas imediatamente em movimento, não sei dizer muito bem se pressionado pelas palavras de Kashiwagi ou se movido por compaixão. Restam-me dúvidas a esse respeito.

Logo a alcancei, duas ou três casas adiante.

Estávamos em uma das quadras do bairro de Itakura, atrás do pátio dos bondes de Karasumaru. Sob o céu noturno coberto de nuvens, ressoava o ruído dos bondes que entravam no pátio, e faíscas esverdeadas riscavam a escuridão. A mulher atravessou o bairro na direção leste, seguindo por ruas secundárias. Eu a acompanhava um pouco atrás em silêncio enquanto ela caminhava aos prantos. Então ela me percebeu e chegou-se ao meu lado. Com a voz ainda mais rouca devido ao choro, pôs-se a desfiar queixas sem conta contra Kashiwagi, mantendo contudo a linguagem extremamente refinada.

Quanto tempo andamos assim!

A conduta condenável de Kashiwagi que ela despejava torrencialmente aos meus ouvidos, aqueles olhos estreitos, maldosos e covardes dele, essas coisas todas ditas por ela me soavam apenas como "vida". A crueldade, as maquinações premeditadas, as traições, a frieza, as desculpas para extorquir dinheiro — tudo isso não passava de chave para decifrar o estranho carisma de

Kashiwagi. A mim me bastava crer na honestidade dele para com a própria deficiência física.

Desde a súbita morte de Tsurukawa, eu deixara de ter contato com a essência da vida. Nessas condições, estimulava-me o contato com outra vida mais sombria e no entanto menos efêmera, que, porém, nunca deixava de ferir outras pessoas enquanto vivia. O que Kashiwagi me dissera em palavras lacônicas, "Teria que matá-la melhor!", voltava aos meus ouvidos. Eu me recordava também da prece que ergui no topo do monte Fudo, diante do mar de luzes da cidade de Quioto, quando a guerra terminara: "Que as trevas do meu espírito se façam tão profundas quanto as da noite que circunda todas essas luzes!".

A mulher não seguia diretamente para casa. Caminhava a esmo, escolhendo ruas secundárias sem muito movimento, apenas para poder conversar. Assim, quando finalmente chegamos diante da residência onde ela morava sozinha, eu não sabia onde estava.

Já passava das dez e meia e por isso pensei em despedir-me para voltar ao templo, mas, ante a insistência da mulher, aceitei o convite para entrar.

Ela se adiantou para acender as luzes e me perguntou de repente:

— Você já amaldiçoou alguém desejando-lhe a morte?

Respondi de pronto que sim. Eu havia desejado claramente a morte daquela menina da pensão, testemunha da minha vergonha — curiosamente, eu me esquecera disso até aquele momento.

— Que pavor! Eu também!

A mulher sentou-se sobre o tatame meio derreada, jogando as pernas de lado. A lâmpada do quarto teria provavelmente cem watts de potência e proporcionava uma claridade rara nessa época de economia de energia, diria três vezes maior que a da pensão de Kashiwagi. Então pude vê-la claramente pela primeira vez. A faixa que usava sobre a cintura, ao estilo Nagoya, era de uma brancura notável. Ressaltava a tonalidade arroxeada dos padrões de seu quimono, de glicínia em treliça, tingidos em Yuzen.

A longa distância que separava o alto do portal do Templo Nanzen da sala do Tenjuan só poderia ser coberta por um pássaro em voo. Mas era como se eu tivesse vencido aos poucos essa distância durante os anos e alcançado finalmente a sala. Desde o instante em que a vi do topo do portal, eu me aproximara minuto a minuto daquilo que a cena mítica do Tenjuan significava. E tinha que ser assim, eu pensava. A mulher já não era a mesma daquela época, algo inevitável, assim como a face da Terra não seria a mesma quando a luz de uma estrela distante a atingisse. E se eu e a mulher tivéssemos nos encontrado naquele momento em que a avistei do alto do portal, antevendo o nosso encontro de hoje, a mudança poderia ser revertida ao estado anterior com poucas correções, e poderíamos estar um diante do outro, eu e ela nas mesmas condições daquele momento. Foi o que pensei.

E isso eu lhe disse. Gaguejando, com a respiração entrecortada, eu lhe disse. Ressurgiam na minha memória o verdor fresco da folhagem nova das árvores daquele dia e a pintura das fênix e dos anjos no teto do Gohoro. A cor subiu à face da mulher, e em seus olhos o brilho selvagem dava lugar a outro brilho, lascivo, indefinido.

— Mas então foi isso! Foi isso que aconteceu! É o destino! O que será senão o destino?

Dessa vez os olhos da mulher se encheram de lágrimas de emoção e alegria. Ela esquecia a humilhação por que passara, projetava-se no turbilhão das recordações. Quase ensandecida, passava de um estado de excitação a outro. As barras do quimono estampado com padrões de glicínia estavam em desordem.

— Não tenho mais leite. Meu pobre bebê! Não tenho leite, mas mostro a você exatamente como fiz. Você me amou desde aquele dia. Por isso, eu vou ver agora em você a pessoa a quem amei. Assim, não ficarei acanhada. Vou mesmo repetir com você o que fiz para ele — disse ela em tom decisivo.

O que ela fez depois me pareceu fruto tanto de uma alegria ensandecida como de um desespero sem conta. Creio que a alegria estava em sua consciência, mas a fonte real do impulso que a levou à ação dramática poderia ser o desespero que Kashiwagi lhe causara ou, então, as sequelas desse desespero.

E foi assim que eu vi diante dos meus olhos a faixa da cintura sendo desatada e o quimono afrouxado com um grito da seda atritada. A gola do quimono se abriu e, do ponto em que o busto alvo se punha à mostra, a mão esquerda da mulher extraiu o seio do quimono para que o visse.

Eu mentiria se dissesse não ter sentido certa vertigem. A tudo eu assisti. Vi em detalhe. Entretanto, limitei-me em ser apenas testemunha. A alvura mística que, do alto do portal, a distância transformava em um ponto em nada se parecia com essa massa de carne. Tão longo tempo aquela imagem fermentara no meu interior que o seio diante dos meus olhos outra coisa não me parecia senão carne, nada mais que matéria. E carne que não provocava nenhum apelo, nenhuma tentação, prova tão somente de uma existência insossa separada do todo da vida e ali exposta.

Mas minto ainda. Sim, é isso: é verdade que a vertigem me assaltou. Entretanto, meus olhos, por terem visto o seio com tamanha clareza, passaram a enxergar muito além do seio de uma mulher, acabando por assistir à metamorfose gradativa desse seio em um fragmento destituído de sentido.

O misterioso aconteceu depois disso. Porque, terminado esse doloroso processo, o seio finalmente começou a parecer belo aos meus olhos. Surgia com as características estéreis e frígidas da Beleza, e diante dos meus olhos se enclausurava nos fundamentos da própria existência. Assim como uma rosa que se encerra nos fundamentos da existência de uma rosa.

A Beleza me chega sempre tardia. Muito mais tardia que a outros que a descobrem simultaneamente com a sensualidade. Em um instante o seio reconquistava o relacionamento com o todo e... Deixava de ser carne, transformava-se em matéria frígida e incorrosível, associada à eternidade!

Entendam-me, o Pavilhão Dourado surgira novamente! Melhor, o seio surgia feito Pavilhão Dourado!

Recordei-me daquela noite do início de outono que passei de plantão no Pavilhão com a chegada do tufão. Embora o Pavilhão estivesse iluminado pelo luar, o que havia no interior, dentro das venezianas, das portas de madeira e sob o teto coberto de restos de folhas de ouro despregadas era apenas trevas, suntuosas e pesadas. O que era perfeitamente natural, mesmo porque o próprio Pavilhão Dourado outra coisa não era senão a arquitetura finamente elaborada do Nada. Da mesma forma, o seio diante dos meus olhos, embora revelasse por fora o lustro radiante da carne, abrigava em seu interior as mesmas trevas, igualmente suntuosas e pesadas.

Asseguro-lhes que não me deixei embriagar por minha inteligência. Muito ao contrário, era minha inteligência que se via pisoteada e humilhada. E, naturalmente, a vida e a sensualidade também! Entretanto, permaneci por certo tempo paralisado diante do seio exposto da mulher, dominado por um êxtase profundo que não me deixava.

Tive outra vez que submeter-me ao olhar gélido e repleto de desprezo da mulher que guardava o seio. Dela eu me despedi. Ela me levou até a porta, que foi fechada raivosamente às minhas costas.

Continuei em estado de êxtase até regressar ao templo. O seio e o Pavilhão Dourado se alternavam em meu espírito. Estava possuído de uma felicidade impotente.

Retomei aos poucos a frieza quando avistei o portão principal de Rokuonji além da negra floresta de pinheiros alvoroçados pelo vento. O êxtase se transformava em desgosto e o sentimento de impotência passava a predominar. Um ódio endereçado a ninguém ardia dentro de mim.

— Fui novamente alienado da vida! — balbuciei. — Outra vez! Por que o Pavilhão Dourado insiste em me proteger? Por que me isola da vida, se isso eu não pedi? Talvez ele quisesse, sim, salvar-me da queda ao inferno. Mas com isso ele me fez alguém ainda pior do que aquele que foi lançado nele — em "alguém que conhece o inferno como nenhum outro"!

Encontrei o portão principal escuro e silencioso. Porém havia luz, embora tênue, no portão lateral, acesa até o soar do sino da manhã. Levantei o portão. Ele se abriu com o ruído da velha corrente de ferro que suportava o contrapeso da porta no interior.

O porteiro já dormira. Um regulamento estava colado no lado interno da porta lateral. Determinava que, após as dez da noite, o último a regressar deveria se encarregar de trancá-la. Duas placas com nomes indicavam que duas pessoas ainda não haviam retornado. Uma das placas era do Velho Mestre e a outra do jardineiro idoso.

Toras de madeira de mais de cinco metros achavam-se deitadas ao lado da oficina. A clara tonalidade da madeira era visível mesmo na escuridão da noite. Ao me aproximar, notei serrilhas esparramadas ao redor como pequenas flores amareladas. O suave perfume da madeira pairava na escuridão. Eu passava pelo poço de roldana adiante, depois da oficina, em direção à cozinha, quando parei.

Precisava ver o Templo Dourado antes de me recolher ao leito. Deixei atrás o Salão Principal adormecido do Rokuonji, passei pelo Karamon e segui pelo caminho em direção ao Pavilhão.

Comecei a avistá-lo. Cercado pelo sussurro do arvoredo, lá estava ele em meio à noite, ereto, perfeitamente estático, porém sempre desperto. Como se guardasse a própria noite... Isso mesmo, eu nunca vi o Pavilhão adormecido, como um templo imerso em sono. Essa construção inabitada conseguia esquecer o sono. As trevas que a habitavam não seguiam em absoluto as regras da humanidade.

Então, pela primeira vez na vida lancei palavras violentas ao Pavilhão, quase uma maldição:

— Juro que vou dominá-lo um dia. Eu terei você em minhas mãos, para que nunca mais venha a me atrapalhar!

Minha voz ecoou vazia sobre o lago Kyoko, perdendo-se nas profundezas da noite.

7.

Algo semelhante a um código atuava sobre as experiências por que passei na vida e levava as coisas mais antigas a se sobreporem, e com toda a nitidez, sobre as mais recentes. Assim, eu sentia como se estivesse em um extenso corredor espelhado que reflete ao infinito o velho e o novo, imagem sobre imagem, e me via atraído inconscientemente ao fundo inescrutável desse corredor. Nós não colidimos com o destino de supetão. O homem a quem o futuro reservou o cadafalso vive sem dúvida sobrepondo a cena imaginária de sua execução em tudo que encontra diariamente no caminho, como postes de iluminação e cruzamentos de via, e assim se familiariza aos poucos com essa cena.

Por conseguinte, não há nada que se pareça com um acúmulo nas minhas experiências. Elas não produzem uma espessura, não sobrepõem camadas para formar uma montanha. Desinteressado como me sentia por tudo na vida exceto o Pavilhão Dourado, essas experiências tampouco me despertavam algum interesse particular. Contudo, algo ominoso e abominável começava a tomar forma, emergindo de uma sucessão de pequenos fragmentos do passado, fragmentos esses não engolfados pelas águas tenebrosas do tempo ou sepultos entre as rotinas intermináveis e inexpressivas da vida.

E que fragmentos seriam? Uma ou outra vez eu me via cogitando sobre isso. Brilhantes, esparsos e desordenados, os fragmentos eram para mim ainda mais inexpressivos que simples cacos de garrafas de cerveja partidas, espalhados em desordem pela rua.

Não poderia vê-los de outra forma como elementos degenerados de um conjunto outrora belo e perfeito, pois cada um desses fragmentos parecia sonhar com um futuro, mesmo destituídos como estavam de qualquer sentido, de qualquer ordenação, e jogados miseravelmente ao mundo. Meros estilhaços, mas sonhavam ominosamente, em silêncio... com um futuro! Com um futuro virgem e inédito, jamais passível de restauração ou reforma!

Essas obscuras reflexões chegavam a me provocar certa excitação lírica, que diria até incompatível com a minha própria natureza. E se por coincidência elas me ocorressem em uma noite enluarada, faziam-me procurar o Pavilhão Dourado sobraçando o meu *shakuhachi* para tocá-lo perto dele. Eu já era capaz de executar de memória a "Carruagem do Palácio", peça favorita de Kashiwagi.

A música se assemelha a um sonho. Mas se assemelha também a um estado de lucidez exacerbada, bem oposto ao do sonho. "E a qual deles corresponderá, na realidade?" — eu me perguntava. Fosse como fosse, a música tinha o poder de reverter-se algumas vezes de um estado a outro antagônico. Identificava-me facilmente com a "Carruagem do Palácio" que eu próprio executava. Conheci o enlevo espiritual que a música me causava quando me deixava absorver por ela. A música, de fato, passara a ser para mim um consolo, o que não acontecia com Kashiwagi.

Uma dúvida me acudia sempre que terminava de tocar: por que o Pavilhão não me repreendia? Não impedia que eu me absorvesse assim pela música, permitia em silêncio que eu prosseguisse? E, por outro lado, quando o Pavilhão foi condescendente e me permitiu, ainda que só por uma vez, que me entregasse à felicidade e aos prazeres da vida? Não foi seu estilo interferir nessas ocasiões para me reconduzir ao meu normal? Por que fazia exceção apenas à música e deixava que eu me embriagasse nela?

Isso me bastava para esvair da alma os encantos da música, pois a tácita aprovação do Pavilhão não significava outra coisa senão que a música, por muito que se assemelhasse à vida, nada mais era que uma representação vazia de conteúdo. Assim, mesmo que ela me absorvesse, o efeito só podia ser casual e temporário.

Não pensem que meu segundo fracasso na vida com as mulheres me deixou resignado e recluso. Até o final de 1948, ainda tive algumas oportunidades que persegui sem esmorecer com a ajuda de Kashiwagi, mas o resultado foi sempre o mesmo.

O Pavilhão se interpunha sempre entre mim e as mulheres, entre mim e a vida. Tudo que eu tocava com as mãos se fazia cinzas, e o belo panorama que via abrir cedo se transformava em deserto. Certa feita, enquanto eu descansava do trabalho na horta atrás da cozinha, vi que uma abelha visitava um pequeno crisântemo amarelo de verão. A abelha veio zumbindo com as asas douradas sob intensa luz e, escolhendo um dos inúmeros crisântemos, pairou sobre ele por certo tempo.

Eu me pus no lugar da abelha e tentei ver as coisas a seu modo. O crisântemo abria suas pétalas amarelas, sóbrias e imaculadas. A flor era tão bela e perfeita como um minúsculo Pavilhão Dourado e, no entanto, permanecia sempre um crisântemo de verão sem nunca se transformar no Pavilhão. Sim, positivamente um crisântemo, uma flor, uma forma simples e obstinada, destituída de qualquer conotação metafísica. E, mantendo-se nessa compostura tão própria, irradiava encanto em profusão e se fazia objeto de desejo da abelha. Permanecia ali retraída e palpitante, objeto desse desejo etéreo, esvoaçante, flutuante e movediço — quanto mistério! Mas a forma se esgarçava aos poucos, parecia prestes a ser destruída, estremecia! E com razão, pois a elegância do crisântemo fora moldada consoante o desejo da abelha, e sua própria beleza desabrochara ante a expectativa desse desejo. Esse é o momento da vida em que a forma revela a que veio com todo o esplendor. Pois é ela o molde dessa vida etérea sempre em movimento, ao mesmo tempo que o voo dessa vida etérea é o molde de todas as formas deste mundo.

Assim, a abelha se introduziu fundo no interior da flor, cobriu-se do pólen e se entregou ao êxtase. Ao receber a abelha, vi o crisântemo sacudir-se com vigor, como se pretendesse deixar o caule e alçar voo, transformado ele próprio em uma abelha magnificamente encouraçada em luxuosa armadura dourada.

A luz e o ato encenado debaixo dela me estontearam. De repente, quando me vi de volta outra vez aos meus próprios olhos, deixando os da abelha, ocorreu-me que eles, que assistiam à cena, tomavam agora precisamente a posição dos olhos do Pavilhão Dourado. Explico. Da mesma forma como abandonara os olhos da abelha e recuperara os meus, eu deixava meus olhos para assumir os olhos do Pavilhão Dourado no exato instante em que a vida vinha novamente ao meu encontro. E bem nesse instante o Pavilhão surgia entre mim e a vida.

Retornei aos meus olhos. Na imensidão deste mundo, lá estavam o crisântemo de verão e a abelha, disciplinados e ordeiros "em seus lugares". O voo da abelha e o estremecimento da flor em nada diferiam do sopro do vento. E tudo se reduzia ao pé da igualdade neste mundo estático e congelado. A forma, que tanto encanto irradiara, estava morta. O crisântemo era belo apenas por convenção, por causa do nome "crisântemo" que vagamente lhe atribuímos, e não por sua forma. Não sendo abelha, não me senti seduzido pelo crisântemo. Não sendo crisântemo, não me senti desejado pela abelha. Aquela convivência a que eu assistira entre a forma e a vida em movimento se apagava. O mundo fora relegado à relatividade. Apenas o tempo se movera.

Sempre que o Pavilhão Dourado surge, absoluto e eterno, e meus olhos se transformam em seus olhos, o mundo se transfigura dessa maneira. E no mundo assim transfigurado o Pavilhão é o único a preservar a forma e a se apossar da Beleza, reduzindo todo o resto ao pó. Não quero discorrer com petulância sobre isso. Desde o dia em que pisoteei aquela prostituta no jardim do Pavilhão, e desde o falecimento súbito de Tsurukawa, eu vivia repetindo dentro da alma a pergunta: "Mas, enfim, o Mal seria possível?"

Foi em janeiro de 1948.

Aproveitando a tarde livre de um sábado, eu fora assistir a um filme em um cinema barato de terceira classe. Ao regressar, passeei sozinho por Shinkyogoku como havia muito tempo eu não fazia. Avistei então entre a multidão um rosto bem conhecido, mas, enquanto tentava recordar-me da pessoa, o rosto passou por mim transportado pela enxurrada de transeuntes e se perdeu atrás.

A pessoa trazia um chapéu de feltro, vestia um elegante sobretudo e estava envolta em um cachecol. Uma mulher de casaco vermelho ferruginoso, obviamente uma gueixa, a acompanhava. O rosto cheio de bochechas rosadas, o semblante infantil que lhe conferia certo ar de pureza, raro em cavalheiros de meia-idade... O chapéu de feltro disfarçara as características faciais do Velho Mestre, ninguém menos que ele.

Muito embora não tivesse do que me envergonhar, receei ter sido notado pelo prior — uma reação instintiva, pois detestaria transformar-me em testemunha da sua escapada e me envolver dessa forma em um relacionamento misto de suspeita e de confiança veladas.

Um cachorro preto caminhava por entre a multidão dessa noite de janeiro. Parecia acostumado ao trânsito intenso, pois passava com habilidade por entre vistosos casacos femininos e até alguns casacos militares, para espiar as portas das lojas. O cachorro parou para fuçar diante da loja de artigos para presentes Yatsubashi Shogoin. Os produtos à venda eram invariavelmente os mesmos, desde muito tempo. Nisso, pude ver, à luz da loja, as feições do animal pela primeira vez. Era cego de um dos olhos. Muco e sangue se cristalizavam como pelota de ágata na ponta do olho cego. O olho normal fitava o chão. Os pelos do dorso felpudo se mostravam em muitos pontos endurecidos e arrepiados.

Não sei por que razão o cachorro me prendeu a atenção — talvez porque eu o visse perambular carregando obstinadamente na alma um mundo em tudo diferente dessa cidade feita de luz e luxúria. Pois o cachorro andava por um mundo obscuro, feito apenas de olfato, mundo esse que se sobrepunha à cidade dos homens. Mas eram os odores sombrios e insistentes desse mundo que ameaçavam as canções das vitrolas, os risos e a claridade das lâmpadas da cidade, uma vez que a força dos odores se impunha com rigor maior, e o odor de urina em suas patas úmidas possuía forte conexão com o débil mau cheiro que emitiam os órgãos internos dos seres humanos.

O frio era intenso. Dois ou três rapazes, pela aparência agentes do mercado negro, passaram arrancando deliberadamente as folhas do pinheiro que ainda enfeitavam os portões, não obstante já houvesse terminado o período das festas do Ano-Novo. Eles abriam a palma das mãos, enfiadas em luvas de couro ainda novas, para compararem entre si quantas folhas conseguiram arrancar. Um deles mostrava apenas umas poucas folhas; outro, um minúsculo ramo, porém inteiro. Afastaram-se entre risadas.

Vi-me de repente a seguir o cachorro. Vez ou outra ele sumia, para logo reaparecer. Entrou por uma rua em direção ao Kawaramachi. Segui atrás dele, caminhando pela calçada dessa rua percorrida por bondes, um pouco mais escura que Shinkyogoku. O cachorro desapareceu. Voltei-me para todos os lados à procura dele, fui ao fim da rua e perscrutei até onde meus olhos podiam alcançar.

Nesse momento, um táxi reluzente parou diante de mim. A porta foi aberta e uma mulher entrou nele. Fiquei surpreso ao vê-la. Um homem, que se preparava para entrar a seguir no táxi, notou casualmente minha presença e parou.

Era o Velho Mestre. Não sei dizer por que voltas o destino o trouxe ali a esse novo encontro, após ter passado por mim quando circulava em companhia da mulher. De qualquer forma, era sem dúvida ele mesmo — o prior, e a cor vermelha ferruginosa do casaco da mulher no interior do táxi estava ainda vívida na minha lembrança.

Desta vez não houve como evitar o encontro. Mas, embaraçado como me sentia, eu não sabia o que dizer. As palavras ferviam na minha boca antes que pudesse gaguejá-las. Por fim, acabei por levar ao rosto uma expressão a mim mesmo surpreendente. Esbocei um sorriso ao Velho Mestre, um sorriso absolutamente incongruente com aquela situação. Jamais poderia explicar um sorriso como esse. Ele veio de algum lugar distante de mim e se aderiu aos meus lábios. Pelo menos foi como me pareceu. Porém, ao deparar com o sorriso em meu rosto, o Velho Mestre se alterou.

— Bobalhão! Você está me seguindo? — repreendeu-me, e entrou apressadamente no veículo, batendo a porta com violência. O táxi partiu. De repente, já não me restava nenhuma dúvida: claramente, ele me percebera quando o vi em Shinkyogoku momentos atrás.

Aguardei que o Velho Mestre me chamasse à sua presença no dia seguinte, para uma reprimenda. Seria uma oportunidade para me explicar. Mas, da mesma forma como fez no incidente em que pisoteei a prostituta, ele deu início à mesma tortura da tácita aquiescência.

E justamente a essa altura recebi uma carta de minha mãe. Ela terminava como sempre, escrevendo que vivia apenas da esperança de que um dia eu fosse o prior do Pavilhão Dourado.

A reprimenda do Velho Mestre — "Bobalhão! Você está me seguindo?" — parecia-me despropositada, por mais que refletisse sobre isso. Tivesse ele o espírito de humor, a franqueza e a mentalidade aberta de um autêntico monge zen, não teria repreendido um discípulo com palavras tão vulgares. Em vez disso, teria dito algo mais eficaz e contundente. Assim, ficava claro que o Velho Mestre incorrera em falso juízo a meu respeito, mas conjecturas como essas de nada serviam a essa altura. Com certeza, ele acreditou que eu lhe atirara um sorriso de escárnio por ter conseguido flagrá-lo ao cabo de uma perseguição petulante. E, perturbado, com certeza perdera a compostura, dando vazão a uma descontrolada raiva.

Seja como for, o silêncio do Velho Mestre se transformava novamente em fonte de apreensão que dia a dia me oprimia. A própria existência do prior era opressiva, desassossegava como a sombra de uma mariposa voejando de um lado a outro diante dos olhos. Sempre que era convidado a atender a um serviço religioso fora do templo, o prior se fazia acompanhar por um ou dois monges. Em outros tempos, era o vice-diácono quem costumava acompanhá-lo. Porém naqueles dias, consoante o espírito dessa propalada democratização, os acompanhantes eram escolhidos de um grupo de cinco: o vice-diácono, o sacristão, eu e dois outros noviços, que se revezariam por turnos. O gestor do alojamento, cuja lendária severidade é lembrada até hoje, fora convocado ao serviço militar e morrera em combate. Suas funções haviam sido absorvidas pelo vice-diácono de quarenta e cinco anos de idade. Um noviço fora admitido após o falecimento de Tsurukawa.

Circunstancialmente nessa época, o prior de um templo de tradição filiado como o nosso à seita Shokokuji veio a falecer. O Velho Mestre fora convidado à cerimônia de posse do novo prior e, por turno, coube-me acompanhá-lo. Não houve objeção da parte dele, e, assim, aguardei esperançoso por uma oportunidade de explicar-me durante a viagem. Entretanto, vim a saber na véspera que o noviço recentemente admitido se juntaria a nós — o que já reduzia a esperança à metade.

As pessoas familiarizadas com a literatura Gosan com certeza se recordarão da coletânea de pensamentos do monge Sekishitsu Zenkyu expressos por ele ao ser ordenado prior do Templo Manju, no primeiro ano do Período Koan (1361). As belas palavras, até hoje conservadas, foram pronunciadas quando o novo prior chegou ao templo para assumir o cargo e seguia o trajeto do portal de entrada ao Santuário, dali para o Salão da Terra e em seguida ao Salão dos Ancestrais, até finalmente a Câmara do Prior.

Apontando o portal, ele assim manifestou, cheio de orgulho, o entusiasmo que a nomeação fazia transbordar em seu coração:

— Âmago da Cidadela Celestial, Portal Eterno do Palácio Divino, com as mãos nuas destravo o ferrolho e com os pés descalços galgo o monte Konron!

Mas iniciava-se a cerimônia da queima de incensos. O Shihoko, incenso dedicado aos mestres, denominados Shihoshi, era queimado em homenagem a eles. Em tempos antigos, quando a seita zen se achava ainda livre de hábitos rotineiros e prezava acima de tudo a iluminação individual, não eram os mestres que escolhiam seus discípulos, mas, pelo contrário, os discípulos é que via de regra escolhiam seus mestres. O discípulo recebia a investidura não apenas do mestre a quem devia sua primeira formação, mas também de diversos outros mestres. Durante a cerimônia do Shihoko, ele devia declarar em público o nome do mestre a cuja doutrina se dedicaria desde então de corpo e alma.

Enquanto eu assistia à comovente cerimônia, conjecturava: caso me visse sucedendo o priorado do Templo Rokuonji e participante nessa condição do Shihoko, teria anunciado o nome do Velho Mestre como ordena a tradição? Talvez anunciasse outro nome, rompendo uma tradição de setecentos anos. O ar frio da tarde da primavera precoce, o perfume dos Incensos de Cinco Espécies, os adornos reluzentes atrás dos Três Utensílios, o halo brilhante ao redor da imagem sagrada do Buda, o colorido das togas monásticas dos monges alinhados... eu me via nesse ambiente, acendendo o Shihoko um belo dia. E me imaginava na roupagem de um prior.

Sim, seria esse o exato momento em que, estimulado pela gélida atmosfera, espezinharia a tradição com a mais festiva das traições. A ira haveria de empalidecer os monges em fila, mudos de espanto. Mas eu não anunciaria o nome do Velho Mestre, e sim outro nome... outro nome? O do mestre verdadeiro, que me proporcionou de fato a iluminação? Quem? Eu gaguejo, não consigo pronunciar esse nome com clareza. Sim, creio que vou gaguejar. E, gaguejando, eu tentaria dizer algo como "a Beleza", ou então "o Nada" por esse outro nome. Haverá uma explosão de gargalhada no salão, e lá estarei em meio a ela — um perfeito idiota.

Recobrei-me dessas fantasias de pronto. O Velho Mestre precisava cumprir um ritual e eu deveria assisti-lo. A um acólito como eu, era sem dúvida uma honra participar com ele numa cerimônia como essa, pois o prior do Templo Rokuonji era o convidado de maior importância nesse dia. Assim, cabia-lhe bater um martelo branco encerrando a cerimônia de queima dos incensos, e atestar que o prior recém-nomeado não era um impostor.

Ele pronunciou a fórmula ritual para oficializar esse reconhecimento e bateu fortemente o martelo. O som repercutiu por todo o salão. Foi forçoso reconhecer o poder miraculoso que o Velho Mestre possuía.

Eu já não suportava a silenciosa indiferença do prior diante dos fatos ocorridos, também por não saber por quanto tempo mais ela duraria. Pois se tenho sentimentos humanos, não devo então esperar que os outros me retribuam esses sentimentos, seja em forma de amor, seja de ódio?

Adquiri por fim um hábito deplorável: passei a sondar furtivamente o humor do Velho Mestre a todo momento. Mas ele não traía sentimento algum, nem sequer frieza. Essa indiferença poderia, quem sabe, sinalizar desprezo. Mesmo que assim fosse, esse desprezo não carregaria com certeza uma conotação individual, restrito apenas à minha personalidade, mas teria um sentido mais genérico — algo semelhante, por exemplo, ao que existe no desprezo à fragilidade humana e a toda espécie de concepções abstratas.

A partir dessa época, esforcei-me para manter no pensamento a cabeça animalesca e o físico deplorável do prior. Imaginava-o defecando e, mais ainda, dormindo com a mulher do casaco vermelho ferruginoso. Imaginava a expressão entre riso e sofrimento em seu rosto desmanchado em prazer carnal.

A carne, lustrosa e flácida, derretida e misturada à da mulher, igualmente lustrosa e flácida, em uma só massa indistinta, o ventre saliente do Velho Mestre pressionando o ventre igualmente saliente da mulher... Entretanto, coisa estranha, por mais que desse vigor à imaginação, o rosto do Velho Mestre passava bruscamente da indiferença à expressão animalesca da defecação e do ato sexual sem que houvesse uma continuidade entre os dois estados. Não transitava pelo arco-íris dos matizes de sentimentos corriqueiros que interliga um extremo e outro. A única conexão entre os dois estados, e mesmo assim frágil ao extremo, seria quem sabe a reprimenda — "Bobalhão! Você está me seguindo?" — por sinal vulgaríssima.

Cansado de tanto esperar e pensar, acabei dominado por um só desejo irreprimível — ver claramente o ódio estampado no rosto do prior. E foi assim que me surgiu a ideia de um plano, certamente maluco, infantil e, acima de tudo, maléfico aos meus interesses, mas eu já não conseguia me controlar. Nem sequer considerava a inconveniência dessa travessura, que mais viria a endossar o falso juízo em que me tinha o Velho Mestre.

Perguntei a Kashiwagi na universidade o nome e o endereço de uma certa loja. Ele me forneceu as informações sem nem mesmo indagar para que eu as queria. Fui à loja nesse mesmo dia a fim de examinar uma série de fotografias de gueixas do Gion em tamanho de cartão-postal lá expostas para a venda.

Os rostos das mulheres, artificialmente maquiados, me pareceram no começo todos iguais. Contudo, aos poucos fui percebendo que emergiam, do interior dessa máscara feita de pó e verniz, contrastes sutis de personalidade: gênio alegre ou sombrio, uma inteligência viva ou uma adorável obtusidade, uma irreprimível jovialidade ou irascibilidade, felicidade, infelicidade. Mas por fim cheguei à foto que procurava. Quase a perdi em virtude dos reflexos da excessiva claridade da lâmpada elétrica da loja sobre a superfície brilhante da fotografia. O rosto da mulher do casaco vermelho ferruginoso surgiu, porém, quando atenuei esses reflexos com a mão.

— Quero este aqui — eu disse ao dono da loja.

Tão estranha quanto a ousadia de que me mostrei capaz foi a súbita e insólita alegria que me invadiu ao dar vazão a ela e que me transformou da noite para o dia em um ser jovial. No começo eu pensara em me aproveitar de uma ausência do prior e agir, tomando os devidos cuidados para que o autor fosse dado por desconhecido. Mas, levado pela empolgação, acabei optando por uma ação mais arriscada, que me exporia claramente como autor.

Até então, competia a mim a tarefa de levar o jornal matutino ao Velho Mestre. Assim, numa manhã ainda fria de março fui como de costume apanhar o jornal na entrada do templo. O coração pulsou forte quando tirei a foto do bolso e a inseri entre suas páginas.

No jardim circular cercado por sebe do pátio de entrada, o solar matutino incidia sobre a cicadácea plantada no centro do jardim, delineando com nitidez as rugosidades de seu tronco. Havia à esquerda um pequeno pinheiro. Quatro ou cinco pintassilgos retardatários pousavam em seus ramos e tagarelavam em um chilreado que lembrava o atrito das contas de um rosário. Eu me surpreendi que ainda houvesse pintassilgos naquela época, mas deviam ser sem dúvida pintassilgos, a julgar pela penugem ligeiramente amarelada do peito que via em movimento ao longo da ramagem até onde o solar se infiltrava. Os pedriscos brancos do pátio refletiam tranquilidade.

Eu seguia pelo corredor que a limpeza apressada deixara úmido ainda em alguns pontos, cuidando para não molhar os pés. A porta do gabinete do prior, na Grande Biblioteca, se achava firmemente fechada. As folhas do papel que guarneciam a porta corrediça pareciam novas, tão brancas como pareciam nessas primeiras horas do dia.

Ajoelhei-me no corredor e solicitei como de hábito:

— Com sua licença, posso entrar?

Com a permissão do prior, abri a porta e deixei o jornal ligeiramente dobrado sobre um canto da mesa. Encontrei-o curvado, lendo com certeza algum livro. Não se dignou a me olhar. Saí fechando a porta e caminhei em direção ao meu quarto, procurando me manter calmo.

Com o coração aos pulos, eu aguardava no quarto a hora de deixar o templo para as aulas na universidade. Jamais esperei tanto por algum acontecimento como naquelas horas. Eu tudo fizera para provocar o ódio do prior e, no entanto, a cena que imaginava era a do momento dramático e emotivo do estabelecimento da compreensão entre dois seres humanos.

Quem sabe o Velho Mestre surgisse de repente no meu quarto e me perdoasse. E perdoado, eu poderia quem sabe alcançar pela primeira vez em toda a vida aquela jovialidade pura e cristalina que fazia parte do estado natural de Tsurukawa. Provavelmente nos abraçaríamos, eu e o Velho Mestre. Depois, tudo que nos restaria seria o arrependimento, por termos alcançado tão tardiamente essa compreensão.

Não poderia explicar a razão por que me deixei absorver, ainda que apenas por um breve momento, por fantasias tão tolas quanto essas. Ao refletir sobre isso com isenção de ânimo, percebo que eu havia esquecido até da minha antiga devoção pelo Pavilhão Dourado enquanto descobria eu próprio o caminho que me conduzia à perda definitiva da esperança de me tornar senhor desse Pavilhão — tudo em consequência da estúpida ação com a qual provocava não apenas a ira do Velho Mestre como também apagava meu nome da lista de candidatos à sua sucessão ao cargo de prior.

Eu permanecia atento a qualquer ruído que viesse dos lados do gabinete do Velho Mestre, mas nada chegava aos meus ouvidos.

O que eu aguardava desta vez era uma explosão de ira, um grito que reboasse como uma trovoada. Eu não me arrependeria, mesmo castigado, derrubado a pontapés e sangrando no chão.

Porém, nada a não ser o silêncio vinha da direção do gabinete do prior. Eu não ouvia nenhum ruído.

O momento de ir, nessa manhã, para as aulas na universidade finalmente havia chegado e eu deixava o Templo de Rokuonji com o espírito arrasado e esgotado. Não conseguia prestar atenção às aulas. A uma pergunta do professor, dei uma resposta descabida e provoquei riso na turma. Apenas Kashiwagi se manteve indiferente, observando o exterior através da janela. Ele percebera sem dúvida alguma que um drama se desenrolava dentro de mim.

Regressei ao templo, mas nada ocorreu que fugisse ao normal. A perpetuidade da rotina, obscura e mofada, estava de tal forma estruturada que não abria espaço a qualquer desvio ou discrepância entre um dia e outro, por mínimo que fosse. Preleções doutrinárias eram realizadas no templo duas vezes ao mês, quando nos reuníamos todos com o Velho Mestre em seu quarto. Aquele era o dia programado para a preleção, e eu acreditava que, partindo dos seus comentários sobre o *Mumonkan*, o Velho Mestre não deixaria de me censurar diante de todos.

Fui levado a isso porque me vi possuído por uma coragem, eu diria, até máscula e por isso mesmo incondizente, a bem da verdade, com a minha natureza. Dispunha-me a enfrentar face a face o prior naquela noite durante a preleção. Com certeza, ele responderia a essa demonstração de coragem com outra igualmente máscula, de virtude. Poria abaixo a hipocrisia e confessaria sua conduta diante de todos, para então censurar minha torpeza.

O pessoal estava reunido no quarto mal iluminado com o texto do *Mumonkan* nas mãos. A noite era fria, mas nada havia na sala exceto um pequeno braseiro para aquecer as mãos, posto ao lado do prior. Alguém assoava o nariz. Lá estavam todos, jovens e velhos, os rostos envoltos em sombras. Notava-se em todos uma indiferença indescritível. O noviço, um rapaz míope, trabalhava de dia como professor de escola primária. Seus óculos escorregavam sempre pelo nariz esquálido.

Eu era o único a sentir energia no corpo inteiro — ou, pelo menos, assim me parecia. O Velho Mestre abriu o texto e circulou o olhar por todos nós. Eu segui seu olhar. Queria mostrar-lhe que não me desviava dele. No entanto, aqueles olhos cercados por vincos carnudos apenas passaram pelo meu rosto e se dirigiram em seguida para o do meu companheiro ao lado sem trair nenhuma reação.

A preleção teve início. Eu aguardava apenas o momento em que o problema da minha conduta seria abordado numa brusca reviravolta. Eu estava atento. O Velho Mestre prosseguia em sua voz aguçada. Nada transparecia do que ia em seu íntimo...

Não conseguindo dormir nessa noite por causa da insônia, tentei desprezar o prior e rir de sua hipocrisia. Entretanto, o arrependimento que aos poucos começava a despontar não me permitiu manter indefinidamente essa postura arrogante. O desprezo ao prior se juntava de forma estranha com o desânimo, levando-me por fim a concluir que, se eu descobrira a insignificância desse homem, pedir-lhe então perdão não me traria a derrota.

Eu, que subira ladeira acima até o cume, descia agora correndo essa mesma ladeira.

Pensei em pedir-lhe perdão na manhã seguinte. Mas de manhã pensei em pedir-lhe perdão no decurso do dia. O semblante do Velho Mestre permanecia inalterado.

O vento estava forte nesse dia. Regressando da universidade, abri por acaso a gaveta da minha mesa e dei com um envelope branco. Ele continha a tal fotografia. Nada fora escrito no envelope.

Aparentemente, era assim que o Velho Mestre pretendia dar o incidente por encerrado. Queria esfregar-me no rosto a inutilidade de meu ato, mas não demonstrava explicitamente que não iria mais tocar no assunto. Essa estranha maneira de devolver a fotografia suscitou-me de imediato mil conjecturas.

Com certeza o Velho Mestre também sofreu, e bastante, pensei. Atormentou-se até chegar a isto. Não resta dúvida de que agora ele me odeia. Não tanto por causa da fotografia, mas por ter sido obrigado por um simples cartão como este a agir furtivamente dentro do templo, precavendo-se para não ser notado por ninguém. Caminhar sorrateiramente pelo corredor espreitando a chance de encontrá-lo deserto, introduzir-se no quarto de um acólito nunca antes visitado, abrir a gaveta como se estivesse cometendo um delito — sim, é verdade, não lhe faltam agora motivos para me odiar!

Quando cheguei a essa conclusão, fui de repente tomado por uma estranha alegria e lancei-me então a uma atividade agradável.

Com uma tesoura, reduzi a fotografia da mulher em pedaços minúsculos, envolvi-os duas vezes em uma folha resistente extraída de um caderno e fui com o embrulho em minhas mãos à beira do lago, diante do Pavilhão Dourado.

Ele se erguia com a estrutura em balanço, como sempre oprimente, debaixo do céu enluarado daquela noite ventosa. As delgadas colunas alinhadas lado a lado reluziam como cordas de uma harpa quando o luar incidia sobre elas, como se o Pavilhão fosse, nessas horas, um enorme instrumento musical. A posição da Lua sobre o horizonte proporcionava essa visão, e isso acontecia precisamente naquela noite. O vento soprava em vão por entre essas cordas que nunca vibravam.

Apanhei uma pedra pequena caída junto aos meus pés, introduzi-a no embrulho de papel, que amarrei com firmeza, e arremessei no meio do lago Kyoko os minúsculos pedaços da fotografia da mulher embrulhados com a pedra. Os círculos de onda produzidos se propagaram e vieram morrer junto aos meus pés.

Minha súbita fuga do templo ocorreu em novembro desse ano e foi consequência de tudo isso.

Pareceu-me depois que essa fuga aparentemente repentina fora, na realidade, precedida por um longo período de reflexão e hesitação. Contudo, prefiro pensar que tenha sido um ato impulsivo, de momento. Apraz-me fingir impulsividade, porque ela me faz uma falta completa. Suponhamos, por exemplo, um rapaz, que pretenda sair de viagem para visitar o túmulo do pai. Ele se prepara desde a noite anterior. Deixa a casa no dia azado, mas ao chegar à estação de trem muda de ideia e vai procurar um amigo para beber. Nesse caso, teria agido por pura impulsividade? Não teria sido essa repentina mudança de propósitos um ato deliberado de vingança contra a própria vontade, mais consciente ainda que o cuidadoso preparo para viagem?

A causa direta de minha fuga foram as palavras do Velho Mestre, que no dia anterior me dissera em tom peremptório:

— Houve ocasião em que pensei fazer de você o meu sucessor, mas quero deixar claro que agora não tenho mais essa intenção.

Essa declaração, embora eu a recebesse pela primeira vez naquele momento, já era aguardada desde muito, e assim, eu devia estar preparado. Não fui absolutamente colhido de surpresa. Portanto, não poderia me assustar ou ficar confuso a essa altura. Contudo, prefiro pensar em minha fuga como um ato impulsivo, detonado pelas palavras do prior.

Desde o momento em que me veio a certeza de ter provocado o ódio do prior com o estratagema da fotografia, tornei-me visivelmente relapso com os estudos. No primeiro ano da universidade, minhas notas totalizaram 748 pontos, a começar por chinês e história, matérias em que obtive 84 pontos. Eu estava no vigésimo quarto lugar em uma classe de 84 alunos. As ausências não passavam de 14 horas, de um total de 464 horas de aulas. No segundo ano, a soma das notas ficou em 693 pontos, e caí para a trigésima quinta posição entre 77 alunos. Mas foi a partir do terceiro ano que passei a faltar às aulas pelo simples prazer da vagabundagem, pois não tinha dinheiro para gastar em passatempos. O ano letivo se iniciara precisamente após o incidente da fotografia.

Terminado o primeiro período letivo, a universidade enviou um relatório que me rendeu uma severa repreensão do prior. Meu péssimo desempenho escolar e as ausências foram, sem dúvida, as razões dessa repreensão, mas o que mais o irritou foi o meu não comparecimento às classes especiais de prática do zen — apenas três dias de aula por classe conduzidos todos os anos no início das férias de verão, das de inverno e das de primavera. Os exercícios eram os mesmos adotados pelos seminários especializados.

O prior ordenou que eu fosse levado à sua presença para ser repreendido, um fato incomum. Permaneci o tempo todo calado e cabisbaixo. Entretanto, esperava no íntimo que ele tocasse em um ponto: o incidente da fotografia, ou o outro anterior, o da chantagem que lhe fizera a prostituta. Mas ele nada disse a respeito desses incidentes.

Desde então comecei a perceber uma visível frieza nas atitudes do Velho Mestre comigo. Tratava-se apenas de uma decorrência desejada, de uma evidência que almejei constatar com os próprios olhos e, de certa forma, uma vitória. E bastou-me a vadiagem para obter tudo isso.

As ausências às aulas durante o primeiro período do terceiro ano somavam mais de sessenta horas, quase cinco vezes o total das faltas em todo o ano letivo do primeiro ano. Passei todo esse tempo sozinho, sem fazer absolutamente nada. Não lia livros, não me divertia com passatempos, pois, como disse, não tinha dinheiro. Conversava uma ou outra vez com Kashiwagi. Fora isso, permaneci calado e solitário, tanto que minhas lembranças da Universidade Otani ficaram de tal forma associadas às dos períodos de ociosidade que se tornaram indistintas umas das outras. Contudo, essa inatividade não me enfadou nem sequer por um instante — quem sabe ela tivesse sido para mim algo como uma prática particular do zen?

Certa vez, passei horas observando a atividade das formigas que transportavam pequenos grãos de terra vermelha para construir seu ninho. E não foi porque elas tivessem atraído particularmente a minha atenção. Em outra ocasião, fiquei contemplando feito um parvo a tênue fumaça expelida pela chaminé de uma fábrica, atrás da universidade. Outra vez, não foi porque a fumaça tivesse atraído minha atenção. Eu me sentia mergulhado até o pescoço naquilo que é a própria existência do meu ser. O mundo externo se fazia, em diversos pontos, alternativamente frio e quente. Como poderei dizer... sim, é isso, ele se mostrava manchado, formava um mosaico. O mundo externo e o meu mundo interior trocavam lugares de forma descompassada e leniente. Assim é que as cenas ao derredor, destituídas de

186

qualquer sentido, penetravam em mim tão logo me vinham aos olhos, enquanto outras permaneciam de fora, cintilando à distância: bandeiras hasteadas na fábrica, manchas sem importância nos muros, um tamanco velho abandonado na grama. Todas as coisas ganhavam vida instante após instante dentro de mim para desaparecerem logo depois sem deixar vestígios. Todas as coisas — ou talvez, melhor dizendo, todos os pensamentos difusos... Coisas relevantes davam as mãos a coisas triviais. O incidente político ocorrido na Europa e noticiado naquela manhã pelos jornais me parecia vinculado de forma inextricável ao tamanco velho à minha frente.

Houve também um momento em que me perdi em intermináveis reflexões sobre a extremidade pontiaguda de uma folha de capim. Minto, "reflexão" não é com certeza a palavra apropriada a essas ideias curiosas e triviais que, com a insistência de um refrão, vinham assaltar a minha sensibilidade, a qual a essa altura eu não saberia dizer se ainda estava viva ou morta. Por que essa folha de capim precisaria ter uma ponta assim tão aguda? Tivesse ela uma ponta mais obtusa, sua espécie estaria perdida? A natureza teria sido levada à destruição? Quem sabe fosse possível destruir toda a natureza extraindo a menor dentre todas as suas engrenagens? Eu me punha a remoer inutilmente sobre essa possibilidade.

A repreensão que recebi do Velho Mestre vazou de imediato. Todos no templo passaram a me hostilizar dia após dia. O aprendiz, meu colega a quem causei inveja por ter sido indicado para a universidade, me atirava sempre um sorriso zombeteiro e triunfante.

No verão e no outono eu prossegui nessa vida, sem quase falar com ninguém no templo. Na manhã do dia anterior à minha fuga, o Velho Mestre ordenou ao vice-diácono que me convocasse à sua presença.

Foi em novembro, dia 9. Eu me preparava para ir à universidade, portanto fui ter à presença do Velho Mestre vestindo o uniforme.

Seu rosto bonachão estava inusitadamente tenso e crispado, antecipando a desagradável conversa que iria ter comigo. De minha parte, sentia prazer em observar seus olhos, que me fitavam como se eu fosse um leproso. Aqueles olhos exprimiam finalmente algum sentimento humano, como eu havia desejado.

Entretanto, o prior desviava o olhar e começava a falar esfregando as mãos sobre o braseiro, produzindo com a carne macia das palmas um ruído que, embora tênue, soava irritante no ar cristalino dessa manhã de início de inverno. Esse contato entre carne e carne me pareceu demasiadamente íntimo.

— Como seu pai deve estar triste! Leia só esta carta. A universidade enviou outro relatório severo. Você deve pensar bem em como será o seu futuro. — Em seguida, ele acrescentou estas palavras: — Houve ocasião em que pensei fazer de você meu sucessor, mas quero deixar claro que agora não tenho mais essa intenção.

Mantive-me calado por um longo tempo e depois disse:

— O senhor vai me abandonar, não é mesmo?

A resposta não foi imediata.

— E o que você esperava, depois de tudo que fez?

Não respondi. Pouco depois, eu gaguejei:

— O Velho Mestre me conhece até as profundezas da minha alma. Eu também creio que o conheço bem.

— E daí? — O prior me lançou um olhar sombrio. — De que isso adianta? Não serve para nada.

Jamais presenciei em um homem uma expressão como a que via naquele momento, alheada do mundo. Um rosto como aquele, de um homem que, tendo sujado as mãos em dinheiro, em mulheres e com tudo quanto era pecadilho da vida, dirigindo ao mundo tamanho desprezo — eu nunca tinha visto. Senti forte repugnância, como se eu houvesse tocado em um cadáver ainda fresco e quente.

Nesse momento, fervilhou em meu íntimo um desejo pungente, de me afastar por algum tempo de tudo que me rodeava. Esse desejo se intensificou e tomou conta do meu pensamento mesmo depois de deixar a sala do prior.

Fiz um embrulho com o dicionário budista e a flauta *shakuhachi* que ganhara de Kashiwagi. Fui depressa à universidade, levando a mala e o embrulho. Eu só pensava na fuga.

Ao entrar pelo portão da universidade, percebi que, por sorte, Kashiwagi caminhava justo à minha frente. Puxei-o pelos braços para um dos lados e pedi-lhe que me emprestasse três mil ienes, entregando-lhe o dicionário juntamente com a flauta para compensar em parte a dívida.

Aquela efusão como que filosófica que Kashiwagi revelava costumeiramente em suas dissertações sofismáticas desapareceram de sua face. Ele me olhou estreitando os olhos, como se me visse entre uma névoa.

— Você se lembra do que disse o pai de Laertes ao filho, em *Hamlet*? "Não pedirás dinheiro emprestado e tampouco emprestarás, se não quiseres perder o dinheiro e com ele o amigo."

— Eu não tenho mais pai — eu disse. — Se você não quer, não insistirei.

— Não disse ainda que não quero. Vamos examinar a questão com calma. Nem sei se tenho três mil ienes.

Tive vontade de pressioná-lo falando do que ouvira da professora de arranjos florais — de como ele utilizava com habilidade sua lábia para extorquir dinheiro de mulheres —, mas me contive a tempo.

— Comecemos pensando em nos desfazermos do dicionário e do *shakuhachi*, está bem?

Mal acabou de dizer isso, Kashiwagi fez meia-volta em direção ao portão da universidade. Eu o segui, diminuindo os passos para manter-me a seu lado. Kashiwagi pôs-se então a falar do Hikari Club, uma empresa financeira presidida por um estudante que fora preso por suspeita de envolvimento em financiamentos ilegais. O estudante saíra livre em setembro, mas passava por dificuldades, pois sua credibilidade no mercado caíra por terra por causa do incidente. O presidente do Hikari Club causara forte impressão em Kashiwagi, e desde a primavera daquele ano se tornara assunto frequente de nossas conversas. Nós o tínhamos na conta de um homem resoluto, e nem por sombra imaginávamos que se suicidaria apenas duas semanas mais tarde.

— Em que você vai gastar o dinheiro?

Kashiwagi atirou-me a pergunta à queima-roupa, aliás insólita partindo dele.

— Quero viajar por aí, sei lá para onde.

— Vai voltar?

— Talvez...

— Está fugindo de quê?

— Quero fugir de tudo que me cerca. Quero fugir do insuportável odor de impotência disso tudo que me rodeia. O Velho Mestre não tem força para nada. Para absolutamente nada! Isso eu constatei.

— Quer fugir do Pavilhão Dourado também?

— Isso mesmo. Do Pavilhão Dourado também.

— O Pavilhão também é impotente?

— Não. O Pavilhão não é; em absoluto. Mas ele é a raiz de tudo que é impotente.

— Esse raciocínio não surpreende, tratando-se de você — disse Kashiwagi estalando prazerosamente a língua, enquanto seguia pela rua em sua ginga exagerada, feito dançarino.

Acompanhei-o até uma loja de antiguidades pequena e

sombria, onde vendemos o *shakuhachi*. Tudo que conseguimos foram quatrocentos ienes e nada mais. Fomos depois a um sebo, onde vendemos o dicionário por cem ienes, assim mesmo com muita dificuldade. Kashiwagi levou-me então à sua pensão para emprestar-me os dois mil e quinhentos ienes que faltavam.

Então ele me fez uma curiosa proposta: considerava que eu lhe devolvera o *shakuhachi* e que lhe dera de presente o dicionário. Portanto, ambos os objetos seriam sua propriedade. Assim, os quinhentos ienes obtidos pela venda deles lhe pertenciam. Somados aos dois mil e quinhentos ienes, o total da dívida que eu assumia era de três mil ienes. Ele propunha que eu lhe pagasse mensalmente um juro de dez por cento até a data da devolução. Comparado ao juro exorbitante de trinta e quatro por cento, praticado pelo Hikari Club, isso seria uma pechincha, uma dádiva. Ele trouxe tinta e folha de papel, redigiu essas condições com toda a seriedade e me pediu que imprimisse no acordo o meu polegar. Preocupar-me com o futuro não está em meu feitio, por isso concordei de imediato.

Eu estava impaciente. Enfiei os três mil ienes de Kashiwagi no bolso e deixei a pensão. Tomei um bonde e desci no Jardim Funaoka. Subi às carreiras a escadaria que contornava o jardim em direção ao Templo Takeisao. Precisava extrair uma profecia que me indicasse o destino de minha viagem.

Avistei à direita, enquanto subia, o vermelhão espalhafatoso do santuário dedicado a Yoshiteru Inari e duas raposas esculpidas em pedra em um cercado protegido por tela metálica. As raposas traziam na boca um *makimono*. A pintura avermelhada havia sido aplicada até mesmo no interior das orelhas pontiagudas e eriçadas.

O vento soprava ocasionalmente, enquanto o sol se mostrava tímido. Fazia frio. O sol fraco se infiltrava por entre as folhas das árvores e incidia nos degraus de pedra. À claridade pouco intensa dos raios, os degraus davam a impressão de estar cobertos por uma fina camada de cinza suja.

Entretanto, eu transpirava quando cheguei numa só corrida ao topo da escadaria e alcancei o espaçoso jardim defronte ao Templo Takeisao. Outra escadaria de pedra, adiante, conduzia ao santuário. Uma passagem plana, pavimentada de pedra, levava até essa escadaria. Pinheiros baixos se curvavam de ambos os lados, estendendo seus ramos acima da passagem. Havia à direita um velho escritório de paredes de madeira, cuja porta trazia uma placa com os dizeres: "Instituto de Pesquisa da Sorte". Via-se adiante, mais próximo ao templo, um depósito de paredes brancas, feitas de tijolo. Além desse ponto, uma alameda de cedros esparsos se alongava, e se avistava a cadeia de montanhas a oeste de Quioto. E acima dela o céu, de nuvens frias e opalinas imbuídas de um brilho melancólico, espalhadas em desordem.

O Templo Takeisao é consagrado a Nobunaga e também a seu primogênito Nobutada. Um balaústre avermelhado circunda o santuário e é a única peça que dá colorido à simplicidade da arquitetura.

Galguei a escadaria e prestei culto aos deuses. Depois, segurei entre as mãos a velha caixa hexagonal de madeira disposta sobre uma travessa estendida ao lado da caixa de ofertório, e a sacudi. Uma vareta fina de bambu se soltou do orifício da caixa. Ela trazia apenas um número, escrito em tinta negra — 14.

Voltei sobre meus passos e desci a escadaria murmurando: "Catorze, catorze...". O som da palavra se aglutinava sobre a língua e parecia ir adquirindo sentido aos poucos.

Diante da porta do escritório, pedi licença para entrar. Uma mulher de meia-idade surgiu à porta enxugando atarefadamente a mão no avental que havia tirado do corpo. Com certeza, estivera executando algum serviço de lavagem. Ela recebeu com indiferença os dez *sen* regulamentares que lhe estendi.

— Qual é o número?

— Catorze.

— Espere um pouco aí na varanda.

Aguardei sentado. Ocorreu-me entrementes que minha sorte estava sendo decidida pela mão áspera e molhada daquela mulher. Isso não fazia sentido, mas não obstante eu viera até ali apostando nessa sorte. De trás da porta corrediça fechada, ouvi o ruído produzido pelo puxador metálico de uma velha gaveta que estava sendo aberta pela mulher, aparentemente com enorme dificuldade. Em seguida, ouvi que ela folheava papéis. A porta se abriu em uma pequena fresta, por onde me foi estendida uma folha fina de papel.

— Aí está — disse a mulher, fechando-a novamente. O papel trazia a marca de seu dedo molhado em uma das extremidades.

Eu li o que havia no papel:

"Número 14 — Nefasto.

Serás aniquilado por milhares de deuses se permaneceres neste local.

O Príncipe Okuni foi aqui atacado por pedras em brasa e flechas ardentes e experimentou penosos sofrimentos. E, a conselho de seus deuses ancestrais, deixou secretamente este país."

O texto interpretativo que vinha a seguir falava de privações de toda sorte e incertezas que jaziam no futuro. Não me deixei impressionar. Abaixo, vinham as profecias. Consultei o que estava escrito sobre viagens:

"Viagens — nefasto. Em especial para o noroeste."

Precisamente para onde eu pretendia viajar.

A partida para Tsuruga da estação de Quioto se daria às seis e cinquenta e cinco da manhã. Despertava-se às cinco e meia no templo. Na manhã do dia 10, ninguém se mostrou surpreso quando acordei e vesti meu uniforme. Todos já estavam habituados a fingir que me ignoravam.

Às primeiras horas da manhã, as pessoas se espalhavam pelo templo varrendo e esfregando o chão. Até as seis e meia, o horário era de limpeza.

Eu varria o jardim frontal. Pretendia partir prontamente dali sem levar uma única bagagem. Desapareceria como que por encanto. Eu e a vassoura nos movíamos sobre o pavimento de areia esbranquiçada à luz da madrugada. A vassoura iria de súbito ao chão, o meu vulto se apagaria. E na obscuridade se veria apenas a passagem arenosa e esbranquiçada. Minha partida deveria ser assim — assim eu a imaginava.

Por isso não levei meu adeus ao Pavilhão Dourado. Fui varrendo aos poucos em direção ao portal. Ainda pude observar a estrela matutina por entre os ramos dos pinheiros.

O coração palpitava em meu peito. Eu devia partir. Partir — era como se essa palavra estivesse prestes a sair voando de minha boca. Eu devia partir de qualquer forma, deixando atrás a Beleza opressora, a oportunidade inexistente de sucesso, a gaguice, enfim, todas as condições da minha existência. Ou seja, partir.

A vassoura se desprendeu naturalmente das minhas mãos como um fruto maduro e caiu sobre as relvas da madrugada. Eu me dirigi a passos furtivos em direção ao portal, sob a proteção do arvoredo. Atravessei-o e corri feito louco até a estação. O primeiro trem da manhã se aproximou. Lá estava eu, satisfeito e descontraído, sob o brilho das lâmpadas elétricas do vagão e entre outros escassos passageiros, aparentemente operários. Achei que nunca me vira antes em um ambiente assim iluminado.

Ainda hoje me recordo com minúcias dessa viagem. Eu não partira sem saber para onde. Decidira que meu destino seria a região visitada na excursão de minha formatura, quando concluí os estudos do curso médio. Contudo, a excitação provocada pela sensação de partida e de liberdade era tanta que eu me sentia como se estivesse em uma jornada sem destino, enquanto ia me aproximando do objetivo da viagem.

A linha ferroviária pela qual eu seguia já me era familiar, pois ela me conduzia à terra natal. Entretanto, nessa viagem, o trem velho e sujo dessa linha me parecia uma novidade, como se nunca antes eu tivesse viajado nele. As estações, o apito, a vibração provocada pela voz roufenha dos alto-falantes no ar matinal, tudo reproduzia essa emoção, ampliando-a, descortinando um panorama espantosamente lírico. Os sapatos correndo ao longo da plataforma, a estridência dos *getá*, o som monótono da campainha, a cor da laranja retirada do cesto e oferecida pelo vendedor na plataforma, cada uma dessas coisas parecia sugerir e pressagiar que eu me lançara em uma insólita aventura. Os mínimos detalhes da estação convergiam em um só foco: a emoção que o afastamento e a partida me provocavam. Educada e gentilmente, a plataforma se afastou sob o meu olhar. Mas eu sentia. Sim, eu sentia como essa superfície de concreto antes inexpressiva adquiria esplendor só pelo fato de que ali ocorria uma partida, um afastamento.

Passei a confiar no trem — isto é um jeito estranho de dizer, mas não encontro outra forma de descrever essa inacreditável sensação de estar sendo conduzido vagarosamente para longe da estação de Quioto. Nas noites em Rokuonji, eu ouvira muitas vezes o apito do trem de carga passando próximo ao Hanazono. E agora que eu me achava em um desses trens que corriam invariavelmente noite e dia, acabava estranhando por estar ali.

O trem seguia paralelo ao rio Hozu, cujas águas azuis eu vira outrora ao lado de meu pai, então enfermo. O clima da região que se estende dali até as cercanias de Sonobe, a oeste dos montes Atago e Arashiyama, é completamente diferente do de Quioto, talvez devido à influência das correntes de ar. Nos meses de outubro, novembro e dezembro, a névoa se ergue pontualmente do rio Hozu entre as onze da noite e as dez da manhã seguinte, para encobrir toda essa região. Ela está sempre em movimento e raras vezes se interrompe.

As plantações surgiam das brumas. Uma cor esverdeada, de mofo, distinguia as áreas já colhidas. Árvores esparsas se erguiam à beira das estreitas passagens entre as hortas, todas elas desiguais tanto em tamanho como em altura. Os galhos haviam sido podados até o alto. Os troncos delgados estavam envolvidos em uma palha conhecida nessa região como *seirô*. Surgiam da neblina uma após outra como se fossem fantasmas — fantasmas de árvores. De vez em quando, um salgueiro enorme aparecia rente à janela do trem. Destacava-se com espantosa nitidez contra o fundo cinzento das hortas quase invisíveis na neblina, agitando de leve suas folhas úmidas e derreadas.

Meu espírito, que se entregara a todo aquele entusiasmo quando partira de Quioto, recolhia-se agora na lembrança dos mortos. As recordações de Uiko, de meu pai e de Tsurukawa me despertavam imensa ternura. Quem sabe fossem eles, os mortos, os únicos seres humanos por quem eu pudesse sentir amor. E como eles se mostravam fáceis de amar em comparação com os vivos!

Mesmo nesse vagão de terceira classe não muito lotado, os vivos, bem pouco amáveis, fumavam aflitivamente ou descascavam laranjas. Um funcionário público idoso de alguma instituição conversava em voz alta no assento ao lado. Todos vestiam um terno desajeitado. O forro axadrezado do paletó de um deles aparecia pela manga. Via-se que estava rasgado. Era admirável como a mediocridade se mantinha sem sinal de esmorecimento, mesmo com o avançar da idade. Podia-se dizer que esses rostos rústicos de pele tostada e amarrotada por rugas profundas, associados a essas vozes roucas pelo consumo excessivo de álcool, revelavam o que seria a essência da mediocridade.

Eles discutiam sobre quem deveria contribuir com as instituições públicas. Um velho calvo e sossegado que não quisera participar da discussão limpava as mãos sem cessar no lenço de linho branco, já amarelado, lavado sabe-se lá quantas dezenas de milhares de vezes.

— Veja estas mãos pretas. Elas ficam assim, expostas à fuligem. É um problema!

Um outro entrou na conversa.

— O senhor escreveu qualquer coisa sobre o problema da fuligem no jornal, não foi?

— Não eu — negou o velho —, mas é um problema.

Embora eu não estivesse atento às conversas, não pude deixar de ouvir. Referiam-se com frequência ao Pavilhão Dourado e ao Pavilhão Prateado.

Todos eles concordavam em um ponto: os Pavilhões deviam contribuir com muito mais. As receitas do Pavilhão Prateado eram quase a metade das do Pavilhão Dourado, mas mesmo assim não deixavam de constituir uma soma extraordinária. As receitas do Pavilhão Dourado, por exemplo, deviam estar acima de cinco milhões de ienes por ano, enquanto as despesas domésticas do templo, usualmente pequenas em se tratando da seita zen, não passariam de duzentos mil ienes ou pouco mais, incluídos aí os gastos com energia elétrica e água. E o que faziam com os lucros obtidos? Davam comida fria aos acólitos, enquanto o prior gastava sozinho todas as noites com as gueixas do Guion. E sem pagar impostos, ainda por cima! Até parecia que possuíam direitos extraterritoriais. Devia-se exigir desses templos contribuições maiores, sem dó nem piedade! Assim seguia a conversa.

O velho calvo continuava limpando as mãos com o lenço, mas interveio em um intervalo da conversa:

— Que problema!

Isso serviu de conclusão a todos. As mãos do velho, esfregadas e limpas a mais não poder, já não mostravam sinal de fuligem. Reluziam feito bibelôs. Pareciam mais luvas que mãos.

Por estranho que possa parecer, fora essa a primeira vez que eu ouvira as críticas do povo. Pertencíamos à classe dos monges, e a universidade também. Não comentávamos entre nós sobre os templos. Entretanto, a conversa que eu acabara de ouvir entre os funcionários públicos não me surpreendeu em absoluto. Pois tudo era pura verdade! Nós comíamos refeição fria. O prior era cliente habitual do Guion. Contudo, não me agradava em absoluto que esses velhos funcionários públicos utilizassem o mesmo processo de entendimento, revelado durante a conversa, para me compreender. Achei insuportável ser compreendido "com as palavras deles". As "minhas palavras" nada tinham a ver com as deles. Peço-lhes que se recordem: eu não senti repulsa moral alguma ao ver o Velho Mestre em companhia de uma gueixa do Guion.

Por tudo isso, a conversa dos velhos funcionários desapareceu do meu espírito, deixando apenas certa aversão e um leve odor de mediocridade. Eu não alimentava nenhuma pretensão de que a sociedade apoiasse minhas ideias. Nem me preocupava em lhes atribuir uma moldura mais compreensível do mundo. Disse e repito, não ser compreendido era a razão da minha existência.

De repente, a porta do vagão se abriu para dar entrada a um vendedor de voz roufenha e com uma enorme cesta pendurada à altura do peito, que me despertou de súbito a fome. Em lugar de arroz, comprei uma caixa de lanche contendo um macarrão esverdeado, provavelmente feito com algas marinhas, e comi. A névoa se dissipara, mas não havia luz no céu. Já se avistavam as casas dos produtores de papel existentes nessa região, com seus pés de amora plantados na terra magra do sopé das montanhas de Gifu.

Baía de Maizuru. Como sempre, esse nome me provocava alguma emoção. Não sabia por quê. Mas desde os dias da minha infância, passados na Vila Shiraku, Maizuru era sinônimo do mar invisível e, por fim, a própria premonição do mar.

Avistava-se no entanto, e muito bem, esse mar invisível do alto do monte Aoba, que se erguia atrás da Vila Shiraku. Galguei seu cume por duas vezes. Na segunda, vi a esquadra conjunta da Marinha japonesa ancorada no porto militar de Maizuru.

A esquadra poderia estar reunida em segredo nas águas brilhantes da baía. Tudo que se relacionava com essa esquadra era mantido em estrito segredo, tanto assim que se chegava a duvidar de sua existência. Por isso, vista à distância ela me pareceu um bando majestoso de aves negras aquáticas, conhecidas apenas pelo nome e por fotografias, surpreendidas enquanto se banhavam em segredo naquela baía sob a vigilância de uma velha ave feroz, sem perceber que estavam sendo observadas.

O condutor passou anunciando a próxima estação, Maizuru Oeste, e despertou-me do devaneio. Não se viam mais marinheiros carregando apressadamente suas bagagens. Apenas eu e mais outros dois ou três, pela aparência comerciantes do mercado negro, nos aprestamos para o desembarque.

Tudo havia mudado. O local se transformara em uma cidade portuária estrangeira, com placas de sinalização de trânsito em inglês erguidas assustadoramente nas esquinas. Muitos soldados americanos andavam pelas ruas.

Debaixo do céu nublado do início de inverno, uma brisa gelada e carregada de sal percorria a avenida alargada para o uso militar. Havia no ar um odor que parecia inorgânico, de ferrugem, mais do que propriamente do mar. Um braço estreito do mar se estendia como canal até o centro da cidade. A superfície de suas águas parecia morta. Pequenas lanchas americanas estavam amarradas às margens. De fato, ali havia paz, mas a excessiva vigilância sanitária tinha roubado o vigor da azáfama desordenada do porto militar de outrora. Toda a cidade parecia transformada em um imenso hospital.

Nem pensei em um encontro amistoso e íntimo com o mar naquele local: um jipe poderia surgir às minhas costas e lançar-me ao mar por pura brincadeira. Mas, pensando bem, creio hoje que a sugestão do mar esteve entre as causas da minha súbita vontade de viajar. Não de um mar como esse, ocupado por um porto artificial, mas de outro, natural e selvagem, tal como o que eu conheci na infância no promontório de Nariu — o mar encapelado, sempre irritadiço, o mar raivoso da costa interna do Japão.

Por isso eu pretendia ir até Yura. As praias sempre cheias de banhistas durante o verão estariam com certeza desoladas nessa estação. Nada haveria ali senão a terra e o mar medindo suas forças sombrias para disputar espaço. Eram quase cinco quilômetros desde Maizuru Oeste até Yura, mas meus pés se lembravam, embora vagamente, do caminho a percorrer.

O trajeto começava na cidade de Maizuru e se dirigia a oeste, circundando o interior da baía. Cruzava transversalmente a estrada de ferro Miyazu, atravessava o Passo de Takishiri para se encontrar com o rio Yura. Cruzava o rio pela ponte Okawa e seguia para o norte pela margem oeste do rio. Dali, acompanhava simplesmente o curso d'água até o estuário.

Pus-me a andar, saindo da cidade.

Eu me perguntava a todo o momento, quando as pernas me cansavam:

"Afinal, o que vou achar em Yura? Que evidências espero colher, com toda esta precipitação? O que existe lá, a não ser o mar do Japão e uma praia desolada?"

Mas as pernas não mostravam sinal de esmorecimento. Eu queria chegar de qualquer maneira a algum lugar, fosse onde fosse. O nome do local pouco importava. Dispunha-me a enfrentar o que encontrasse em meu destino, uma coragem quase imoral.

Um sol débil que dava o ar da graça uma vez ou outra passava através dos ramos de uma gigantesca zelkova à margem do caminho, produzindo sombras convidativas. Contudo, e não sei por quê, eu não estava disposto a me atrasar. Não havia tempo a perder descansando.

Ali não se via a paisagem típica das proximidades da bacia de um rio, de suaves declividades. O rio Yura surgia repentinamente de uma garganta entre as montanhas. Esse rio largo e de águas azuis fluía, não obstante sombrio, debaixo do céu nublado, como se transportado contra a vontade em direção ao mar.

Atingi a margem oeste. O trânsito tanto de pessoas como de automóveis havia cessado. De vez em quando surgiam plantações de laranja à margem do caminho, porém não havia nem sinal de gente. Encontrei uma pequena aldeia chamada Wae, mas tudo que vi foi um cachorro de focinho preto que surgiu de repente do meio do mato, provocando um farfalhar de capim.

O ponto turístico dessa região eram os vestígios da antiga mansão de Sansho Daiyu, opulento senhor de terra cuja história é tida por suspeita. Sabia que ela se achava nas proximidades, mas não pretendia visitá-la. Por isso, passei pela mansão sem perceber, mesmo porque eu mantinha o olhar apenas no rio. Havia nele uma ilha enorme coberta de bambus. O vento não soprava pela estrada por onde eu seguia, e sim na ilha, onde os bambus se prostravam, vergados pelo vento. Via-se ali uma plantação de arroz de um ou dois hectares irrigada por água de chuva, mas o único homem que avistei não era um lavrador. Estava de costas para mim e tinha uma vara de pesca nas mãos.

Ele me despertou certa afeição, pois era o primeiro que encontrava desde algum tempo.

"Estará pescando tainhas? Se for isso, não estou longe da foz."

Nesse momento, o farfalhar dos bambus vergados se impôs sobre o ruído das águas do rio, e algo como uma névoa se ergueu, porém devia ser chuva. Tingia os bancos de areia ressequidos da ilha e de repente caía sobre mim. Mas observei enquanto me molhava que a chuva já deixara a ilha. O pescador continuava no mesmo lugar. Nem sequer se mexera. A chuva momentânea que me atingia também passou.

A cada curva do caminho, meu campo visual ficava obstruído por espigas de capim dos pampas e folhas das plantas de outono. Mas não tardaria para que o estuário do rio se espraiasse diante de mim, pois a brisa marítima, muito fria, me agredia o nariz.

O rio Yura começava a revelar inúmeras ilhas desoladas à medida que se aproximava do fim. Corria inexoravelmente para o mar próximo, já contaminado pela maré. E, no entanto, sua superfície aparentava tranquilidade. Nada deixava transparecer — como um desfalecido que vai aos poucos morrendo.

A foz era surpreendentemente estreita. O mar misturava ali suas águas com as águas do rio. Porém, ao longe, ele se confundia com as nuvens escuras do céu, estendendo-se de forma indefinida pelo horizonte.

Para ter contato com o mar, eu devia seguir um pouco mais com o vento forte que vinha dos campos e das plantações, e que deixava sua marca em toda extensão do mar do norte. Ele desperdiçava toda sua violência sobre essas paragens inóspitas por causa do mar. E fazia-se, ele próprio, mar — um mar gasoso que cobria toda a região durante o inverno, um mar invisível, imperioso e dominador.

As ondas, que se acumulavam umas sobre as outras em múltiplas camadas além do estuário, vinham aos poucos revelar toda a extensão cinzenta da superfície do mar. Uma ilha com o formato de chapéu-coco flutuava bem em frente ao estuário, distante bem uns treze quilômetros — a ilha Kammuri, habitat das aves raras denominadas *omizunagi*.

Eu invadira uma área de cultivo. Olhei em volta. Eram terras desertas.

Nesse momento, certa percepção iluminou-me o espírito, mas logo se apagou. A percepção desapareceu. Permaneci parado por algum tempo, mas o vento frio me roubava a capacidade de pensar. Pus-me novamente a caminho, enfrentando o vento.

Terras magras de plantação continuavam em um espaço árido e pedregoso, onde a metade das ervas existentes se apresentava ressequida. Apenas ervas daninhas, parecidas com musgo que cresciam agarradas à terra, restavam vivas e verdes. Suas minúsculas folhas encrespadas pareciam amassadas. Ali a terra já era arenosa.

De algum lugar, vinham ruídos surdos e trepidantes. E também vozes. Ouvi-os quando voltei as costas para as rajadas de vento e observei o pico de Yuragatake atrás de mim.

Procurei saber de onde vinham essas vozes. Para ir à praia, havia uma pequena trilha que descia por um barranco baixo. Percebi então que algumas obras estavam sendo realizadas para conter a violenta erosão que corroía aquela área. Por toda parte havia estacas de concreto largadas sobre o solo. Pareciam esqueletos brancos, curiosamente frescos em contraste com a areia sobre a qual jaziam. O ruído surdo e trepidante que ouvira vinha de um misturador de concreto, que o despejava nas fôrmas. Quatro ou cinco operários, com o nariz avermelhado, me olharam um tanto quanto desconfiados quando surgi diante deles em meu uniforme de estudante.

Lancei-lhes também um olhar rápido. Resumiu-se nisso o cumprimento entre seres humanos.

O fundo do mar descia abruptamente da praia como um vaso. Enquanto caminhava sobre a areia granítica em direção à orla da praia, eu estava outra vez tomado de alegria, pois sabia que estava me aproximando inexoravelmente, passo a passo, daquela percepção que me veio feito relâmpago no espírito momentos atrás. A ventania gelada me enregelava as mãos desprotegidas de luvas, mas eu não me aborrecia com isso.

Sim, esse era o Mar do Japão! A fonte de toda a minha infelicidade e de todos os meus pensamentos sombrios. A fonte de toda a minha feiura, de todo o meu poder. As águas estavam agitadas. As ondas se aproximavam uma após outra sem trégua, deixando entrever entre elas um vale suave e cinzento. As nuvens pesadas que se sobrepunham camada sobre camada, a perder de vista sobre o horizonte obscuro do alto-mar, mostravam-se ao mesmo tempo delicadas. Isso porque elas se emolduravam em fímbrias, mais parecidas com plumas leves e frias, que deixavam algumas vezes entrever no centro um pequeno pedaço, quase imperceptível, de céu azulado. O mar plúmbeo continha o assalto das montanhas arroxeadas do promontório. Ali havia agitação e imobilidade, energia tenebrosa em constante movimento e a solidez coagulada de um metal.

Lembrei-me por acaso do que me disse Kashiwagi no primeiro dia em que nos encontramos: é nas tardes aprazíveis de primavera, quando nos deixamos absorver distraidamente pelo jogo dos raios de sol que se filtram por entre os ramos das árvores sobre relvas bem cuidadas, é em momentos como esse que nos tornamos, de súbito, cruéis.

Eu me defrontava com as ondas e com o vento selvagem do Norte. Nada havia naquele local que se assemelhasse a uma tarde aprazível de primavera ou a relvados bem cuidados. No entanto, essa natureza inóspita e desolada se apresentava mais sedutora ao meu espírito e mais íntima à minha existência que as relvas de uma tarde de primavera.

Seria cruel a ideia que me surgiu subitamente nesse momento? No sentido atribuído por Kashiwagi? Seja como for, ela punha à mostra o conceito apenas lampejado em meu espírito momentos atrás, e iluminava por inteiro meu mundo interior. Outra coisa não fiz que me expor a esse conceito como a uma luz, sem examiná-lo em profundidade. Mas a ideia nunca antes pensada ganhou força e se agigantou imediatamente no momento em que nasceu, e me envolveu.

"Tenho que incendiar o Pavilhão Dourado!"

8.

Continuei andando até a estação Tango Yura, da linha Miyazu. A caminhada era a mesma que eu fizera na excursão de formatura da Escola Secundária Maizuru Leste. Eu regressara para casa dessa estação. Poucas pessoas transitavam na avenida defronte a ela. Via-se que essa região vivia apenas da prosperidade que o curto verão lhe proporcionava.

Pensei em me alojar numa pequena hospedagem em frente à estação com uma tabuleta onde se lia: "Hotel Yura — Alojamentos para banhistas". Abri a porta de entrada, de vidro opaco, e solicitei atendimento, mas não obtive resposta. A poeira se acumulava sobre o piso da entrada, as janelas fechadas obscureciam o interior e não se via alma viva.

Fui até os fundos. Havia ali um pequeno jardim com crisântemos ressequidos. E também um tanque d'água instalado sobre uma base elevada. O chuveiro, adaptado sob o tanque, deveria ser para o uso dos hóspedes, para se lavarem da areia da praia.

Via-se ali perto uma pequena casa, habitada com certeza pelo dono da hospedagem e sua família. De trás da porta de vidro fechada vinha o som de um rádio que, tocado em um volume excessivamente alto, dava a impressão de que a casa estava vazia, sem ninguém — fato que constatei, pois tive que esperar inutilmente diante da porta de entrada, onde dois ou três pares de *getá* estavam largados em desordem. Eu me anunciava de vez em quando em voz alta durante os intervalos de transmissão do rádio.

Um sol fraco começava a tingir o céu nublado, iluminando os veios da madeira do armário de sapatos à entrada da casa. Nesse momento, uma sombra se aproximou às minhas costas.

Uma mulher gorda, de pele alva — seu corpo parecia ter extravasado os contornos — me fitava com seus olhos quase imperceptíveis, tão estreitos eles eram. Pedi-lhe que me hospedasse. Ela voltou sobre os seus passos em direção à entrada da hospedaria, sem nada dizer, nem mesmo pedir que eu a acompanhasse.

O quarto que me foi reservado era um cubículo pequeno situado em uma das alas do segundo andar, com uma janela aberta para o mar. O fogo minguado do braseiro que a mulher deixara esfumaçava o ar desse quarto havia muito tempo fechado, acentuando-lhe o odor de mofo a ponto de se fazer insuportável. Abri a janela e expus-me ao vento norte. As nuvens sobre o mar continuavam exibindo a uma plateia inexistente suas jogadas majestosas e calmas. Pareciam refletir a impulsividade desmiolada da natureza e contudo deixavam entrever porções tênues de céu azul, como pequenos cristais transparentes de inteligência.

Ao lado da janela, comecei a perseguir novamente a ideia que me ocorrera momentos antes. Perguntei-me por que não tivera a ideia de assassinar o Velho Mestre antes de pensar em incendiar o Pavilhão Dourado.

Não direi que a ideia de assassiná-lo não me tivesse jamais ocorrido, mas percebi de imediato a inutilidade desse gesto, pois, mesmo que o assassinasse, aquela cabeça calva e aquela maldade impotente haveriam de ressurgir indefinidamente do horizonte em trevas. Disso eu estava certo.

Em geral, tudo aquilo que vive neste mundo não tem por característica existir a rigor uma e única vez, como o Pavilhão Dourado. O homem recebeu parte dos diversos atributos da natureza. Mas outra coisa não faz que transmiti-la e propagá-la lançando mão de processos substituíveis. Se o assassinato tiver por objetivo destruir a unicidade da vítima, então nada mais será que um erro perene de cálculo. Foi o que pensei. O contraste entre o Pavilhão Dourado e a existência humana passava assim a se mostrar em contornos cada vez mais definidos. Se, por um lado, a figura perecível do ser humano deixava emanar um vislumbre da eternidade, por outro, a beleza indestrutível do Pavilhão Dourado fazia perceber a possibilidade de destruição. Seres mortais como o homem eram inextinguíveis, e seres imortais como o Pavilhão Dourado, passíveis de destruição. Por que as pessoas não percebiam isso? Não havia como pôr em dúvida a originalidade do meu pensamento. Se eu transformasse em cinzas o Pavilhão Dourado, declarado tesouro nacional na década de 1890, eu cometeria um ato de destruição pura e irreparável. Teria, sim, dilapidado materialmente o total da Beleza produzida pela humanidade.

Eu ia à volúpia à medida que me aprofundava nessa ideia. "Se eu incendiar o Pavilhão Dourado...", dizia em monólogo, "... o valor educativo desse ato será preciosíssimo. Porque graças a isso a humanidade aprenderá que de nada adianta inferir a indestrutibilidade por analogia. Aprenderá que a simples conservação da existência do Pavilhão ao lado do lago Kyoko por quinhentos e cinquenta anos não serve como garantia de coisa alguma. Aprenderá que a premissa não questionada da nossa existência, baseada na própria existência, poderá ser destruída a qualquer momento, e conhecerá então o que é a insegurança."

Sim, é verdade. A nossa existência está cercada e sustentada por solidificações de um espaço de tempo. Tome-se, por exemplo, uma pequena gaveta de uso doméstico construída por um carpinteiro. Com o decorrer do tempo, o próprio tempo ultrapassa a forma desse objeto e dá a impressão, após dez, cem anos, que ele se solidificou e assumiu inversamente a forma do objeto. O pequeno espaço ocupado inicialmente pelo objeto passa a ser ocupado pelo tempo solidificado. Ocorre aqui uma espécie de metamorfose do objeto em espírito. Um livro de contos de fadas da época medieval, o *Tsukumogami-ki*, diz em suas linhas iniciais:

"Está escrito no Livro da Vidência Yang-Yin que depois de cem anos os objetos de uso doméstico adquirem espírito e enfeitiçam os homens. Dá-se a isso o nome de *tsukumogami*. Vem daí o costume popular de se lançarem os objetos usados à rua todos os anos antes da chegada da primavera, chamado *susuharai* (limpeza). Isso é feito antes que se complete o século, para que esses objetos não se tornem *tsukumogami*."

O meu ato servirá para alertar as pessoas das desgraças do *tsukumogami* e protegê-las, dessa forma, de seus efeitos maléficos. Através desse ato, eu estarei impelindo o mundo onde o Pavilhão Dourado existe em direção a um outro onde o Pavilhão deixará de existir. O mundo certamente terá um novo sentido...

Quanto mais eu pensava, maior deleite sentia. A destruição e o fim deste mundo que me rodeava e que eu via diante dos meus olhos estavam próximos. Os raios do sol poente se alongavam sobre todas as coisas, incidiam sobre o Pavilhão Dourado, fazendo-o reluzir, mas o mundo onde ele se achava se desmanchava inexoravelmente, a cada instante, escapando como areia entre os dedos...

Meu período de permanência no Hotel Yura terminou em três dias graças ao policial que a dona do estabelecimento fora procurar. Ela desconfiara das minhas atitudes, pois eu não dera um só passo fora do quarto durante todo esse tempo. Quando vi o policial uniformizado em meu quarto, temi que meu plano tivesse sido descoberto, mas logo percebi não haver motivo para isso. Respondi às perguntas de praxe, confessei honestamente que quis me afastar por algum tempo da vida no templo e por isso fugira, mostrei meu atestado de estudante e até paguei a estadia integralmente na frente do policial. Por tudo isso, o policial adotou uma conduta protetora. Telefonou imediatamente ao Rokuonji para se certificar de que eu não mentira e anunciou que iria levar-me naquele momento de volta ao templo. Deu-se em seguida ao trabalho de trocar o uniforme por trajes civis — para não comprometer "meu futuro", segundo me disse.

Uma chuva outonal assaltou a estação Tango Yura enquanto aguardávamos a chegada do trem. O policial foi abrigar-se no escritório da estação, levando-me em sua companhia. Contava-me, orgulhoso, que tanto o chefe da estação como os demais funcionários eram todos seus amigos. Não foi só isso. Apresentou-me a todos como um sobrinho que viera visitá-lo de Quioto.

Conheci então a psicologia dos revolucionários. Esse policial e esse chefe de estação provincianos que conversavam alegremente ao redor das brasas vermelhas do braseiro de ferro nem sequer pressentiam a aproximação da grande transformação do mundo, da destruição de toda a escala de valores à qual se apegavam.

"Se o Pavilhão Dourado for reduzido a cinzas... sim, se o Pavilhão Dourado for reduzido a cinzas, o mundo desses pobres coitados será virado pelo avesso, a regra de ouro de suas vidas invertida, o horário dos trens perturbado! Suas leis não terão mais valor!"

Eles nem percebiam que um criminoso potencial se achava bem ao lado deles estendendo despretensiosamente as mãos sobre o braseiro, e isso me causava satisfação. Um funcionário jovem e extrovertido bradava a todos o filme a que pretendia assistir nas próximas férias — um filme realmente belo, não deixaria de provocar lágrimas, não faltavam ações dramáticas. Nas próximas férias! Esse rapaz jovial, muito mais corpulento e ativo que eu, assistiria a um filme, faria amor com uma mulher e iria dormir.

Ele brincava o tempo todo com o chefe da estação, gracejava, era repreendido e, enquanto isso, punha carvão no braseiro e escrevia no quadro-negro alguns números. Estive a ponto de me tornar outra vez prisioneiro da sedução da vida, ou quem sabe da inveja que sentia pela vida. Afinal, eu podia muito bem não incendiar o Pavilhão, deixar o templo, desistir da vida monástica e me entregar a uma vida como aquela do funcionário.

Entretanto, o poder das trevas ressurgiu de pronto e me arrebatou desse estado. Eu devia de qualquer maneira queimar o Pavilhão. Uma vida nova e desconhecida, feita sob medida para mim, então se iniciaria.

O chefe da estação foi ao telefone. Depois, dirigiu-se ao espelho e pôs na cabeça o quepe de fitas douradas, parte do uniforme. Pigarreou, empertigou-se e saiu para a plataforma já sem chuva, como se se dirigisse a um cerimonial. O trem que eu devia tomar deslizava na plataforma, anunciado por um ruído estrondoso e trepidante que reboava contra a escarpa abrupta cortada à margem dos trilhos — um estrondo refrescante, vindo das escarpas ainda molhadas pela chuva recente.

Quando faltavam dez minutos para as oito da noite, desembarquei na estação de Quioto e fui conduzido pelo policial à paisana até o portal do Templo Rokuonji. Fazia frio. Deixando a fileira de troncos negros da floresta de pinheiros, eu me aproximava desse portal de aspecto empedernido quando avistei minha mãe.

Ela se achava ao lado da placa que advertia os violadores dos regulamentos sobre as penalidades previstas em lei. Cada um dos fios brancos de sua cabeleira desgrenhada pareciam eriçados à luz do portal. Os cabelos de minha mãe não estavam tão brancos assim, mas era como pareciam sob os reflexos da luz do portal. Seu pequeno rosto emoldurado por esses cabelos permanecia imóvel.

O corpo franzino de minha mãe me pareceu, contudo, estranhamente inflado, até agigantado. Tinha às suas costas o jardim do templo, imerso na escuridão que se espalhava no lado interno ao portão escancarado. Minha mãe trazia o único *obi* de passeio que tinha, com as costuras de fio dourado já puídas. Parecia ter morrido ali de pé, com o quimono simples que vestia em lamentável desalinho.

Eu hesitava em me aproximar dela. Não entendia por que ela se achava ali. Soube depois que o Velho Mestre lhe telefonara quando descobriu minha fuga para perguntar-lhe se eu não a procurara. Minha mãe, perturbada, viera até Rokuonji e, desde então, permanecera hospedada no templo.

O policial à paisana me empurrou pelas costas. Fui ao seu encontro, mas, à medida que dela me aproximava, sua figura se encolhia. Ela erguia o rosto, agora abaixo dos meus olhos, para me fitar com uma expressão contorcida e grotesca.

Meus sentidos nunca me falharam. Afinal fora justa a aversão que sentira pelos pequenos olhos espertos e encovados de minha mãe. A irritante aversão por ter nascido de uma mulher como aquela, a vergonha profunda que isso me causava... Eu já disse, foram essas as causas que me levaram a afastar-me dela, tirando-me a oportunidade de perpetrar represálias contra ela. Mesmo assim, não conseguira romper os vínculos.

Naquele momento, porém, em que a vi submergida em uma dor maternal, senti-me subitamente livre. Não sei dizer por quê, mas senti que minha mãe jamais poderia ameaçar-me outra vez.

Houve um soluço estridente, como se alguém estivesse sendo estrangulado à morte. Quase ao mesmo tempo, sua mão se estendeu e me esbofeteou, porém sem nenhuma força.

— Filho indigno! Ingrato!

O policial assistia em silêncio ao castigo. Os dedos de minha mãe, fracos e descoordenados, deixavam as unhas roçarem pela minha face, provocando uma chuva de arranhões. Percebi que minha mãe não se esquecera de manter a expressão suplicante no rosto mesmo enquanto me castigava. Desviei os olhos dela. Pouco depois, ela abrandava o tom de voz.

— Você foi tão longe... com que dinheiro?

— Dinheiro? Pedi emprestado a um amigo.

— Verdade? Você não o roubou?

— Não roubei, ora essa!

A mãe soltou um suspiro de alívio, como se tivesse sido essa sua única preocupação.

— Está bem... não fez nenhuma bobagem, não é mesmo?

— Não fiz!

— Está bem. Ainda bem que foi assim. Você deve pedir perdão ao prior. Eu já pedi perdão a ele por você. Mas você deve pedir seu perdão com toda a sinceridade. Ele é um homem de coração grande, e por isso acho que permitirá que permaneça no templo. Mas, se você não se corrigir desta vez, juro que eu morro. Pode acreditar. Você precisa se recuperar, se não quiser ver sua mãe morta, ouviu? E se torne um clérigo respeitável... Mas, antes disso, vá correndo pedir perdão!

Seguimos em silêncio minha mãe, eu e o policial. Ela se esquecera até de lhe agradecer devidamente. Ao observar as costas de minha mãe que seguia em passos miúdos à nossa frente, eu me perguntava onde estaria, em essência, a causa da sua feiura. O que a tornava feia... sim, era a esperança. A esperança — esse carrapato tenaz, róseo e úmido, transmissor de uma coceira interminável, resistente a tudo neste mundo, aninhado em uma pele suja. A incurável esperança.

O inverno chegava e minha decisão se fortalecia a cada dia. O plano estava sendo constantemente adiado, mas isso não me aborrecia.

Tive outras preocupações nos seis meses seguintes. Kashiwagi me cobrava todos os meses a devolução do dinheiro. Mostrava-me o valor da dívida acrescida dos juros e protestava, malcriado. Mas eu já não tinha intenção alguma de devolver o dinheiro. Para evitar encontros com Kashiwagi, bastava não ir à universidade.

Não estranhem eu não ter dito uma palavra sequer acerca das hesitações, das idas e vindas que deveriam ter possuído meu espírito após ter tomado a decisão. Na verdade, a inconstância havia desaparecido de meu espírito. Durante esse meio ano, eu mantinha os olhos voltados e fixos sobre um único ponto do futuro. Penso que devo ter conhecido nesse período o sabor da felicidade.

Em primeiro lugar, minha vida no templo se fazia mais amena. O Pavilhão Dourado seria um dia reduzido a cinzas — só esse pensamento já me bastava para suportar o insuportável. Passei a me relacionar com cordialidade com as pessoas do templo, tratando-as com jovialidade, como fazem os que pressentem a chegada da morte. Procurava em tudo a conciliação, até com a natureza. Quando observava os passarinhos que vinham todas as manhãs de inverno bicar o que restara dos azevinhos, suas plumas do peito me despertavam carinho.

Cheguei até a esquecer o ódio ao Velho Mestre! Eu me libertava de minha mãe, dos companheiros e de tudo mais. Mas não fui tão tolo a ponto de me iludir de que todo o bem-estar desses novos dias fosse fruto de uma transformação do mundo conquistada independentemente de minha participação. Todas as coisas são perdoáveis quando se olha do ponto de vista do resultado. Eu devia me assenhorear desse ponto de vista e sentir que estava inteiramente em minhas mãos decidir esse resultado. Pois aí estavam, sem dúvida, os fundamentos da minha liberdade.

A ideia de incendiar o Pavilhão Dourado, embora surgida de forma tão repentina, adaptava-se perfeitamente ao meu ser como um terno feito sob medida. Como se eu já tivesse nascido com essa intenção. Talvez ela tivesse despontado em mim quando vi o Pavilhão pela primeira vez em companhia de meu pai, e fora crescendo desde então para esperar o momento de florescer. Todas as razões que me transformariam em um incendiário se resumiam ao simples fato de que o Pavilhão surgira, aos olhos daquele adolescente, belo como algo do outro mundo.

Completei a fase preparatória da Universidade Otani em 17 de março de 1950. Dois dias mais tarde, no dia 19, fiz vinte e um anos. Meu desempenho escolar nesses três anos dessa fase fora realmente espantoso. Coloquei-me em 79º lugar entre 79 alunos, a menor nota que obtive foi em japonês, matéria onde totalizei 42 pontos. As ausências somaram 218 horas em um total de 616 horas de aula — isto é, estive ausente a mais de um terço das aulas. A universidade não reprovava ninguém, uma vez que seguia a doutrina da misericórdia budista, por isso pude mesmo assim ingressar na fase regular, com a tácita aprovação do prior.

Continuei negligenciando as aulas para visitar santuários e templos onde se podia entrar sem pagar ingresso, aproveitando os belos dias entre o fim da primavera e o início do verão. Visitei-os tanto quanto minhas pernas me permitiram. Lembro-me de um desses dias.

Eu andava por uma rua atrás do Templo Myoshin. Notei então que outro estudante caminhava diante de mim com o mesmo andar. Pude observar o perfil de seu rosto sob o boné do uniforme escolar quando ele parou para comprar cigarros em uma loja antiga, de telhado baixo — um rosto branco e severo, de sobrancelhas estreitas. O boné trazia a insígnia da Universidade de Quioto. Ele me relanceou um olhar de viés com o canto dos olhos, empurrando-me uma enxurrada de sombras. Instintivamente eu soube que havia encontrado um piromaníaco.

Eram três da tarde, hora pouco propícia para se provocarem incêndios. Uma borboleta, perdida sobre a avenida asfaltada onde os ônibus passavam, veio esvoaçar ao redor da camélia que murchava em um vaso de flores da loja de cigarros. As áreas ressequidas da camélia branca estavam alaranjadas, como se queimadas por fogo. O ônibus tardava. O tempo se estagnava sobre a avenida.

Não sei dizer o que me fez pressentir que o estudante caminhava passo a passo para o crime. Sei apenas que ele me pareceu piromaníaco à primeira vista. Com certeza escolhera intencionalmente o período mais inadequado para provocar incêndios, em plena luz do dia, e se dirigia a passos vagarosos para realizar o que decidira com total convicção. Adiante, o fogo e a destruição o esperavam. Deixava atrás os preceitos da ordem, por ele desprezados. Suas costas em uniforme de estudante, um tanto quanto sobranceiras, me passavam essa impressão. Quem sabe eu tivesse uma imagem de que as costas de um jovem piromaníaco devessem ser daquele jeito. As costas cobertas de sarja preta do uniforme, batidas pelo sol, carregavam algo ominoso e feroz.

Resolvi seguir o rapaz e reduzi meu passo. Ao observar o vulto de costas que seguia adiante, o ombro esquerdo ligeiramente caído, tive de repente a estranha sensação de estar vendo a mim próprio. Embora o rapaz fosse incomparavelmente mais bem-apessoado que eu, estava certo de que ele fora induzido, como eu, a perpetrar o mesmo ato por mim planejado pela mesma solidão, pela mesma infelicidade e mesma obsessão pela Beleza que havia em mim. Em breve eu teria uma visão antecipada daquilo que eu próprio estava por fazer — foi o que senti enquanto o seguia. Essas coisas costumam acontecer em tardes de fim da primavera, provocadas pela claridade e pela melancolia reinante na atmosfera. Refiro-me a coisas como a aparição de um outro eu, que reproduz antecipadamente minhas ações futuras e me faz enxergar a mim mesmo no instante da ação — uma imagem para mim invisível nesse momento.

O ônibus não chegava. Já não se via sombra de gente na avenida. O gigantesco portão sul do Templo Myoshin se aproximava. Os portões escancarados pareciam querer engolir qualquer aparição sobrenatural que surgisse. A observar do ponto onde me achava, o portão sul dominava entre as molduras do soberbo arcabouço tanto os pilares sobrepostos do portão dos Mensageiros Imperiais e do portão central como as telhas do Santuário de Buda e os pinheiros em profusão e, mais ainda, um recorte do céu azul e até tênues pedaços de nuvens. À medida que me aproximava do portão, infindáveis novos elementos vinham se somar a tudo isso, tais como trilhas calçadas de pedra que cruzavam o espaçoso recinto interno do templo em todas as direções e diversos muros de pagodes. Uma vez dentro do recinto, descobri que o portão misterioso abrigava em seu interior a totalidade do céu azul e todas as suas nuvens. É o que se chama de catedral.

O estudante atravessou o portão. Passou ao largo do portão dos Mensageiros Imperiais e foi até a margem do lago de lótus defronte ao portão principal. Subiu depois à ponte chinesa sobre o lago e se deteve observando o soberbo portão principal. "Ah, ele pretende incendiar o portão!", pensei.

De fato, o magnífico portão principal era digno de ser envolvido em chamas. O fogo não seria visível numa tarde tão clara como aquela. As chamas invisíveis se ergueriam lambendo o céu, envoltas em golfadas de fumaça, e se fariam perceber apenas porque o céu se mostraria através delas trêmulo e distorcido.

O estudante se aproximava do portão principal. Desloquei-me para o lado leste do portão, a fim de não ser notado, e observei-o desse ponto. A hora do regresso dos monges pedintes chegara. Três deles se aproximavam lado a lado vindos do leste andando sobre o pavimento de pedra com suas sandálias de palha. Traziam na mão seus chapéus redondos de vime. Passaram por mim e dobraram à direita em completo silêncio, sem trocarem palavra entre si e desviarem o olhar além de alguns metros adiante, até chegarem às suas celas — conforme as regras próprias dos monges pedintes.

O estudante hesitava ainda nas proximidades do portão principal. Mas recostou-se por fim em um dos pilares e retirou do bolso o maço de cigarros que acabara de comprar. Ele circulou um olhar inquieto ao redor. "Com certeza, irá provocar o incêndio a pretexto de acender o cigarro", pensei. De fato, ele levou um dos cigarros à boca e acendeu o fósforo junto ao rosto.

O fósforo faiscou instantaneamente e produziu uma chama minúscula e transparente. O solar da tarde envolvia o portão principal por três lados, deixando apenas um em sombras — precisamente o lado onde eu me achava. Assim, é provável que o estudante não tivesse visto sequer a cor da chama, ofuscado como estava pelo sol. Uma pequena bolha de fogo surgiu junto ao rosto do estudante recostado em uma coluna do portão principal à margem do lago de lótus. E foi extinta com um brusco movimento da mão do rapaz.

O estudante apagara o fósforo, mas, ainda assim, não se satisfez. Lançou o fósforo sobre o piso de pedra e calcou-o cuidadosamente sob a sola do sapato. Atravessou depois a ponte de pedra expelindo prazerosamente a fumaça e deixando-me a sós com minha decepção. Cruzou a ponte de pedra, passou ao lado do portão dos Mensageiros Imperiais e foi saindo em passos calmos pelo portão leste, de onde se enxergava a avenida em que as sombras das casas já se alongavam...

O rapaz não era nenhum piromaníaco. Tratava-se apenas de um estudante que passeava, quem sabe meio entediado. E talvez sem muito dinheiro no bolso. Só isso.

A mim, a que a tudo assisti, aborreceu-me essa exibição de timidez. Eu o vi espreitando inquieto os arredores, não porque quisesse atear um incêndio, mas para acender nada mais que um simples cigarro. Desagradava-me essa alegria estudantil, de cometer uma transgressão mesquinha, essa meticulosidade de esmagar sob a sola do sapato um fósforo já apagado, ou seja, essa "educação civilizada" — principalmente isto. Graças a esse lixo, a pequena fonte de fogo produzida pelo estudante fora perfeitamente administrada. Ele se julgava com certeza administrador do fósforo que carregava — um administrador de incêndios zeloso e competente perante a sociedade, e orgulhoso disso.

Essa espécie de educação salvara os velhos templos de Quioto e arredores de ser queimados, salvo raras exceções, após a Era Meiji. Desde então, qualquer início de incêndio descuidado passou a ser prontamente apagado, analisado e administrado. Não era o que acontecia antes. O Templo Chion, queimado em 1431, foi posteriormente danificado muitas vezes pelo fogo. O pavilhão principal do Templo Nanzen foi incendiado em 1393; o fogo atingiu o Salão do Buda, o Salão dos Ritos, o Salão dos Diamantes e a Ermita da Nuvem Grande. O Templo Enryaku foi reduzido a cinzas em 1571. O Templo Kennin foi destruído pelo fogo em uma guerra, em 1552. O Sanju-Sangendo desapareceu em cinzas no ano de 1249. E o Honnoji foi queimado numa batalha, em 1582.

Nessa época, uma espécie de laço de amizade unia os incêndios. Eles não eram isolados nem desprezados como hoje. Um incêndio dava as mãos a outro e formava uma multidão de incêndios. É de se crer que os homens fossem assim também. Um incêndio podia chamar de qualquer lugar um outro, e seu chamado era prontamente ouvido. Os templos se incendiavam quer por descuido, quer por propagação de fogo ou por ações de guerra. Não há registro algum de fogo criminoso porque, mesmo que houvesse alguém como eu nessas épocas remotas, bastava-lhe aguardar quieto que o templo um dia seria certamente incendiado. Era só esperar; com certeza o incêndio à espreita de uma oportunidade se ergueria um dia, e se uniria, juntando as mãos, a outros incêndios para realizar o que devia. O Pavilhão Dourado escapara por pura sorte, nada mais. Incêndios ocorriam de forma natural, a destruição e a negação faziam parte da normalidade, os templos construídos eram inevitavelmente incendiados. Os princípios e as leis do budismo dominavam tão só a terra. Incêndios criminosos, caso tivessem ocorrido eventualmente, teriam recorrido com tamanha naturalidade à força do fogo que os historiadores jamais acreditariam ter sido criminosos.

O mundo então era um lugar intranquilo. Hoje, em 1950, a intranquilidade não é menor. Assim, se a intranquilidade social gerou o incêndio dos templos de épocas passadas, haveria alguma razão para que o Pavilhão Dourado devesse hoje ser poupado?

* * *

Eu enforcava as aulas, mas ia com frequência à biblioteca. Acabei assim por encontrar Kashiwagi num dia de maio. Tentei esquivar-me do encontro, porém ele se divertiu em perseguir-me. Ocorreu-me que se fugisse correndo ele jamais me alcançaria com seu andar defeituoso. Contudo, isso me fez parar.

Kashiwagi ofegava quando me segurou pelos ombros. Seriam cinco e meia da tarde, as aulas já haviam sido encerradas. Eu deixara a biblioteca e contornava o edifício principal da universidade passando por trás dele para evitar um encontro fortuito com Kashiwagi. Seguia por um caminho entre os barracões de salas de aula, do lado oeste, e o muro alto de pedra. Essa era uma área abandonada onde cresciam crisântemos silvestres em abundância, entre os quais se viam garrafas vazias e papéis atirados feito lixo. Algumas crianças haviam penetrado nesse recinto e praticavam beisebol. A voz estridente da criançada contrastava com o silêncio reinante nas classes vazias do fim do expediente escolar, cujas mesas empoeiradas, alinhadas em filas, podiam ser vistas através dos vidros quebrados das janelas.

Eu havia passado por esse local e parara em um ponto a oeste do prédio principal, diante de uma pequena barraca com a tabuleta "Oficina" na porta, colocada ali pelo pessoal do clube de arranjos florais. Junto ao muro, altas canforeiras cresciam em fila. O sol da tarde se infiltrava por entre as suas copas, projetando além do telhado da barraca a sombra de suas folhas delgadas sobre a parede de tijolos vermelhos do prédio principal. Os tijolos vermelhos mostravam-se vistosos ao sol da tarde.

Ofegante, Kashiwagi se recostou nessa parede. O movimento da folhagem das canforeiras animava seu rosto, como sempre abatido com um curioso jogo de sombras. Mas quem sabe fossem os reflexos daqueles tijolos vermelhos, tão destoantes com Kashi-wagi, a causa dessa impressão.

— São cinco mil e cem ienes! — disse ele. — Cinco mil e cem ienes neste fim de maio! Você torna as coisas difíceis para si mesmo!

Ele extraiu do bolso do peito o papel da minha dívida que trazia dobrado, sempre ali, e o abriu diante dos meus olhos. Mas voltou a dobrá-lo apressadamente para guardá-lo outra vez no mesmo bolso, quem sabe temeroso de que eu o agarrasse e o destruísse. Ficou em meus olhos apenas a impressão do meu polegar marcada com tinta vermelha berrante, que eu vira muito rápido. Pareceu-me terrivelmente sinistra.

— Devolva-me logo, fará bem para você também. Use qual-quer coisa, nem que seja o dinheiro da mensalidade escolar!

Eu me mantinha calado. Por que me obrigaria a saldar uma dívida, se o mundo estava prestes a se acabar? Fiquei tentado a insinuar isso a Kashiwagi, mas me contive.

— Vamos, diga alguma coisa! Como posso entender o que há, se você permanece calado? Tem vergonha porque é gago? Ora, venha! Até isto aqui sabe que você é gago! Até isto aqui, está vendo? — com os punhos fechados, ele batia na parede de tijolos vermelhos, ainda mais avermelhados pelo sol poente. Seus punhos ficaram tintos pelo pó ocre dos tijolos.

— Até esta parede! Todos na escola sabem que você é gago!

Mesmo assim, eu continuava calado. Nesse momento, uma bola desviada pelas crianças veio rolando entre nós dois. Kashi-wagi se curvou para devolvê-la. Levado por uma curiosidade per-versa, eu quis observar como o pé defeituoso dele se movia para permitir que a mão apanhasse a bola meio metro à frente. Creio que voltei inadvertidamente os olhos para seus pés. Kashiwagi o percebeu com uma rapidez dir-se-ia sobrenatural. Ele emperti-gou o corpo que nem chegara a curvar e me encarou. A compostura usual cedera lugar ao ódio em seu olhar. Ele não parecia o mesmo de sempre.

Um menino se aproximou timidamente, apanhou a bola entre nós e fugiu. Por fim, Kashiwagi disse:

— Muito bem! Se é assim que você age, eu também tenho algumas ideias. Custe o que custar vou reaver tudo que está no meu direito até o mês que vem, antes de voltar para minha terra. Você que se cuide!

Em junho, as aulas mais importantes se tornavam cada vez menos frequentes. Os estudantes começavam a se preparar para voltar às suas terras. Foi no dia 10 de junho, bem me lembro, quando isto se deu.

A chuva que se iniciara de manhã se fazia torrencial à noite. Eu estava no meu quarto lendo um livro após o jantar. Por volta das oito da noite, ouvi passos que se aproximavam no corredor de ligação entre o Salão dos Visitantes e a Biblioteca. O Velho Mestre não se ausentara essa noite, coisa rara, e, ao que parecia, estava recebendo um visitante. Seus passos no corredor soavam contudo descontrolados, lembravam o ruído das rajadas da chuva que fustigava a porta de madeira. Os passos do acólito que conduzia o visitante vinham tranquilos e regulares, enquanto os do visitante faziam gemer as velhas tábuas do corredor de forma estranha. Além disso, eram extraordinariamente vagarosos.

O ruído da chuva invadia a escuridão dos beirais do Templo Rokuonji, como se a chuva sobre o velho e espaçoso templo ocupasse inteiramente a noite dos inúmeros quartos, vazios e embolorados. Tanto na cozinha como nos alojamentos do prior e do diácono ou no Salão dos Visitantes, tudo que se ouvia era o barulho da chuva. Eu pensava nessa chuva que naquele momento capturava o Pavilhão Dourado. Abri uma pequena fresta da porta do quarto. A água transbordava o jardim interno construído só de pedras. Ela passava de pedra em pedra, exibindo o dorso negro e luzidio.

O noviço recente, que retornava dos aposentos do Velho Mestre, mostrou apenas a cabeça através da porta do meu quarto e me disse:

— Um estudante chamado Kashiwagi está com o prior. Não é seu colega?

Tive um sobressalto. O noviço — o homem com óculos de míope, que de dia trabalhava em uma escola primária como professor — já se retirava, mas o retive e convidei-o a entrar. Não suportava a ideia de permanecer sozinho imaginando a conversa entre os dois na biblioteca.

Passaram-se cinco ou seis minutos e ouvimos a sineta tocada pelo Velho Mestre. O som cristalino chegou rompendo o ruído da chuva e cessou de pronto. Nós nos entreolhamos.

— É com você — disse o novo acólito. Eu me ergui relutante.

O papel da dívida contendo a impressão do meu polegar se achava aberto sobre a mesa do prior. Ele o ergueu por uma ponta e exibiu-o para que eu o visse. Eu estava ajoelhado no corredor, mas não houve permissão para entrar.

— Isto é a marca do seu polegar?

— Sim, respondi.

— Lastimável! Espero que isso não se repita, pois se acontecer novamente não poderei mais permitir que permaneça neste templo, lembre-se muito bem disso. E também há muitas outras coisas... — Nesse ponto, o Velho Mestre se conteve e se calou, em consideração talvez à presença de Kashiwagi. — O dinheiro eu devolvo, você pode retirar-se.

Ainda tive tempo de olhar para Kashiwagi. Ele estava circunspecto. Naturalmente, desviava os olhos de mim. Esse rapaz, quando se preparava para urdir alguma malandragem, punha instintivamente no rosto uma expressão de puríssima inocência, extraída como se fosse da própria essência do seu caráter. Eu era o único a percebê-lo, pois ele não tinha consciência disso.

Ao regressar ao meu quarto, enquanto me entregava à solidão em meio ao intenso ruído da chuva, senti-me repentinamente liberto. O noviço não se achava mais ali.

"Não poderei mais permitir que permaneça neste templo", dissera o Velho Mestre. Ouvira pela primeira vez palavras como essas dele, e as tomei como uma promessa. De repente, a situação se fez clara. O prior pretendia expulsar-me. Sendo assim, eu precisava apressar-me!

Se Kashiwagi não tivesse se adiantado em fazer o que fez naquela noite, eu teria perdido o ensejo de ouvir aquelas palavras e teria, quem sabe, postergado mais ainda a minha decisão. Enfim, fora Kashiwagi quem me dera força para o passo decisivo. Por estranho que pareça, me senti grato a ele.

A chuva não dava sinal de esmorecer. Fazia frio, embora ainda fosse junho. O pequeno depósito de cinco tatames cercado de portas de madeira que me servia de quarto parecia desolado sob a escassa claridade da lâmpada elétrica. Esse era o meu habitat, do qual eu poderia ser expulso a qualquer momento. Nada havia para enfeitá-lo. O tecido negro das bordas do tatame descolorido estava roto e retorcido, deixando ver em alguns pontos a costura resistente. Muitas vezes, meus artelhos se enroscavam nele quando eu entrava no quarto às escuras para acender a lâmpada, mas nunca pensei em repará-lo. A paixão que me movia nada tinha com coisas como o tatame.

Com a proximidade do verão, o espaço de cinco tatames se enchia com o odor acre da minha transpiração. Eu era monge, mas meu corpo cheirava como qualquer jovem laico. E isso me dava vontade de rir. O odor havia penetrado até nas grossas colunas enegrecidas pelos anos, existentes nos quatro cantos do quarto e nas velhas portas de madeira. Até eles passavam a exalar o cheiro desagradável de animal jovem por entre os poros da madeira enobrecida pelo tempo. Acabavam assim por transformar-se em seres viventes porém imóveis, que trescalavam um odor animalesco.

Nesse instante, aqueles passos estranhos ressoaram no corredor. Levantei-me e saí. Kashiwagi se deteve feito um boneco mecânico subitamente imobilizado. Às suas costas, o pinheiro em forma de barco a vela empinava a proa verde-escura, toda molhada, iluminado pela luz que vinha dos recintos do prior. Eu exibia um sorriso proposital. E me satisfiz ao ver que fazia crescer pela primeira vez no rosto de Kashiwagi uma expressão próxima ao pavor. Eu lhe disse:

— Não quer vir até meu quarto?

— Ora, não me assuste! Você é mesmo esquisito, não?

Mas afinal Kashiwagi veio sentar-se na almofada delgada que lhe estendi. Como de costume, jogou lentamente as pernas para o lado, como se encolhendo sobre si mesmo. Depois ergueu a cabeça e examinou o quarto. O ruído da chuva nos envolvia como uma cortina espessa. As gotas que batiam sobre a varanda aberta respingavam de vez em quando sobre a porta.

— Não se enfureça comigo. Foi você quem me levou a tomar esta atitude. Afinal, você colheu o que plantou. Seja lá como for... — Ele retirou do bolso o envelope timbrado com o logotipo do Templo Rokuonji e contou as notas em seu interior. Eram apenas três notas de mil ienes novas em folha, emitidas provavelmente em janeiro daquele ano. Eu lhe disse:

— São limpas as notas que temos neste templo, não acha? São assim porque o Velho Mestre tem mania de limpeza. O vice-diácono vai ao banco a cada três dias trocar moedas por notas novas.

— Veja isto, só três notas! Como é sovina o prior deste templo! Ele me disse que não reconhece juros em empréstimos entre estudantes. Mas ele mesmo enche os bolsos de dinheiro.

Essa decepção inesperada de Kashiwagi me divertiu a valer. Eu ri, descontraído, e Kashiwagi se juntou a mim, rindo também. A paz entretanto durou pouco. Terminado o riso, ele fitou-me na altura da testa. O que me disse a seguir soou como um empurrão:

— Você tem em mente uma trama destrutiva. Eu sei muito bem.

Suportei com dificuldade o peso do seu olhar. Entretanto, recobrei a calma quando me dei conta da distância que separava as minhas intenções daquilo que ele entendia, bem a seu modo, por "destrutivo". Portanto, respondi sem gaguejar sequer um instante:

— Não, não há nada.

— Mesmo? Bem, você é um sujeito estranho. De todos que conheci até hoje, é positivamente o mais estranho.

Vi que essas palavras foram dirigidas ao sorriso amigável que ainda não se apagara dos meus lábios. Contudo, ele jamais viria a perceber o que significava a gratidão que brotava dentro de mim. Essa certeza me levava a alargar ainda mais o sorriso. Fiz-lhe então uma pergunta casual, assim como se faz normalmente entre amigos:

— Pretende voltar para a terra?

— Sim. Amanhã mesmo. Passarei o verão em San-no-miya. É um tédio...

— Então não o verei por algum tempo, nem mesmo na universidade.

— Ora, sim senhor! Você nem aparece por lá! — Enquanto falava, Kashiwagi desabotoava apressadamente os botões da túnica do uniforme à procura de algo guardado no bolso interno.

— Antes de voltar à terra, queria lhe entregar isto que eu trouxe para alegrá-lo. Você tinha essa pessoa em alta consideração.

Kashiwagi jogou sobre a mesa quatro ou cinco cartas. Ao notar a minha surpresa pelo remetente das cartas, Kashiwagi acrescentou em tom casual:

— Leia. São lembranças de Tsurukawa.

— Vocês eram amigos íntimos?

— De certa forma, sim. A meu modo. Mas, enquanto viveu, ele detestou que o vissem como meu amigo. Mesmo assim, me tomava por confidente. Já se passaram três anos desde a sua morte. Assim, creio que posso tornar públicas essas cartas. Eu pretendia mostrá-las particularmente a você, que era muito chegado a ele.

As cartas haviam sido escritas pouco antes de sua morte, como constatei pelas datas. Foram enviadas de Tóquio a Kashiwagi, quase diariamente, em maio de 1947. Ele não me enviara uma carta sequer, mas pelo que eu via escrevera diariamente a Kashiwagi já um dia depois de haver retornado a Tóquio. A caligrafia, quadrada e infantil, era sem dúvida a de Tsurukawa. Senti uma ligeira ponta de ciúme. Tsurukawa, que me parecera franco e transparente, que tecera por vezes ácidos comentários sobre Kashiwagi, que se mostrara crítico em relação à amizade entre mim e Kashiwagi, tivera, não obstante, ele próprio um relacionamento assim íntimo com Kashiwagi e dele fizera estrito segredo a mim.

Comecei a ler as cartas, escritas em papel fino e letras miúdas, na ordem das datas. A redação era incrivelmente canhestra, os pensamentos vinham truncados em muitas partes, dificultando a compreensão. Porém, das entrelinhas do texto confuso, o sofrimento de Tsurukawa começava a tomar forma. E quando cheguei às últimas cartas, esse sofrimento surgiu diante dos meus olhos com toda a clareza. Chorei à medida que lia. Mas, por outro lado, causava-me pasmo a banalidade do sofrimento de Tsurukawa.

Tudo não passava de uma pequena desilusão amorosa, corriqueira em qualquer parte. Uma história ingênua e infeliz de um amor não reconhecido pelos pais. Entretanto, uma passagem em particular, onde Tsurukawa teria possivelmente exagerado seus sentimentos sem nem mesmo perceber, me levou ao estarrecimento:

"Este amor infeliz, agora eu penso, é decorrência da minha alma infeliz. Esta alma obscura eu a tive desde que nasci. Creio que ela jamais conheceu o que é alegria, o que é descontração."

A última carta terminava de forma abrupta e tumultuosa, que me despertou uma suspeita jamais imaginada, nem em sonhos, até aquele dia.

— Não teria sido...

Comecei a dizer, quando Kashiwagi fez que sim com a cabeça.

— Isso mesmo. Foi suicídio. Não posso pensar de outra forma. As pessoas da sua família inventaram essa história do caminhão para salvar as aparências.

Gaguejando, cobrei de Kashiwagi:

— Você não deixou de responder à carta, certamente?

— Respondi. Porém disseram-me que chegou após a sua morte.

— E o que você escreveu?

— "Não morra." Foi só o que escrevi.

Eu me calei.

Fez-se vã a certeza que eu tinha de que a minha percepção jamais me trairia. Kashiwagi deu-me o tiro de misericórdia:

— O que foi? O que você leu alterou seu conceito de vida? Seus planos foram por água abaixo?

O motivo por que Kashiwagi me revelara essas cartas após

três anos estava claro para mim. Contudo, o impacto estarrecedor desses acontecimentos não conseguiu apagar a lembrança dos raios do sol da manhã que, insinuando-se por entre a folhagem das árvores, espalhavam pequenas manchas sobre a camisa branca de um adolescente deitado sobre relvas espessas do verão. Tsurukawa morrera, para me surgir transformado dessa forma após três anos. Era de se acreditar que a imagem associada a ele houvesse sido inteiramente extinta com sua morte, mas eis que ressuscitava naquele momento, porém numa outra realidade. Fui levado a crer na substância da memória mais que em seu significado. Apeguei-me a essa crença como se dela dependesse minha própria existência. Entretanto, Kashiwagi me observava com um ar vitorioso, visivelmente satisfeito com o assassinato espiritual que perpetrara com as próprias mãos.

— E então? Algo dentro de você se esmoronou, não é mesmo? Não suporto que um amigo viva guardando fragilidades em seu interior. É bondade minha destruí-las por completo.

— E se lhe disser que nada foi destruído ainda?

— Ora, deixe de ser infantil e reconheça — caçoou Kashiwagi. — Eu queria apenas que você soubesse: o que transforma o mundo é o conhecimento. Nada além do conhecimento, tome nota. Só ele tem poderes para transformar o mundo, mantendo-o ao mesmo tempo imutável, tal como é. Aos olhos do conhecimento, o mundo é eternamente imutável e, ao mesmo tempo, eternamente mutável. Você dirá com certeza: e de que serve tudo isso? Eu lhe respondo: o homem se armou do conhecimento para poder suportar esta vida. Os animais irracionais não precisam disso. Eles não têm a consciência de que a vida deva ser suportada. O conhecimento, porém, é a própria condição insuportável da vida transformada em arma dos homens. Mas nem por isso essa condição se atenua, nem que seja por um mínimo. Só isso.

— Mas existem outros meios para tornar a vida suportável, não acha?

— Não existem. O resto é loucura ou morte.

— Não é em absoluto o conhecimento que transforma o mundo — eu deixei escapar, tocando perigosamente as margens de uma confissão. — É a ação que transforma o mundo. Só a ação, não há outra coisa.

Como eu esperava, Kashiwagi recebeu-me com um sorriso frio que pareceu ter sido pregado em sua face.

— Aí está você, com ação. Mas nunca lhe ocorreu que a Beleza, que você tanto aprecia, dorme a sono solto protegida pelo conhecimento? Lembra-se do gato de Nansen? Conversamos uma vez sobre esse gato incrivelmente belo. Os monges das duas facções discutiram porque quiseram protegê-lo, criá-lo e acalentá-lo, no seio do conhecimento de cada um. Porém o monge Nansen era um homem de ação. E por isso matou o gato sem hesitar um instante. Choshu, que chegou atrasado, pôs o próprio sapato sobre a cabeça. O que quis dizer com isso? Bem, ele sabia que a Beleza devia adormecer sob a guarda do conhecimento. Entretanto, "conhecimento individual" ou "conhecimento particular" é coisa que não existe. Conhecimento é para os homens um mar, um extenso prado, é a condição geral da existência humana. Acredito que era isso que Choshu quis dizer. Agora você quer fazer o papel de Nansen?... A Beleza, essa Beleza que você tanto adora, nada mais é que uma ilusão daquilo que restou, que sobrou no espírito humano do conhecimento, e foi consignada ao próprio conhecimento. É uma ilusão daquilo que você chamou de "outros meios para tornar a vida mais suportável". Digamos que esses meios na realidade não existem. No entanto, o que dá força a essa ilusão e lhe atribui todo o realismo possível é outra vez o conhecimento. Para o conhecimento, a Beleza não é em absoluto um simples consolo. É mulher, é esposa, mas não consolo. E do casamento da Beleza com o conhecimento nasce algo — evanescente como espuma, perfeitamente inútil, mas nasce. É o que o mundo costuma chamar de Arte.

— A Beleza... — comecei a dizer, e gaguejei violentamente. Um pensamento absurdo me veio nesse momento: suspeitei que minha gaguice pudesse ter origem no meu conceito de Beleza — ... a Beleza, as coisas belas são agora meus inimigos mortais!

— A Beleza, um inimigo mortal? — Kashiwagi arregalou os olhos. O sangue lhe subiu instantaneamente ao rosto, porém sem prejudicar a expressão usual de contentamento filosófico que nele pairava. — Mas que extraordinária mudança, ouvir isso de sua própria boca! Ah, preciso ajustar melhor a lente do meu conhecimento!

Permanecemos ainda um pouco mais em nossas discussões, como havia tempo não fazíamos. Antes de se despedir, Kashiwagi falou-me de San-no-miya e do porto de Kobe, lugares para mim estranhos, e dos gigantescos navios que deixavam o porto no verão. Isso me trouxe saudades de Maizuru. Kashiwagi e eu, dois estudantes pobres, convergíamos ao final em um sonho, e concordamos em um ponto: nada havia que se comparasse à alegria de erguer velas e partir. Nada, nem mesmo conhecimento, nem mesmo ação.

9.

Não terá sido, certamente, por puro acaso que o prior mostrou generosidade em lugar de me repreender, precisamente no momento em que uma repreensão se fazia necessária. Passados cinco dias desde que Kashiwagi viera cobrar a dívida, o prior me chamou para entregar-me três mil e quatrocentos ienes correspondentes ao pagamento do primeiro período letivo da universidade, mais trezentos e cinquenta ienes para as despesas de condução e quinhentos e cinquenta ienes para a aquisição de material escolar. As aulas deveriam ser pagas antecipadamente, conforme o regulamento da universidade, até o início das férias de verão, mas eu não imaginara que ele me entregaria o dinheiro, não depois do que acontecera. E mesmo que ainda se dispusesse a custear-me os estudos, raciocinei que ele remeteria o dinheiro diretamente à universidade, já que eu traíra sua confiança.

No entanto, ele me entregava o dinheiro nas mãos. A confiança em mim que demonstrava era, contudo, hipócrita. Disso eu sabia até melhor que ele. A condescendência velada desse ato se parecia muito com a carne macia e rosada de seu corpo

— essa carne cheia de falsidade, que se serve da traição para castigar a confiança e da confiança para penalizar a traição; a putrefação não a atinge, e ela se reproduz em silêncio, aquecida, sempre rosada...

Assim como a suspeita instintiva de ter sido descoberto me provocara momentos de pânico em Yura, quando vira o policial surgir no hotel, a nova suspeita de que o Velho Mestre adivinhara meus planos e procurava desarmá-los utilizando para isso o dinheiro me conduzia outra vez a um temor quase delirante. Senti que não teria coragem de passar à ação enquanto estivesse guardando preciosamente esse dinheiro. Era necessário achar o quanto antes uma forma de gastá-lo. Não é fácil imaginar uma boa aplicação para o dinheiro que se tem, particularmente quando se é pobre. Deveria pensar em gastá-lo de tal forma que provocasse infalivelmente o furor do prior no momento em que desse por isso, e que o levasse de pronto a expulsar-me do templo.

Cabia-me naquele dia cuidar da cozinha. Enquanto lavava as louças após o jantar, voltei-me por acaso ao refeitório já silencioso. Um amuleto em forma de placa fora pregado no pilar da entrada, luzidio e negro de fuligem. O amuleto, já um tanto quanto descolorido, dizia:

ATAGO — AMULETO SAGRADO
PRECAUÇÃO COM O FOGO

Surgia em meu espírito a imagem da chama empalidecida, aprisionada e encerrada nesse amuleto. Outrora exuberante, parecia agora debilitada e doentia por trás do amuleto. Se eu dissesse que a imagem da chama me despertava, naqueles dias, um desejo carnal, poderia alguém acreditar nisso? Mas, se toda a motivação de viver que eu sentia se apoiava inteiramente nessa imagem, não seria apenas natural que o desejo carnal também se voltasse nessa direção? Pareceu-me de repente que meu desejo despertara a sensualidade na chama. Ela tomava consciência de que eu a observava através da coluna enegrecida e procurava mostrar-se mais formosa. Suas mãos, pernas e busto eram delicados.

Na noite de 18 de junho, deixei o templo às escondidas e me dirigi ao Kita-Shinchi, uma área conhecida popularmente por Gobancho. Eu ouvira falar que ali os preços não eram assim tão altos, e até noviços eram bem recebidos. O Gobancho ficava a trinta ou quarenta minutos, a pé, de Rokuonji.

Apesar da noite úmida, a lua ainda assim se mostrava, meio embotada, no céu encoberto por nuvens esparsas. Eu vestia uma calça cáqui, tinha sobre os ombros um blusão e calçava *getá*. Passadas algumas poucas horas, estaria de volta enfiado nessa mesma roupa. Mas como convencer-me de que o conteúdo, ou seja, eu próprio, já não seria o mesmo?

Eu queria viver e, para isso, preparava-me para atear fogo ao Pavilhão Dourado. Quanto a isso não restava dúvida. Não obstante, o que eu estava para fazer naquele momento me parecia uma preparação para a morte. Eu buscava um prostíbulo — como faria antes de morrer um suicida jovem e ainda virgem. Mas por que me preocupar? Suicidas fazem essas coisas com a despreocupação de quem assina um formulário banal. Assim, não surgirão jamais transformados em "outra pessoa" só pelo fato de terem perdido a virgindade.

Eu não precisava mais temer aquelas frustrações, aquelas frequentes frustrações provocadas pela intromissão do Pavilhão Dourado entre mim e a mulher. Pois já não alimentava sonho algum, nem pensava em participar da vida com o auxílio de uma mulher. Mesmo porque o destino da minha vida estava solidamente definido em um ponto adiante, e, assim, todas as minhas ações até lá outra coisa não seriam senão sombrios preparativos.

Assim expliquei-me a mim mesmo. As palavras de Kashiwagi ressuscitaram então na minha lembrança:

"Não é por amor que as prostitutas escolhem seus clientes. Elas aceitam qualquer um, seja velho, mendigo, caolho ou bonitão; até mesmo leproso, se elas não souberem. Para um homem normal, essa igualdade de tratamento é tranquilizante, e o levaria a escolher a primeira que visse. Mas para mim essa igualdade me desagradava. A simples ideia de ser tratado como um outro qualquer fisicamente perfeito me era insuportável. Isso me parecia uma terrível profanação do meu ego."

Palavras para mim desagradáveis. Ao contrário de Kashiwagi, eu era fisicamente perfeito, apesar de gago. Bastava-me acreditar que eu era um feio convencional.

"Mesmo assim, será que a mulher, por instinto, não iria perceber algum sinal sobre a minha testa feia, que me identificasse como um criminoso nato?", eu me preocupava outra vez com tolices.

Eu caminhava em passos vacilantes. Tanto matutei que perdi a noção das coisas: não sabia mais se procurava perder a virgindade para incendiar o Pavilhão Dourado, ou se procurava, pelo contrário, queimar o Pavilhão Dourado para perder a virgindade. Foi quando me veio de repente à mente, sem nenhuma razão, o preceito *Tempo Kannan*, e segui repetindo: "*Tempo Kannan, Tempo Kannan...*" enquanto andava.

Nesse ínterim, comecei a avistar, no ponto onde terminava a área movimentada e bem iluminada, repleta de bares e lojas de fliperama, um recanto onde lâmpadas fluorescentes e lanternas de papel brilhavam no meio da escuridão, palidamente alinhadas e regularmente espaçadas.

Uma ilusão obsessiva me acompanhava desde que deixara o

templo: Uiko ainda estaria viva e escondida em algum lugar daquele recanto. Isso me animava.

Uma vez que a decisão de incendiar o Pavilhão Dourado me reconduzira ao estado de pureza da fase inicial da minha adolescência, nada mais natural que eu reencontrasse pessoas ou fatos do início da minha vida. Assim pensava.

Chegara para mim o momento de viver, e, não obstante, por estranho que pareça, pressentimentos agourentos se avolumavam em minha alma. Eu acreditava que a morte viria de um dia para o outro e rezava do fundo d'alma que ela me poupasse pelo menos até eu levar a cabo meu intento de reduzir o Pavilhão a cinzas. Eu não me sentia doente, isso não era doença em absoluto. Entretanto, cabia-me, e a mais ninguém, manter o controle das condições que me conservavam vivo. Era uma responsabilidade, um fardo destinado exclusivamente aos meus ombros, cujo peso eu sentia crescer dia a dia.

No dia anterior, uma pequena farpa do cabo da vassoura que eu empunhava durante o trabalho de limpeza me ferira o indicador. Um ferimento tão simples como esse já me causava aflição. Lembrava-me o poeta* que morreu por um ferimento produzido pelo espinho de uma rosa. Os medíocres não morrem de causas como essa, e eu já me tornara um homem precioso. Sabia-se lá que morte trágica eu estaria atraindo. Felizmente, o ferimento não supurou. Naquele dia, mesmo ao apertá-lo, provocava apenas uma dor ligeira.

Não é necessário dizer que me precavi antes de ir ao Gobancho. Fui a uma farmácia bem afastada, onde ninguém me conhecia, para adquirir um pacote de preservativos de borracha. A delgada membrana empoada tinha um aspecto realmente pouco saudável. Havia experimentado uma delas na noite anterior. Em

---

*Poeta alemão R. M. Rilke (1875-1926). (N. T.)

meio à tralha espalhada pelo quarto — imagens de Buda que desenhei de brincadeira em pastel avermelhado, calendário da Associação de Turismo de Quioto, texto budista utilizado em templos zen aberto precisamente na reza Bucho-Sonsho, meias sujas, tatame esfarrapado —, em meio a tudo isso, meu membro eriçado parecia uma imagem ominosa de um Buda cinzento e lustroso, sem olhos nem nariz. Essa imagem desagradável me fez recordar o rito atroz da castração, que hoje se conhece apenas por "ouvir falar".

Bem, penetrei no quarteirão iluminado pela fileira de lâmpadas e lanternas.

Havia ali mais de cem casas construídas no mesmo estilo. Diziam que os fugitivos da lei que procurassem a proteção do chefão dessa área obtinham um esconderijo seguro. O sinal de alarme acionado pelo chefão alcançaria todos os prostíbulos do bairro e alertaria o fugitivo do perigo.

Todas as casas possuíam, ao lado da entrada, uma vitrine engradada, e todas eram construídas em dois andares. Os telhados cobertos por telhas velhas e pesadas tinham a mesma altura. Espraiavam-se enfileirados um ao lado do outro debaixo da lua molhada. Viam-se em todas as portas cortinas curtas tingidas de azul-escuro com as letras *Nishijin* em branco. As madames das casas, enfiadas em avental branco, espiavam a rua enviesando o corpo por um lado da cortina.

Eu não conhecia o prazer. Sentia-me excluído de alguma estranha ordenação, só eu fora de fila, arrastando as pernas cansadas em uma área desolada. O desejo carnal instalado dentro de mim se encolhia abraçando os joelhos, voltando-me as costas mal-humoradas...

"Tudo que eu devo fazer neste lugar é gastar dinheiro", ele seguia pensando. "É preciso gastar, de qualquer forma, todo o dinheiro das aulas. O Velho Mestre terá assim o melhor dos pretextos para me expulsar."

Entretanto, deixei de reparar em uma curiosa contradição implícita nesse pensamento: se houvesse sinceridade nisso, eu deveria então amar o Velho Mestre.

Era estranho como havia pouco movimento nas ruas do bairro, talvez porque ainda fosse um pouco cedo para isso. O *getá* em meus pés provocava sonoros ruídos sobre a calçada. O chamado monótono das madames por clientes parecia espalhar-se engatinhando debaixo do ar úmido e denso da estação chuvosa. Meus artelhos prendiam com firmeza as alças frouxas do *getá*. As luzes desse bairro estavam seguramente entre o extenso mar de luzes que contemplei do alto do monte Fudo quando a guerra terminou — era no que pensava.

Decerto, eu encontraria Uiko lá onde meus pés me levariam. Em uma das encruzilhadas, havia uma casa chamada Otaki. Atravessei por puro capricho a cortina dessa casa e me vi numa sala de piso ladrilhado. Teria cerca de seis tatames de área. Três mulheres se achavam ali, sentadas em um banco no fundo da sala. Aparentavam cansaço, como se estivessem havia muito tempo esperando algum trem que nunca chegava. Uma delas vestia um quimono japonês e tinha uma atadura em volta do pescoço. A outra, com um vestido ocidental, baixara a meia e se curvava para coçar a região da panturrilha. Uiko estava ausente, e isso me tranquilizou.

A mulher que coçava a perna ergueu o rosto como um cãozinho atento ao chamado do dono. A maquiagem de ruge e pó de arroz dava ao rosto redondo, quem sabe um pouco inchado, a clareza de um desenho de criança. Seu olhar — maneira estranha de dizer — vinha repleto de boas intenções. O mesmo olhar que trocariam dois estranhos ao se cruzarem em uma esquina da cidade. Não havia nele sinal algum de reconhecimento do desejo que me possuía.

Estando Uiko ausente, eu poderia então escolher qualquer uma. Ficara ainda no meu espírito a superstição de que qualquer escolha ou antecipação me levariam outra vez ao fracasso. Assim como as mulheres não podiam escolher seus clientes, era melhor que eu não escolhesse mulher. E precisava impedir a todo custo que aquela terrível noção de Beleza, que reduz as pessoas à inação, viesse se intrometer outra vez, ainda que por um breve momento.

— Qual menina vai escolher? — perguntou-me a madame.

Apontei para a mulher que coçava a perna. O elo entre nós dois foi, assim, essa pequena coceira, uma picada talvez de um desses mosquitos que vagueavam pelas lajes do piso. Essa coceira lhe proporcionaria, quem sabe, o direito de testemunhar futuramente a meu favor.

Ela se levantou, aproximou-se de mim arreganhando os lábios em um sorriso e tocou meu casaco.

Eu pensava outra vez em Uiko enquanto seguia ao andar de cima pela velha escada. Ela se ausentara propositalmente nesta hora, do mundo que existe nesta hora. Sendo assim, eu não a acharia decerto em lugar nenhum, por mais que a procurasse. Saíra por algum tempo deste mundo, fora com certeza tomar um banho ou realizar alguma outra atividade corriqueira.

Parecia-me que Uiko, mesmo antes de morrer, já transitava com inteira liberdade entre mundos duplicados. Ela rejeitara este mundo uma vez para voltar a aceitá-lo em seguida já naquele trágico incidente. Talvez a morte fosse para ela nada mais que um acidente passageiro. Seu sangue derramado na galeria do Kongo-In quiçá fosse para ela algo como o pó caído das asas de uma mariposa sobre o vitral da janela onde pousara, ao partir voando no instante em que a janela fora aberta de manhã.

No centro do andar superior, um velho balaústre finamente trabalhado cercava um vão que subia do jardim interno do andar inferior. Atravessados lado a lado sobre o vão, viam-se diversos varais com peças de roupas estendidas: saia vermelha, roupas íntimas e pijama. Em meio à densa obscuridade que envolvia essa área, o pijama surgia como um vulto vivo.

Uma mulher cantava em um dos quartos. O canto fluía com suavidade. Vez ou outra uma voz masculina se juntava cantando em ritmo descompassado. Houve uma pausa repentina de alguns minutos, quebrada inopinadamente por uma gargalhada da mulher.

— É ela de novo! — disse a menina que me atenderia naquela noite à madame.

— Não perde o jeito, é sempre assim!

A madame voltou obstinadamente as costas quadradas para a gargalhada. O recinto para onde fui conduzido era uma saleta sem graça com três tatames. Uma pequena estante fazia as vezes de *toko-no-ma*, sobre a qual se viam, dispostos em desordem, imagens de Hotei, o deus da Felicidade, e de um gato gesticulando um aceno com a pata. E, pregados à parede, os regulamentos da casa em minúcias, junto a um calendário. Uma lâmpada elétrica obscura, de trinta ou quarenta velas, pendia do teto. Da janela escancarada, chegavam os passos ocasionais da escassa clientela.

A madame perguntou-me se eu viera para uma curta permanência ou para o pernoite. A curta permanência me custaria quatrocentos ienes. Pedi também saquê e petiscos.

Ela desceu para atender meu pedido. A mulher se manteve afastada até ela voltar com o saquê e convidá-la a vir ao meu lado. Visto de perto, seu rosto tinha marcas avermelhadas de esfregadura embaixo do nariz. Quem sabe tinha o hábito de esfregar ou coçar não apenas as pernas mas também outras regiões do corpo por puro passatempo? Ocorreu-me, porém, que a marca vermelha sob o nariz talvez fosse apenas o batom borrado do lábio.

Não estranhem se consegui observar detalhes minuciosos como esses já na minha primeira visita a um prostíbulo. Afinal, eu procurava provas de prazer em tudo que meus olhos apreendiam. Tudo que eu via me parecia perfeitamente nítido como uma gravura em água-forte, achatado e pregado a certa distância sem perder a nitidez.

— Creio que já o conheço — disse a mulher, que se apresentou como Mariko.

— É a primeira vez.

— É a primeira vez que vem a um lugar como este? Verdade?

— Sim, a primeira vez.

— Pode ser. Sua mão está tremendo.

Só então percebi que minha mão tremia enquanto segurava o cálice de saquê.

— Se isso é verdade, esta é a sua noite de sorte, não é mesmo, Mariko? — disse a madame.

— Logo descobriremos se é ou não — respondeu ela, desinteressada em demonstrar delicadeza. Nada havia de sensual nesse comentário. Percebi que o espírito de Mariko se ausentara dela, e brincava distraído, como uma criança perdida, longe de seu corpo ou do meu. Mariko vestia blusa verde-clara e saia amarela. Tinha apenas as unhas dos polegares pintadas de vermelho, uma brincadeira quem sabe com o esmalte emprestado de alguma colega.

No dormitório de oito tatames onde entramos, Mariko pisou sobre o cobertor estendido no tatame para puxar a longa corda que descia do quebra-luz da lâmpada, no alto do teto. As belas cores do cobertor surgiram à luz da lâmpada. O quarto possuía um magnífico *toko-no-ma* adornado por uma boneca francesa.

Eu me despi desajeitadamente. Mariko se cobriu com um roupão de tecido de toalha e se desvestiu com habilidade sob o roupão. Fui ao pote d'água ao lado do travesseiro e tomei vários goles.

Mariko me ouviu bebendo.

— Você gosta de beber água? — perguntou, rindo, de costas para mim.

Até mesmo quando fomos para o leito e nos olhamos face a face, ela me perguntou outra vez, rindo e cutucando de leve o meu nariz com a ponta do dedo:

— É mesmo a sua primeira vez?

Uma vez que a prova de que eu existia estava na minha capacidade de ver, isso eu não deixava de fazer mesmo dentro da obscuridade da luz do abajur de cabeceira. Seja como for, eu nunca vira um par de olhos estranhos tão assim de perto. Mas a sensação de proximidade ou de distância associada ao mundo que eu via estava de todo destruída. Uma estranha violava ousadamente a minha existência. A tepidez e o odor do seu corpo me inundavam, subiam de nível dentro de mim a ponto de me afogar. E jamais havia visto o mundo de uma pessoa desconhecida se derreter assim.

Mariko me tratava como um indivíduo, como um elemento indistinto da comunidade. Nem por sonho eu imaginara que alguém fosse capaz de me tratar dessa forma. Livrei-me da gaguice, da feiura, enfim, de diversas outras peças além da roupa. Eu caminhava seguramente para o prazer, mas custava-me acreditar que esse prazer seria dado a mim. Algo efervesceu a distância e tentou me bloquear, mas ruiu. Afastei-me de imediato, afundei o rosto no travesseiro e, com os punhos fechados, bati de leve uma parte da cabeça fria e entorpecida. Depois, senti-me abandonado por tudo, mas nem por isso fui às lágrimas.

Terminado o ato, eu escutava vagamente as confidências da mulher, que viera de Nagoya para acabar naquele lugar, pois o Pavilhão Dourado ocupava, só ele, o meu pensamento. Mas eram apenas reflexões abstratas, despidas da lodosa sensualidade comumente associada às minhas reflexões sobre o Pavilhão.

— Venha me ver de novo.

Pelas suas maneiras, Mariko parecia dois ou três anos mais velha. E não creio que se tratasse de uma falsa impressão. Seus seios suados estavam diante dos meus olhos. Não passavam de pedaços de carne, jamais se transformariam em Pavilhão Dourado. Toquei neles timidamente com as mãos.

— Não me diga que nunca viu.

Ela se ergueu para olhar os seios e balançou-os suavemente como se acalentasse um pequeno animal. O movimento da carne me fez lembrar o pôr do sol na baía de Maizuru, talvez porque a inconstância das formas da carne se juntara em meu espírito à inconstância das cores do sol poente na baía. Essa carne que eu tinha diante de mim seria logo mais estendida bem ao fundo do sepulcro da noite, envolvida em diversas camadas de nuvens, como sol poente. Assim eu imaginava. Isso me trazia paz.

Voltei lá no dia seguinte para procurar a mesma mulher, não apenas porque o dinheiro que sobrara dava para isso. A primeira experiência me dera uma satisfação bem menor que o êxtase imaginado. Assim, eu precisava repeti-la para aproximá-la por pouco que fosse daquilo que havia na minha imaginação. As minhas ações tendiam a se acabar em reproduções perfeitas daquilo que eu imaginava, e nisso eu diferia das outras pessoas. Imaginação é, porém, um termo inadequado. Diria melhor "minha memória-fonte". Jamais pude afastar a sensação de que já provei de antemão todas as experiências pelas quais passaria nesta vida, e de forma mais intensa. Até mesmo a satisfação carnal creio que já tive (provavelmente com Uiko) em alguma época e em algum lugar fora do alcance da minha lembrança, porém mais intensa e entorpecente que esta pela qual acabara de passar. Essa satisfação é a fonte de todas as outras. A satisfação real não passa de uma pequena mancheia colhida dessa fonte.

Em um passado bem remoto, sinto ter visto em algum lugar um pôr do sol esplendoroso como nenhum outro. Será culpa minha se todos a que assisti depois me pareçam pouco ou muito descoloridos?

Na noite anterior, eu fora recebido sem nenhuma deferência, como um qualquer. Assim, nesse dia eu levava no bolso um livro velho que comprara dias antes em um sebo — *Crime e punição*, de Beccaria. Esta obra, de um advogado criminal italiano do século XVIII, nada mais era que um "prato comercial" clássico constituído de porções de iluminismo e racionalismo, cuja leitura eu abandonara após algumas páginas. Achei entretanto que o título do livro fosse atrair o interesse da mulher.

Mariko recebeu-me com o mesmo sorriso da noite anterior. O sorriso era o mesmo, mas a "noite anterior" sumira sem deixar vestígio. Mostrava-se amável comigo, tanto como com qualquer outro com quem cruzasse eventualmente numa esquina da cidade, talvez porque seu corpo fosse algo parecido com isso — uma esquina da cidade.

Nesse dia eu me senti mais descontraído enquanto bebíamos na pequena sala.

— Quanta gentileza em retornar! Apesar de jovem, conhece a etiqueta tanto quanto um frequentador experiente, não é mesmo? — disse a madame.

— Mas não será repreendido pelo prior, vindo assim todos os dias? — perguntou Mariko. E acrescentou, notando a surpresa estampada em meu rosto por ter sido reconhecido como um acólito:

— Achou que eu não perceberia? Isso foi fácil. Hoje em dia, os jovens preferem usar cabelos longos. Os que aparecem com os cabelos curtos como os seus vêm de algum templo, nem é preciso dizer. Quase todos os monges ilustres passaram por esta casa quando jovens, sabia? É o que dizem... Esqueça, vamos cantar!

Ato contínuo, Mariko se pôs a cantar uma canção popular que falava das desditas de uma mulher de porto.

Esta segunda experiência transcorreu sem maiores problemas, nesse ambiente já familiar. Eu me descontraía. Desta vez tive a impressão de que vi de relance o prazer. Não foi, porém, a espécie de prazer que eu imaginara. Tratava-se, isso sim, de uma satisfação depravada por sentir que eu me estava me adaptando àquele ato.

Mas quando terminamos Mariko me destruiu até essa breve felicidade ao me advertir com sentimentalismo, valendo-se da sua condição de mais velha:

— Eu acho que você deveria deixar de frequentar estes lugares — dizia ela. — Você é um rapaz sério. É o que eu acho. Melhor não se atolar neste mundo e se dedicar honestamente à sua profissão. Por mim, gostaria que você voltasse. Entende meus sentimentos? Para mim, você é como um irmão menor.

Provavelmente, essas coisas faziam parte de algum diálogo de romance barato que Mariko lera em algum lugar. Não surgira decerto de um sentimento mais profundo. Ela tramava um pequeno enredo, esperando que eu partilhasse com ela a cena sentimental, chorando se possível.

Mas não fiz isso; apanhei *Crime e punição*, que deixara ao lado do travesseiro, e o estendi diante do seu nariz.

Mariko folheou docilmente algumas páginas e jogou-o de volta ao lugar de onde eu o apanhara sem dizer palavra. O livro já se apagara da sua memória.

Eu queria que essa mulher pressentisse algo nesse nosso encontro fatídico, que se aproximasse um pouco da consciência de que estava sendo conivente com a destruição do mundo. Não era possível que isso não fizesse a mínima diferença para ela. Essa ansiedade me levou finalmente a dizer algo que não devia, de forma alguma.

— Um mês... Sim, dentro de um mês, você verá meu nome nos jornais, em manchetes. Quero que você se recorde então de mim.

246

Mal acabei de dizer isso e meu coração palpitou fortemente. Mas Mariko começou a rir! Ria sacudindo os seios, olhava-me de soslaio, continha o riso mordendo a manga do quimono, mas o riso convulsivo retornava, sacudindo todo o seu corpo. Talvez nem ela pudesse nesse momento explicar o que lhe parecia assim tão engraçado, e por isso parou de rir.

Fiz-lhe então uma pergunta tola:

— Qual foi a graça?

— Seu grande mentiroso! Ai, que engraçado! Também, quanta mentira!

— Eu não estou mentindo!

— Pare com isso! Você me mata de rir, mentindo com essa cara tão deslavada!

Mariko riu outra vez. O motivo da graça seria afinal muito simples. A aflição me levara a gaguejar terrivelmente quando fiz a confissão, eis tudo. De qualquer forma, Mariko não me levou nem um pouco a sério. Não acreditou em mim. Creio que não acreditaria nem mesmo em um terremoto ocorrido bem diante dela. O mundo poderia ser destruído, mas essa mulher talvez não, porque Mariko acreditava apenas nos acontecimentos que sucediam segundo o desencadeamento lógico do seu pensamento. Por ela, o mundo seria jamais destruído, pois nisso ela não pensara nem viria a pensar. Mariko se parecia com Kashiwagi nesse ponto. Era o próprio Kashiwagi feito mulher, um Kashiwagi que não pensava.

A conversa se interrompeu. Mariko, com os seios desnudos, entoava uma melodia de boca fechada. O zumbido de uma mosca se misturou à melodia. A mosca esvoaçou ao redor dela e pousou em seu seio, mas ela não a enxotou. Disse apenas:

— Ai, que cócegas!

A mosca parecia ter grudado ao seio ao pousar nele. Para a minha surpresa, Mariko parecia satisfeita com a carícia da mosca.

Um ruído de chuva se ergueu do beiral, como se ela estivesse caindo apenas ali. Como se a chuva tivesse encolhido, perdido o rumo e ficado acuada nesse canto da cidade sem saber para onde ir. O ruído se restringia a uma área isolada da vastidão da noite, tão minúscula quanto o mundo delimitado pela escassa claridade do abajur de cabeceira, onde eu me achava.

Uma vez que as moscas gostam de coisas podres, seria possível que Mariko estivesse apodrecendo? Ela não acreditava em nada — seria isso podridão? Eu não sabia.

Mariko caíra repentinamente em um sono profundo como a morte. A mosca sobre o seio exposto ao círculo de luz do abajur permanecia imóvel, como se tivesse também adormecido de repente.

Nunca mais voltei à casa Otaki. Já fizera o que devia. Agora restava apenas esperar que o Velho Mestre descobrisse que o dinheiro para o pagamento das aulas fora desviado e me expulsasse.

Não tomei, entretanto, medida alguma para apressar essa descoberta. Confessar não era necessário. Ele farejaria decerto a verdade sem o auxílio de uma confissão.

Porém, teria sido difícil para mim explicar por que eu confiava, de certa maneira, no poder do prior, e mesmo contava com esse poder. Não entendia por que deixava a minha decisão final atrelada à sentença de expulsão que ele me decretaria. Como disse, eu já me certificara desde muito tempo que ele não tinha poder algum.

Dias depois da minha segunda visita ao prostíbulo, tive a oportunidade de pilhar o Velho Mestre em uma situação peculiar.

Nesse dia, ele fora passear bem cedo de manhã pelos arredores do Pavilhão Dourado, antes da abertura do parque ao público, como poucas vezes fazia. Nós varríamos a área. Ele se aproximou e nos dirigiu algumas palavras de conforto e seguiu pela escadaria de pedra em direção ao Sekkatei. O traje monástico de cor branca que trazia no corpo parecia fresco. Supusemos que ele pretendia ter um momento de purificação espiritual praticando em reclusão a cerimônia do chá.

O céu mostrava vestígios de uma intensa aurora, com nuvens em movimento aqui e ali ainda avermelhadas e resplandecentes sobre o fundo azul, como se guardassem resquícios de pudor.

Terminado o trabalho, todos nós procuramos retornar ao Salão Principal tomando cada um o seu caminho. Fui o único a voltar pela trilha secundária que ladeia o Sekkatei e segue em direção aos fundos da Biblioteca Principal. A área atrás dela ainda não havia sido varrida.

Galguei com a vassoura na mão a escadaria de pedra entre os muros do Pavilhão Dourado e cheguei ao Sekkatei. As árvores estavam molhadas devido à chuva da noite anterior. Gotas de orvalho pendiam em grande quantidade das pontas das folhas dos arbustos, refletindo o que restava do brilho da aurora. Pequenos frutos róseos haviam nascido ali fora de época. Carregadas de contas de orvalho, as teias de aranha suavemente avermelhadas tremiam de leve.

Foi com certa emoção que observei existências da terra como essas captando as cores do céu com tanta sensibilidade. Até a umidade impregnada no arvoredo dos recintos do templo provinha do céu, como por dádiva divina. O arvoredo a recebia todo encharcado, exalando um odor misto de putrefação e frescura, mesmo porque não tinha meios de recusar o que quer que fosse.

Ergue-se ao lado do Yukatei, como todos sabem, a famosa Torre da Estrela Polar. Esse nome deriva do ditado: "Onde a Estrela Polar domina, todas as demais gravitam ao seu redor". Entretanto, a Torre já não é a mesma dos tempos em que Yoshimitsu exercia o poder. Foi reconstruída e adquiriu formas arredondadas para se tornar uma casa de chá. O Velho Mestre não se achava no Yukatei. Devia com certeza estar na Torre.

Não desejava me defrontar com o Velho Mestre desacompanhado. Se eu andasse curvado sob a cerca viva, não seria visto de onde ele estava. E assim fiz, procurando abafar meus passos.

A torre se achava escancarada. A pintura de Okyo Maruyama estava, como sempre, no *toko-no-ma*. Também havia uma delicada miniatura de templo esculpida em sândalo, originária da Índia, já enegrecida pela ação dos anos. E, ao lado esquerdo, uma estante de amoreira ao estilo Rikyu. Até o quadro desenhado sobre a porta corrediça eu cheguei a ver. Entretanto, só o vulto do Velho Mestre não era visível. Surpreso, espichei o pescoço sobre a cerca viva e inspecionei o recinto.

Vi então algo que me pareceu um enorme embrulho branco numa área obscura ao lado do pilar do *toko-no-ma*. Observei atentamente. Era o Velho Mestre em seu traje branco, prostrado com o corpo encurvado até onde lhe permitiam as condições físicas, a cabeça entre os joelhos e o rosto escondido entre as mangas da veste.

Permanecia completamente imóvel nessa postura, sem o menor movimento. Ao vê-lo assim, fui assaltado por um turbilhão de sentimentos.

Ocorreu-me de início que um mal súbito tivesse acometido o Velho Mestre e ele procurava conter convulsões naquela posição. Eu devia socorrê-lo prontamente.

Mas fui contido por uma força oposta. Eu não amava o Velho Mestre e firmara a decisão de incendiar o Pavilhão Dourado quem sabe no dia seguinte mesmo. Assim, socorrê-lo naquele momento seria um ato de hipocrisia. E se o Velho Mestre se mostrasse depois agradecido, ou então passasse a me demonstrar afeto, isso poderia abalar minha decisão.

Porém, após uma observação mais minuciosa pareceu-me que ele não se achava doente. Seja como for, orgulho ou dignidade estavam perdidos naquela postura. Ele parecia um animal adormecido. Era degradante. Notei que a manga de sua vestimenta tremia de leve. Algo invisível e pesado como que oprimia suas costas.

Que coisa seria essa? Sofrimento? Sentimento de impotência, insuportável a ele mesmo?

À medida que meus ouvidos se acostumavam ao silêncio, reparei que o Velho Mestre murmurava em voz baixa, quiçá um sutra, mas não pude reconhecê-lo. Com certeza, havia na vida espiritual do prior uma face sombria desconhecida de todos nós, diante da qual as pequenas maldades, crimes e negligências às quais eu me devotara com todo afinco não passavam de trivialidades. Esse pensamento arranhou-me o orgulho.

De repente, eu percebi: sim, era isto mesmo, a postura encolhida do Velho Mestre lembrava a dos monges itinerantes cuja admissão ao templo fora recusada. Eles se postavam então daquela forma o dia todo ao lado da porta de entrada, com a cabeça curvada sobre suas trouxas. Se o Velho Mestre estivesse imitando essa prática religiosa dos noviços peregrinos, esquecendo a elevada posição que ocupava, seria uma espantosa demonstração de humildade. Eu não sabia dizer a que se devia tamanha humildade. Quem sabe os males e ofensas originais deste mundo que não lhe diziam respeito, e que o faziam encolher-se daquela forma como um animal? Assim como as relvas do jardim, a folhagem das árvores e o orvalho nas teias de aranha demonstram humildade à luz da aurora no alto do firmamento?

"É para mim! É para mim que ele quer mostrar humildade!", pensei de repente. Não restava dúvida. Ele sabia que eu passaria por ali e se comportava daquela maneira para que eu visse. Ciente mais do que nunca da própria impotência, ele havia por fim descoberto uma forma silenciosa, fantasticamente irônica, de me repreender: expunha-se daquela maneira aos meus olhos para rasgar meu coração, despertar em mim o sentimento de piedade e levar-me finalmente a dobrar os joelhos!

Reconheço, é verdade, que estive à beira da emoção enquanto conjecturava sobre isso e aquilo observando o vulto prostrado do prior. É verdade também que eu me achava no limite de ceder à afeição, embora o rejeitasse com todas as forças da alma. Entretanto, tudo se reverteu quando me dei conta dei que aquilo era uma humildade proposital, "para que eu visse". E saí com um espírito ainda mais duro que antes.

Foi nesse momento que resolvi não esperar que o Velho Mestre me expulsasse. Desde então, eu e ele passamos a habitar mundos diferentes, que não tinham influência um sobre o outro. Não havia mais empecilho algum. Eu agiria quando bem me aprouvesse, conforme a minha vontade, sem esperar por um estímulo externo.

As nuvens cresciam no céu à medida que a aurora se apagava. O belo sol se afastava do terraço aberto da Torre da Estrela Polar. O Velho Mestre permanecia prostrado. Afastei-me dali a passos rápidos.

Vinte e cinco de junho. Explodia o conflito na Coreia. Meu pressentimento de que o mundo se encaminhava para a ruína e a destruição se concretizava. Eu devia me apressar.

10.

No dia seguinte à minha visita ao Gobancho, eu já realizara uma experiência. Havia arrancado dois pregos, de aproximadamente duas polegadas, da porta de madeira do Pavilhão Dourado ao norte.

São duas as portas de acesso ao pavimento térreo Hosui-in do Pavilhão. Elas se acham uma a leste e a outra a oeste, e são portas de batentes duplos. Um guia idoso, à noite, trava a porta oeste pelo lado de dentro e fecha a porta leste pelo lado de fora, trancando-a com um cadeado. Mas eu sabia como entrar no Pavilhão Dourado sem a chave. Da porta leste, dando-se a volta por trás do Pavilhão, chegava-se à porta de madeira ao norte, que parecia estar lá para defender os fundos daquela maquete em seu interior. Essa porta estava envelhecida. Bastava tirar seis ou sete pregos em cima e embaixo para desmontá-la com facilidade. Os pregos estavam todos frouxos e podiam ser retirados sem muito esforço, apenas com a força dos dedos. Para testar, extraí dois deles. Embrulhei-os em um papel e guardei-os bem fundo na gaveta. Passaram-se alguns dias. Aparentemente, ninguém dera pela falta dos pregos. Uma semana se foi. Ninguém suspeitou de nada. No dia 28 à noite, eu os coloquei de volta na porta.

No mesmo dia em que vira o Velho Mestre prostrado e tomara a decisão de agir sem ficar na dependência de estímulos externos, fui a uma farmácia nas proximidades da delegacia de polícia de Nishijin, em Senbon Imadegawa, para comprar um calmante. O atendente me trouxe um vidro pequeno. Devia conter trinta cápsulas. Pedi um vidro maior, de cem cápsulas, pelo qual paguei cem ienes. Fui em seguida a uma loja de ferragens vizinha à delegacia, ao sul, e comprei um punhal de cerca de dez centímetros de lâmina, guardada em bainha, por noventa ienes.

À noite passei diversas vezes diante da porta da delegacia em idas e vindas. Algumas janelas estavam iluminadas. Vi um investigador com uma camisa de gola aberta entrar apressadamente com uma mala sob o braço. Eu não atraíra a atenção de qualquer pessoa ali. Aliás, nesses últimos vinte anos eu não atraíra a atenção de ninguém. Essa situação se mantinha. Eu ainda não era importante. Milhões de pessoas neste Japão vivem isoladas, sem que ninguém lhes dê atenção. Eu continuava incluído nesse grupo. Vivam ou morram, a sociedade não se importa com elas. Não obstante, essas pessoas inspiram confiança à sociedade. Por isso o investigador nem se voltou para me observar. À luz avermelhada e fumacenta da lâmpada do portão, viam-se os caracteres: "Delegacia de Polícia de Nishijin", feitos de pedra. Uma parte da palavra "Polícia" havia caído.

Enquanto regressava ao templo, eu me recordava das compras que fizera e que me enchiam de excitação.

Comprara o medicamento e o punhal pensando na eventualidade de ter que morrer. E, apesar disso, eu me achava tão excitado quanto um homem que acabou de fazer compras para a casa de seus sonhos. Não me cansava de admirar os dois objetos que comprara, mesmo de volta ao templo. Extraí o punhal da bainha e experimentei passar a língua pela lâmina. Ela se embaçou imediatamente e me deixou na língua uma clara sensação de frieza, acompanhada em seguida por uma remota doçura. Essa doçura me vinha à língua, como um débil reflexo, do âmago da lâmina fina, da essência inatingível do próprio aço. Essa forma tão precisa, esse lustro do ferro, azulado como o índigo do mar profundo... vinha deles essa límpida doçura que, misturada à saliva, persistia insistentemente ao redor da ponta da língua. Mas aos poucos essa doçura se dissiparia. Cheio de felicidade, eu pensava no dia em que um jorro dessa doçura viria deleitar minha carne. Pareceu-me que a morte tinha um céu azul, tão azul quanto o céu da vida. Releguei meus pensamentos sombrios ao esquecimento. Sofrimento? Isso não existia neste mundo.

Um alarme de incêndio havia sido instalado no Pavilhão Dourado após a guerra. Ele soaria automaticamente no corredor do Templo Rokuonji, em um ponto defronte ao escritório, quando o interior do Pavilhão atingisse determinada temperatura. Esse dispositivo acusou falha na noite de 29 de junho. A falha foi descoberta pelo guia idoso. Por acaso eu estava na cozinha e ouvi o guia reportando a ocorrência no escritório. Foi como se eu tivesse ouvido a voz de estímulo vinda dos céus.

Entretanto, o vice-diácono já telefonava ao fornecedor do dispositivo no dia seguinte, 30 de junho, para solicitar o conserto. O guia, um homem inocente, veio me procurar só para me contar esses fatos. Mordi o lábio. Estava decidido a entrar em ação naquela noite mesmo, aproveitando-me da falha, e perdera uma oportunidade de ouro.

O técnico de manutenção chegou à tarde. Nós todos nos juntamos, curiosos, para observar seu trabalho. O conserto levou tempo. O técnico inclinava a cabeça intrigado e nada fazia. Um após outro os curiosos foram se dispersando. Eu também deixei o local depois de certo tempo. Não havia o que fazer senão aguardar o conserto, quando o técnico testaria o alarme. O sinal ecoaria por todo o templo. Seria o anúncio aguardado da minha decepção... Eu esperei. A noite invadiu o Pavilhão como maré cheia. A pequena lâmpada utilizada na manutenção piscava só ela dentro da escuridão. O alarme não soou. O técnico havia desistido e se retirara prometendo voltar no dia seguinte.

No dia 1º de julho, ele faltou à promessa e não compareceu, mas o templo não tinha motivos para pedir pressa no conserto.

Em 30 de junho, fui novamente a Senbon Imadegawa para comprar pão doce e *wafers* recheados de massa de feijão adocicada. Eu costumava ir com frequência à loja para comprar um pouco de doce com as parcas mesadas que recebia.

Comprei-os não por causa da fome. E tampouco para atenuar os efeitos colaterais do calmante. Na verdade, comprei-os por me sentir intranquilo.

A relação entre mim e o saco de papel recheado em minhas mãos. A relação entre a ação absolutamente solitária que estava para executar e o miserável pão doce... O solar que se filtrava do céu nublado espalhava-se pela velha cidade como névoa aquecida e abafada. O suor escorreu furtivamente pelas minhas costas em um súbito filete gelado. Eu estava muito, muito cansado.

A relação entre mim e o pão doce — que relação seria essa? Por mais que a tensão e a concentração dominassem meu espírito no instante da ação, eu previa que meu estômago se manteria isolado e, mesmo assim, protestaria exigindo garantias para a continuidade do isolamento. Os órgãos internos do meu corpo se comportavam como um cachorro meu — um cachorro miserável, pouco afeiçoado ao dono. Eu sabia. Meu espírito poderia estar alerto, mas o estômago e os intestinos, esses órgãos estúpidos e insensíveis, agiriam por vontade própria e começariam a sonhar com banalidades.

Eu sabia que o meu estômago sonhava com pães doces e *wafers*. Mesmo enquanto meu espírito sonhava com diamantes, ele sonhava obstinadamente com pães doces e *wafers*. Dentro em breve, as pessoas procurariam a qualquer custo uma explicação para o meu crime. O pão doce lhes forneceria então uma pista excelente. As pessoas diriam: "Ele estava com fome. Como isso é humano!".

Primeiro de julho de 1950. O dia chegara. Como já disse, não havia nenhuma possibilidade de que o dispositivo de alarme fosse reparado naquele dia. Isso se fez evidente à tarde, por volta das seis horas. O guia idoso telefonara novamente para solicitar reparo. O técnico respondera que sentia muito, mas não poderia vir naquele dia pois estava atarefado. Viria sem falta no dia seguinte.

Quase cem pessoas visitaram o Pavilhão nesse dia. Entretanto, perto do encerramento do horário da visita, às seis e meia, os visitantes já se retiravam. O velho acabara de telefonar e, não lhe restando mais serviço como guia, contemplava absorto, da porta leste do templo, a pequena horta atrás da cozinha.

Caía uma chuva fina e intermitente desde a manhã. Uma brisa suave deixava a tarde menos abafada. Flores de abóbora pontilhavam a horta. No outro lado, a soja plantada pela primeira vez no mês anterior começava a despontar nos canteiros negros e lustrosos.

O velho tinha por costume mover algumas vezes o queixo castanholando as dentaduras mal ajustadas enquanto remoía seus pensamentos. No seu trabalho de guia, ele repetia diariamente todas as explicações, a cada dia menos inteligíveis por causa da dentadura. E, no entanto, parecia não se incomodar com isso, muito embora as pessoas o aconselhassem a ajustá-la. Com o olhar fixo sobre a horta, ele balbuciava alguma coisa. Depois, batia as dentaduras e voltava a balbuciar. Reclamava quem sabe da demora do conserto do alarme.

Ou quem sabe estivesse dizendo em murmúrios ininteligíveis, tanto ao dispositivo de alarme como também à própria dentadura, que já era tarde demais para qualquer conserto.

Nessa noite, um visitante inesperado chegou ao templo à procura do Velho Mestre — o reverendo Kuwai Zenkai, prior do Templo Ryuhoji da Província de Fukui, seu amigo desde os tempos de seminário e, por consequência, amigo também de meu pai.

O Velho Mestre estava ausente, mas foi avisado da visita por telefone. Voltaria em uma hora. O reverendo Zenkai viera com a intenção de passar uma ou duas noites em Rokuonji.

Meu pai me contara diversas vezes sobre o reverendo Zenkai, sempre com visível prazer. Percebi muito bem que ele o tinha em alta estima e consideração. Tanto no caráter como na aparência, o reverendo mostrava espantosa virilidade, exemplo típico de um monge zen rudemente talhado. Tinha uma estatura elevada — quase dois metros de altura, tez morena e grossas sobrancelhas. A voz era tonitruante.

Um colega veio me procurar para transmitir um recado: o reverendo queria conversar. Hesitei por um instante. Temia que seu olhar inteligente e puro penetrasse na trama que eu urdira para aquela noite.

O reverendo Zenkai se achava sentado de pernas cruzadas no Salão dos Visitantes de doze tatames, no prédio principal. O vice-diácono ordenara com atenciosa presteza que lhe servissem saquê e petiscos. Meu colega noviço fora encarregado de servi-lo e eu devia agora substituí-lo, sentado defronte a ele sobre as pernas dobradas. Eu dava as costas para as trevas da chuva que caía sem ruído. Assim, não restava alternativa ao reverendo a não ser as duas visões tenebrosas diante dele: o jardim encharcado das chuvas da estação e meu rosto.

Entretanto, o reverendo Zenkai não se deixava prender por coisas como essas. Tão pronto me viu pela primeira vez, disparou com afoiteza jovial que eu me parecia muito com meu pai, que era bom me ver adulto e que tinha sido uma pena meu pai ter falecido.

Notei no reverendo uma simplicidade inexistente no Velho Mestre e também uma energia que faltara ao meu pai. O rosto tostado de sol, as narinas bem alargadas, a carne saliente de suas sobrancelhas espessas e estreitas pareciam moldadas à semelhança da máscara Obeshimi do teatro nô. Não eram com certeza traços regulares. Sua extraordinária energia interior transbordava livremente pelo rosto e destruía qualquer regularidade. Os ossos da face eram protuberantes como as rochas das montanhas das pinturas clássicas chinesas da Escola Meridional.

Contudo, havia nesse monge de voz estrondosa uma bondade inata que me tocava o coração. Uma bondade diversa daquela que o mundo entende como tal, a bondade da raiz rude e vigorosa de uma árvore gigantesca que acolhe os viajantes em sua sombra, nos confins de um vilarejo. Enfim, uma bondade áspera. Eu me precavia contra essa bondade. Ela poderia desarmar minha determinação justamente nesta noite, enquanto conversávamos. Isso me trouxe outra vez uma suspeita: não teria o Velho Mestre convidado o monge exclusivamente por minha causa? Mas logo me convenci de que seria inverossímil. O Velho Mestre não pediria ao amigo que se abalasse desde Fukui até Quioto só por minha causa. O monge era apenas um estranho visitante casual que viria a testemunhar um ato supremo de destruição.

A garrafa bojuda de porcelana branca continha quase um terço de litro de saquê, mas o reverendo a esgotara. Assim, eu saí para a cozinha com uma mesura para buscar outra. Enquanto voltava trazendo o saquê aquecido, nascia em mim um sentimento insólito. Nunca tive a pretensão de ser compreendido por quem quer que fosse. E, no entanto, eu desejava que o reverendo Zenkai, apenas ele me compreendesse naquelas horas cruciais. Ele deve ter percebido com certeza o brilho de sinceridade nos meus olhos, antes ausente, quando dele me aproximei para servir-lhe saquê.

— Como o senhor me vê, reverendo? — eu lhe perguntei.

— Hum, você me parece um estudante sério e bom. Mas não sei o que anda fazendo às escondidas. Pena que hoje em dia o dinheiro ande curto. Não é como antigamente, quando nós, seu pai, eu e o prior deste templo, éramos todos jovens. Estivemos juntos em muitas farras.

— Eu pareço um estudante ordinário?

— Nada melhor que isso. É bom ser ordinário. Não atrai suspeitas.

O reverendo Zenkai era um homem destituído de vaidade. Monges de alta hierarquia são frequentemente solicitados a emitir apreciações sobre uma diversidade enorme de assuntos, desde personalidades a quadros de pintura e peças antigas. Assim, eles têm por hábito evitar afirmações definitivas, para não correrem mais tarde o risco de se transformarem em objeto de escárnio em um eventual engano. Sem dúvida isso não os impede de emitir prontamente julgamentos dogmáticos ao estilo zen, mas tomam a precaução de deixar margem a interpretações em um sentido ou em outro. Não o reverendo Zenkai. Notava-se muito bem que ele dizia o que via e sentia com toda a sinceridade. Não vasculhava à procura de significados naquilo que seus olhos puros e penetrantes percebiam. Os significados poderiam existir ou não, tanto lhe fazia. Julguei-o fascinante sobretudo porque procurava não embasar suas impressões em uma visão inteiramente pessoal das coisas, eu inclusive, pois as via como qualquer outra pessoa veria. O mundo puramente subjetivo não tinha nenhum valor para ele. Comecei a compreender o que o reverendo tentava me dizer e aos poucos fui conhecendo o que era paz espiritual. Eu seria vulgar enquanto assim parecesse aos olhos de terceiros. Mesmo que perpetrasse ações inusitadas, minha vulgaridade era o que restaria no final, como arroz extraído da casca.

Percebi de repente que me sentia, nem sei como, um pacífico arbusto coberto de folhas, crescido diante do reverendo.

— Devo então viver em conformidade com o que as pessoas veem em mim?

— Não é tão fácil. Entretanto, se você agir de modo insólito, isso fará com que as pessoas, em consequência, também modifiquem a visão que têm de você. Pois é, as pessoas esquecem com facilidade.

— E qual será a personalidade duradoura? A que eu imagino ou a que as pessoas veem em mim?

— Ambas têm vida curta. Por mais que você queira persuadir-se de que a sua personalidade se mantém, ela acaba um dia. Enquanto o trem corre, os passageiros se mantêm parados. Porém quando o trem para, os passageiros devem começar andando desse ponto em diante. A corrida termina, o descanso também. Dizem que a morte é o último descanso, mas sabe lá até quando mesmo isso irá durar...

— Por favor, reverendo, descubra o que há em mim — eu me entreguei finalmente. — Não sou a pessoa que o senhor imagina. Descubra o que existe no fundo da minha alma.

O monge sorveu o saquê da taça e se deteve a me observar. Um silêncio pesado como as grandes telhas úmidas de chuva do Rokuonji desceu sobre mim. Estremeci. Então, ele deixou escapar um riso inopinado e jovial ao extremo.

— Não há nada a descobrir. Posso ver tudo, escrito na sua testa!

Assim disse ele. Senti que havia sido compreendido por inteiro, até nos recantos obscuros da minha alma. Eu me esvaziei por completo, pela primeira vez na vida. Uma coragem renovada brotava em mim e invadia como água o vácuo criado.

O Velho Mestre regressou. Eram nove da noite. Como sempre, os quatro vigias saíram para a volta de inspeção. Nada de anormal foi constatado.

O prior e o reverendo Zenkai permaneceram bebendo e conversando depois disso quase até a meia-noite e meia, quando o colega noviço conduziu o reverendo Zenkai a seu dormitório. O Velho Mestre se dirigiu então para o banho de imersão em água aquecida. À uma da madrugada do dia 2, o vigia noturno passou estalando as plaquetas sinalizando a hora. Depois disso, o templo mergulhou em silêncio. A chuva prosseguia sem ruído.

Sentado sobre o leito, só e solitário, eu media a noite que se decantava no interior de Rokuonji. Ela aumentava gradativamente de densidade e peso. As colunas e as portas de madeira do antigo depósito de cinco tatames onde eu me achava suportavam com toda a imponência essa noite antiga.

Tentei gaguejar qualquer coisa dentro da boca. Como sempre, uma das palavras demorou a surgir em meus lábios, da mesma forma como um objeto enfiado em um saco se engancha em outro e custa a sair, irritando-me ao extremo. A densidade e o peso do meu mundo interno dir-se-iam comparáveis aos daquela noite. A palavra subia do poço cavado nas profundezas dessa noite rangendo como um balde de água pesado.

"A hora se aproxima. Só mais um pouco de paciência!", pensei. "A chave enferrujada irá abrir perfeitamente a porta entre meu mundo interior e o mundo exterior, e a circulação entre eles estará livre. O ar fluirá com toda a liberdade entre esses mundos. O balde emergirá do fundo do poço com toda a leveza, como se tivesse asas. Tudo se abrirá diante de mim como uma extensa campina. As celas isoladas serão destruídas... Tudo isso já está diante de mim. Tão próximo, quase ao alcance das minhas mãos..."

Cheio de felicidade, permaneci uma hora sentado na escuridão. Tenho a impressão de que nunca na vida me senti tão feliz. Levantei de súbito na escuridão.

Saí em passos furtivos por trás da Biblioteca Principal, calcei uma sandália de palha que preparara de antemão e fui caminhando em direção à oficina pela borda do fosso existente na área posterior do Templo Rokuonji. Não havia madeira na oficina. Viam-se apenas aparas espalhadas no chão que, molhadas pela chuva, exalavam um perfume acentuado. O local servia também de depósito de palhas. Compravam-se quarenta feixes de palhas de cada vez. As palhas, entretanto, tinham sido quase todas consumidas e naquela noite restavam apenas três feixes.

Eu os levei sob o braço e retornei para junto da horta. A cozinha estava silenciosa. Eu a contornei para chegar atrás do quarto do vice-diácono. Nesse momento, a luz da privada existente nessa área se acendeu de repente. Abaixei-me imediatamente onde estava.

Alguém limpava a garganta. Devia ser o vice-diácono. Eu o ouvi urinando. Parecia não terminar nunca.

Agachado, cobri o corpo com os feixes de palha, temendo que se molhassem na chuva. O cheiro da privada, acentuado pela chuva, se estagnava sobre a moita de feno levemente agitada pela brisa. O ruído da urina cessara. Um corpo bateu desequilibrado de encontro à parede de madeira. Com certeza o vice-diácono não estava bem desperto. A luz na janela se apagou. Comecei a andar outra vez em direção à área atrás da Biblioteca Principal, sobraçando os três feixes de palha.

Bem, todas as minhas posses se resumiam a um baú de vime contendo objetos de uso pessoal e uma mala, pequena e velha. Eu pretendia queimá-los sem deixar nada. Naquela noite, eu já havia guardado nessas bagagens tudo que me pertencia, inclusive documentos, peças de roupa, traje monástico e demais quinquilharias. Gostaria que apreciassem os cuidados minuciosos que tomei. Separei tudo aquilo que poderia produzir algum ruído durante o transporte, como argolas da rede de filó e outros objetos que poderiam resistir às chamas e servir futuramente de prova, tais como cinzeiro, copo e vidro de tinta. Envolvi-os em uma almofada e embrulhei-os em uma trouxa de pano, que separei. Eu devia queimar também mais uma almofada e dois cobertores. Transportei aos poucos esses pacotes volumosos até a porta dos fundos da Biblioteca Principal e os amontoei ali. Terminada essa operação, fui desmontar a porta norte do Pavilhão Dourado, à qual já me referi.

Os pregos foram soltos um a um com extrema facilidade, como se os arrancasse de terra mole. Eu escorava com o corpo a porta que se inclinava. A superfície molhada da madeira apodrecida vinha de encontro à minha face num toque macio e úmido. A porta não era tão pesada quanto parecia. Eu a depositei sobre a terra ao lado. A escuridão dominava o interior do Pavilhão agora exposto ao meu olhar.

A largura da porta removida era apenas suficiente para me dar passagem com o corpo enviesado. Eu me embebi na escuridão do Pavilhão. Um rosto estranho surgiu no meio dela e me assustou. Mas era apenas o reflexo do meu próprio rosto, produzido pelo fósforo aceso que eu erguia, no vidro da caixa que protegia a maquete do Pavilhão.

Embora não houvesse tempo a perder, eu me detive observando a maquete na caixa de vidro. O pequeno Pavilhão estava ali todo encolhido, recheando de temor sua delicada estrutura de madeira, oscilando a sua sombra ao tênue luar do fósforo aceso. As trevas porém engolfaram de imediato essa imagem. O fósforo se apagara.

O que fiz a seguir foi, de fato, incompreensível. Preocupado com o resto do fósforo queimado — um ponto avermelhado em brasa nas trevas, eu o apaguei com todo o cuidado sob meu pé, imitando o estudante que vira uma vez no Templo Myoshin. Depois, acendi um novo fósforo. Passei pela Sala dos Sutras e pela estátua dos Três Budas e me vi diante da caixa de ofertório. A caixa possuía uma cobertura de grade de madeira por onde as moedas lançadas em oferenda caíam em seu interior. As sombras das numerosas travessas da grade pareciam ondular com o movimento da chama do fósforo. A estátua de Ashikaga Yoshimitsu, um tesouro nacional, achava-se nos fundos, além da caixa de ofertório. A estátua o representava sentado, em paramentos monásticos cujas mangas longas se estendiam à direita e à esquerda. Trazia um cetro deitado entre as mãos, da direita para a esquerda. A cabeça pequena e raspada, de olhos arregalados, se enterrava entre as golas do paramento. Os olhos reluziram à luz da chama do fósforo, mas não me intimidei. A pequena estátua de Yoshimitsu tinha um aspecto realmente sinistro. Venerado em um canto do Pavilhão por ele mesmo construído, parecia ter havia muito tempo renunciado a seu poder.

Abri a porta oeste que conduzia ao Sosei. Como já disse, essa porta de batente dupla podia ser aberta por dentro. O céu da noite chuvosa estava ainda mais claro que o interior do Pavilhão. Com um gemido baixo e abafado, a porta úmida fez entrar o ar azul-escuro da noite carregado de brisa. "Os olhos de Yoshimitsu! Aqueles olhos de Yoshimitsu!" — eu repetia em meu pensamento sem parar enquanto corria porta afora para retornar ao fundo da biblioteca. "Tudo vai acontecer diante daqueles olhos. Diante daqueles olhos que nada veem, de uma testemunha morta..."

Algo produzia um ruído dentro do bolso, enquanto eu corria. Eram os fósforos, chocalhando na caixa. Parei um instante para preenchê-la com lenço de papel. O vidro de calmante envolto em um lenço e o punhal, enfiados no outro bolso, não produziam barulho. O pão doce, o wafer e o maço de cigarros no bolso do blusão não poderiam, é claro, provocar ruído algum.

Depois disso, dediquei-me a atividades puramente mecânicas. Transportei os volumes depositados na porta dos fundos da Biblioteca Principal até a estátua de Yoshimitsu no Pavilhão, efetuando para isso quatro viagens. Levei em primeiro lugar a rede de filó sem as argolas e uma almofada. Depois, os dois cobertores e, a seguir, a mala e o baú de vime. Finalmente, os três feixes de palha. Amontoei tudo em desordem. Enfiei os três feixes de palha entre os cobertores e a rede de filó, que estendi parcialmente sobre os demais volumes, porque acreditei que ela se inflamaria com facilidade.

Retornando pela última vez à porta dos fundos da biblioteca, sobracei a trouxa com as peças não inflamáveis e me dirigi desta vez à beira do lago, a leste do Pavilhão. Avistava-se daquele ponto a rocha Yahakuseki bem à frente, dentro do lago. Diversos pinheiros estendiam ali seus ramos, fornecendo uma precária proteção contra as gotas de chuva.

A superfície das águas se apresentava levemente esbranquiçada, sob os reflexos do céu noturno. Porém a grande quantidade de algas dava uma impressão de continuidade à margem, deixando perceber a existência da água apenas nos pequenos espaços espalhados entre elas. A chuva não era tanta a ponto de agitá-la nesses pontos.

Deixei cair na água uma pedra que apanhei junto aos meus pés. Ela afundou com um ruído absurdo, como se quisesse estilhaçar o ar ao redor. Eu me encolhi, em absoluto silêncio. Tentava apagar com ele o ruído involuntário que acabara de provocar.

Enfiei a mão na água. Algas tépidas se enroscaram em meus dedos. Para começar, deixei cair as argolas da rede de filó da mão imersa na água. Em seguida, entreguei com delicadeza o cinzeiro às águas, como se estivesse a enxaguá-lo. Procedi da mesma maneira com o copo e o vidro de tinta. Nada mais havia para afundar nas águas. Sobraram ao meu lado apenas a almofada e o pano que serviram para embrulhar aqueles objetos. Restava-me apenas levá-los até a estátua de Yoshimitsu e, então, eu atearia fogo.

A fome me assaltou de repente, bem como eu previra, com tanta pontualidade que até me senti um pouco traído. Os restos de pão doce e de *wafer* do dia anterior ainda estavam em meu bolso. Enxuguei as mãos molhadas nas bordas do blusão e comi com avidez. Não senti gosto de nada. Meu estômago gritava, sem se importar com o sabor. Bastava-me apenas encher a boca afobadamente com os doces. Meu coração palpitava apressado. Enfiei tudo goela abaixo e bebi a água da lagoa, colhendo-a com a mão.

Eu me achava a apenas um passo da ação. O longo período de preparação finalmente chegara ao fim. Eu estava na ponta do trampolim. Bastava saltar — nada mais que um pequeno impulso para entrar em ação.

No entanto, nunca imaginei que um abismo, profundo o bastante para engolir minha vida inteira, me esperava ali mesmo diante de mim.

Eu lançara um último olhar para o Pavilhão Dourado para dele me despedir.

O Pavilhão mal se distinguia entre as brumas da noite chuvosa. Seus contornos mostravam-se imprecisos — um vulto negro que se erguia como se concentrasse nele toda a sombra da noite. Era necessário forçar a vista para discernir, ainda assim vagamente, aquele perfil peculiar da construção encimada pelo pequeno Kukyo-cho e a selva de colunas delgadas do Hosui-in e do Cho-ondo. A escuridão monocromática dissolvera todos os detalhes delicados que tanta impressão me causaram no passado.

Não obstante, à medida que as recordações da Beleza se avivavam em meu espírito, senti-me inteiramente livre para desenhar sobre o vulto negro do Pavilhão a imagem que eu quisesse. O universo imaginável da Beleza se escondia naquela forma escura e encolhida. A Beleza começava a surgir resplandecente em todos os mínimos detalhes das trevas, à força da recordação. A resplandecência se alastrava. Pouco a pouco, o Pavilhão Dourado emergia da escuridão sob uma estranha luminosidade que não pertencia ao dia nem à noite. Meus olhos jamais o viram assim perfeito e reluzente até nas minúcias. Foi como se eu tivesse conquistado o sentido de visão dos cegos. O Pavilhão se tornara transparente graças à luminosidade irradiada por ele próprio e deixava ver mesmo do exterior a pintura dos seres angelicais no teto do Cho-ondo e os restos das folhas de ouro antigas ainda aderentes nas paredes do Kukyo-cho. O delicado aspecto externo se confundia com o interno. Assim, com um só golpe de vista abrangi toda a estrutura do conjunto, os claros contornos do motivo principal, os adornos e os detalhes caprichosamente repetitivos que o materializavam e os efeitos de contraste e simetria. Os dois pavimentos inferiores Hosui-in e Cho-ondo, idênticos em tamanho embora sutilmente desiguais e sobrepostos à sombra de um mesmo beiral saliente, pareciam constituir uma parelha de sonhos ou de monumentos ao prazer. Separados, poderiam ser relegados ao esquecimento. Unidos, sustentavam-se delicadamente por cima e por baixo para fazerem dos sonhos a realidade e do prazer a arquitetura. Não obstante, a estrutura repentinamente encolhida do terceiro pavimento, o Kukyo-cho, vinha destruir de vez toda a realidade já assegurada, submetida como se achava à arrogante filosofia daquela época ao mesmo tempo magnífica e tenebrosa. E no alto do telhado construído de sarrafos de madeira, a fênix dourada alcançava o céu da Noite Eterna da Devassidão.

Não satisfeito com isso, o arquiteto construíra a oeste do Hosui-in um pequeno pavilhão, dir-se-ia uma cabana de pesca: o Sosei, projetado para dentro da lagoa. Depositara quem sabe a força toda da expressividade artística em quebrar a harmonia do conjunto. O Sosei opunha, naquele conjunto arquitetônico, uma resistência metafísica. Não se alongava em demasia para o interior do lago e, apesar disso, parecia fugir indefinidamente do centro do Pavilhão. O Sosei escapava do conjunto como um pássaro que, abrindo as asas, alça voo sobre a superfície do lago em direção a tudo que é mundano. Seu significado consistia em servir de ponte entre as leis da ordem que governam o mundo e o desregramento, ou, talvez melhor, a sensualidade. Sim! O espírito do Pavilhão Dourado nasce desse Sosei com aparência de ponte interrompida, constrói a torre de três pavimentos e retorna à mesma ponte para escapar através dela! Pois a prodigiosa sensualidade que paira sobre o lago, essa fonte da energia oculta que erguera o Pavilhão, uma vez concluída essa bela obra de três pavimentos, não suportara residir nele inteiramente dominada. Assim, não lhe restara alternativa senão escapar através do Sosei para a superfície do lago, para o seio da sensualidade irrestrita, para as suas origens. Eis porque eu sentia, todas as vezes que observava a névoa do amanhecer ou as brumas da noite pairando sobre o lago Kyoko, que ali, exatamente ali, se acoitava a vasta energia sensual construtora do Pavilhão Dourado.

A Beleza sintetizava os conflitos e as contradições, enfim, toda a desarmonia entre as partes. Mais do que isso, imperava sobre eles! O Pavilhão era uma arquitetura construída em ouro sobre a Noite Eterna da Devassidão, tal como um sutra caligrafado letra por letra com toda a perfeição e tinta dourada sobre uma folha azul-escura. Mas eu não sabia ao certo se a Beleza era o próprio Pavilhão ou então algo substancialmente equivalente a essa noite do Nada que o envolvia. Talvez fosse tanto um quanto outro — tanto parte como todo, tanto o Pavilhão como a noite que o envolvia. A mim, esse pensamento parecia resolver, ao menos em parte, o mistério torturante da beleza do Pavilhão. Porque bastava examinar os detalhes dessa beleza — os pilares, os balaústres, as venezianas, as portas corrediças, as janelas ornamentadas, o telhado piramidal... o Hosui-in, o Cho-ondo, o Kukyo-cho, o Sosei... a imagem refletida no lago, as pequenas ilhotas, os pinheiros, até mesmo o trapiche — para concluir que a beleza não se continha nos detalhes. Não se completava em cada detalhe, pois cada detalhe prenunciava a beleza do outro que vinha a seguir. A beleza isolada de um detalhe era uma beleza intranquila. Ela sonhava com perfeição sem saber o que é estar completa, e se via seduzida à próxima beleza, à Beleza desconhecida. Assim, cada prenúncio da "beleza aqui ausente" se ligava a outro prenúncio idêntico e constituía o tema central do Pavilhão Dourado. Esses prenúncios anunciavam o Nada. E o Nada compunha a estrutura da Beleza. Por isso, a beleza incompleta de cada detalhe vinha intrinsecamente impregnada da antecipação do Nada, e essa delicada arquitetura de madeira de fina textura tremia diante desse presságio como guirlandas ao vento.

De qualquer maneira, a beleza do Pavilhão Dourado jamais fenecia! Ela reverberava sempre, de algum lugar. Essas reverberações, eu as ouvia aonde quer que estivesse e a elas me habituara, tal como a um zumbido permanente nos ouvidos. Essa arquitetura, se comparada a um som, dir-se-ia um minúsculo guiso de ouro ou, quem sabe, uma lira pequena, tocada sem cessar por cinco séculos a fio. E se esse som for interrompido?

Eu estava terrivelmente cansado.

A visão ilusória do Pavilhão ainda se mostrava com clareza, sobreposta ao Pavilhão em trevas. Ela não deixava de resplandecer. O balaústre do Hosui-in à margem do lago recuava com humildade, contrastando com o do Cho-ondo, que, debaixo do beiral, avançava o peito para o lago apoiado sobre travessões de madeira ao estilo indiano, como em um sonho. Os reflexos das águas do lago dançavam no beiral. Quando o sol poente reluzia sobre as águas, ou o luar as iluminava, eram esses reflexos das águas que conferiam ao Pavilhão um aspecto misterioso, como se flutuasse, como se batesse asas. Os reflexos ondulantes o libertavam da rigidez de suas formas. Em momentos como esse, dava-me a impressão de que ele fora construído do mesmo material das coisas em eterno movimento, tais como o vento, a água ou a chama.

Sua beleza era incomparável. Eu sabia de onde procedia essa fadiga extenuante. A Beleza se valia dessa última oportunidade para exercer outra vez seu poder. Ela pretendia prender-me na mesma sensação de impotência que me assaltara por diversas vezes. Minhas mãos e meus pés perdiam força. Havia pouco eu estivera a um passo da ação, mas recuara para longe desse ponto.

— Eu me preparei até chegar a um passo da ação — murmurei. — A ação foi sonhada até os mínimos detalhes, vivi esse sonho por inteiro. Se cheguei até este ponto, seria mesmo necessário realizá-lo? Não seria uma inutilidade?

Kashiwagi disse provavelmente uma verdade. O conhecimento, e não a ação, transforma o mundo. Simular uma ação com todo o realismo é também conhecimento. Meu conhecimento é dessa espécie. E abortar uma ação planejada pertence também a essa mesma espécie de conhecimento. Mas, então, não teria sido objetivo desta minha longa e meticulosa preparação, tão somente, chegar ao conhecimento final de que "a ação não é mais necessária"?

Senão vejamos. Para mim, neste momento, a ação não passa de uma superfluidade. Ela se projetou para fora da vida e da minha vontade, e aí está como uma máquina de ferro estranha e indiferente, esperando ser acionada. Afinal, eu não tenho absolutamente nada que me ligue a esta ação. Eu sou o que fiz "até aqui". Daqui em diante, deixaria de ser eu... Então, por que eu insistiria em deixar de ser?"

Recostei-me na raiz de um pinheiro. A casca úmida e fria da árvore me perturbou. Esta sensação, esta frieza sou eu — foi o que pensei. O mundo se imobilizara tal como antes, a ambição me abandonara, eu estava plenamente satisfeito.

"O que farei desta terrível fadiga?", eu me perguntei. "Sinto-me febril, inerte, e nem consigo mover a mão como quero. Com certeza, estou enfermo."

O Pavilhão Dourado continuava resplandecente, como a imagem majestosa do pôr do sol visto por Shuntokumaru, quando vagueava mundo afora, cego e mendigo.

Shuntokumaru tivera em meio às trevas da cegueira uma visão: o espetáculo do pôr do sol sobre o mar de Namba. Ele vira os reflexos do sol poente sobre Awaji Ejima, Suma Akashi e até sobre o mar de Kii debaixo de um céu límpido e sem nuvens.

Meu corpo começava a entorpecer. Lágrimas escorriam sem cessar. Ficaria ali até que alguém me descobrisse de manhã, não me importava. Não diria uma palavra sequer para me desculpar.

Bem, creio ter falado extensivamente sobre essa debilidade da memória que me acompanhou desde a infância até o presente. Entretanto, devo dizer que a memória, quando recobrada de repente, tem um forte poder de ressurreição. O passado não se limita apenas a nos arrastar para o passado. A memória do passado esconde em alguns pontos umas poucas mas poderosas molas metálicas. Elas disparam prontamente quando as tocamos, no presente, catapultando-nos em direção ao futuro.

Meu corpo parecia entorpecido, mas meu espírito procurava algo dentro da memória. Uma frase emergiu dela e se apagou. A frase chegou quase ao alcance da minha mão, mas se escondeu outra vez. A frase chamava por mim. Tentava aproximar-se, quem sabe, para devolver-me o ânimo.

"Volta-te para o interior e para o exterior, e mata imediatamente o que encontrares!"

Eram as primeiras palavras do célebre capítulo de *Rinzairo--ku*. As palavras restantes me vieram com facilidade:

"Matarás Buda, se Buda encontrares, matarás teus ancestrais, se teus ancestrais encontrares, matarás os santos, se os santos encontrares, matarás teus pais, se teus pais encontrares, matarás teus parentes, se teus parentes encontrares. Só assim alcançarás a salvação. Nada te prenderá, e serás livre!"

Essas palavras me retiraram do estado de impotência que me dominava. Uma súbita infusão de força invadiu-me o corpo. Parte da minha consciência, porém, repetia com insistência que era fútil o que eu estava para executar. Entretanto, minhas energias já não temiam a futilidade. Era fútil, e por isso mesmo eu devia executá-lo.

Eu me ergui enrolando sob o braço o embrulho de pano e a almofada. Olhei na direção ao Pavilhão. A imagem resplandecente começava a se extinguir. As trevas engoliam os balaústres, e a selva de colunas perdia a nitidez. As águas haviam perdido o brilho, e seus reflexos sob o beiral se apagavam. Em pouco tempo as sombras da noite envolveram todos os detalhes da arquitetura e nada restou do Pavilhão senão seu contorno borrado, apenas negro.

Eu corri. Contornei o Pavilhão para atingir o lado norte. Meus pés, já acostumados, não tropeçaram. As trevas se abriam uma após outra e me convidavam ao interior.

Saindo das margens do Sosei, lancei-me para dentro da porta leste do Pavilhão, a porta de batente dupla, que permaneceu escancarada. Arremessei a almofada e o embrulho de pano que carregava sobre a bagagem já empilhada.

Meu coração batia com alegria, a mão úmida tremia ligeiramente. Mas a caixa de fósforos se molhara! O primeiro fósforo não acendeu. O segundo começou a se inflamar, mas quebrou-se. O terceiro acendeu, iluminando as frestas dos dedos que o protegiam do vento.

Perdi tempo à procura da palha espalhada entre as bagagens, pois já não me recordava onde enfiara os três feixes que trouxera. Encontrei-os finalmente, mas a chama do fósforo se extinguiu. Agachei-me ali mesmo e desta vez risquei dois fósforos ao mesmo tempo.

O fogo desenhou sombras complexas do amontoado de palha e, pondo à mostra a cor clara das palhas — cor de terras desertas —, se espalhou por todas as direções. Escondeu-se entre a fumaça que se erguia para ressurgir de um ponto surpreendentemente distante, enfumando o verde do filó. Pareceu-me que o ambiente se tornara festivo de repente.

Nesse instante, minha mente se fez lúcida. A quantidade de fósforos era limitada. Corri então para o outro lado e ateei fogo em outro feixe de palha, gastando com todo o cuidado mais um fósforo. A chama que se ergueu me consolou. Outrora, quando eu me reunia com meus companheiros e fazíamos uma fogueira, eu revelara habilidade em acender o fogo.

Sombras gigantescas dançavam no interior do Hosui-in. As

chamas iluminavam com toda a clareza as três imagens sagradas: Buda ao centro, e dos lados Kannon e Seishi. Os olhos da estátua de Yoshimitsu brilhavam. Atrás dela, sua sombra tremulava.

O calor não era intenso. Vendo o fogo atingir a caixa de ofertório, senti que o trabalho fora feito.

Eu havia esquecido o calmante e o punhal. Um pensamento me acudiu de repente: morrer entre as chamas no alto do Kukyo-cho. Escapando do fogo, subi correndo a estreita escadaria. A porta de acesso às escadas de subida ao Cho-ondo se abriu com facilidade, mas isso não me causou suspeita. O velho guia se esquecera de fechá-la.

A fumaça me alcançava pelas costas. Tossindo, observei a estátua de Kannon, obra atribuída a Eshin, e a pintura no teto, de seres celestiais em um concerto musical. Vagarosamente, a fumaça começava a encher o Cho-ondo. Subi correndo mais um lance de escada e quis abrir a porta do Kukyo-cho.

Mas ela não se abriu. O pavimento estava firmemente fechado à chave.

Bati na porta. Devo ter provocado um barulho enorme, mas isso não me chegou aos ouvidos. Bati desesperadamente. Tinha a impressão de que alguém lá dentro viria abrir-me.

O que naquele momento eu sonhava encontrar no Kukyo--cho era, sem dúvida, um lugar para morrer. Entretanto, penso que, se bati aflito na porta, como se procurasse socorro, foi por causa da fumaça que já me ameaçava. Do outro lado da porta, nada encontraria senão uma pequena sala. Mas eu sonhava pungentemente com essa saleta, que imaginava toda revestida de folhas de ouro, naquela época quase integralmente despregadas. Não tenho palavras para descrever o anseio que sentia por essa sala esplendorosa enquanto batia na porta. Queria chegar de qualquer maneira até lá. Apenas alcançar aquela sala dourada, era só o que eu queria...

Bati até o limite das minhas forças. Insatisfeito em bater apenas com as mãos, joguei o corpo contra ela. A porta não se abriu.

O Cho-ondo estava repleto de fumaça. O ruído dos estouros causados pelo fogo soava sob meus pés. Quase perdi o sentido sufocado pela fumaça. Tossi fortemente, mas ainda assim continuei batendo. A porta não se abria.

Em determinado momento, quando tive a plena certeza de que a sala me rejeitava, não hesitei mais. Voltei sobre meus passos e desci correndo as escadas. Em meio ao turbilhão de fumaça, desci até o Hosui-in. Creio ter atravessado as chamas. Consegui por fim atingir a porta leste e me lancei dali para fora do Pavilhão. Depois, corri feito louco sem nem saber para onde.

Eu corri. Não imagino quanto corri sem parar. Nem sequer me recordo como e por onde passei. Devo ter passado ao lado do mirante de Kyohokuro e saído pelo portão dos fundos, ao norte, para ladear o Templo do Myo-o e correr ladeira acima pela senda bordejada de bambus e azaleias até o topo do monte Hidari Daimonji. Essa montanha protege o Pavilhão Dourado pelo norte.

A gritaria dos pássaros assustados me fez recobrar plena consciência. Um deles levantou voo batendo exageradamente as asas bem diante do meu rosto.

Caído de costas sobre o chão, eu observava o céu noturno. Uma grande quantidade de pássaros passou gritando por entre os ramos dos pinheiros vermelhos. Fagulhas vermelhas já flutuavam esparsas pelo céu acima.

Eu me ergui e olhei em direção ao Pavilhão Dourado, bem distante entre os vales. Ruídos estranhos vinham de lá. Pareciam estouros de busca-pés. Ou estalos das juntas de uma multidão de homens.

De onde me achava, era impossível avistar o Pavilhão. O que eu via era um turbilhão de fumaça e o fogo se erguendo ao céu. Fagulhas intensas flutuavam entre as árvores, e o céu sobre o Pavilhão Dourado parecia espargido por ouro em pó.

Observei longamente a cena, sentado com as pernas cruzadas.

Percebi de repente que me achava coberto de bolhas de água e arranhões sangrentos. Havia também sangue em meus dedos, provavelmente de feridas produzidas quando esmurrei a porta do Pavilhão momentos antes. Lambi essas feridas como um animal fugido.

Enfiando a mão no bolso, encontrei o punhal e o calmante embrulhados no lenço. Lancei-os no fundo da ravina.

Meus dedos tocaram no maço de cigarros em outro bolso. Fumei um cigarro, como um trabalhador que, ao cabo de um serviço, tira uma baforada e se sente pronto para a vida. E, como ele, eu quis viver.

Glossário

Aoki: arbusto utilizado comumente em jardinagem. Produz pequenos frutos avermelhados.

Ashikaga Yoshimitsu (1358-1408): terceiro xogum do período Muromachi.

Atago: templo cultuado pelos que buscam proteção contra incêndios.

Biwa: alaúde de quatro ou cinco cordas, provavelmente originário da Pérsia. Foi difundido na China e na Coreia e entrou no Japão por volta do século VIII.

Conflito de Ohnin: disputa pela sucessão do xogunato de Ashikaga. Começou em 1467 e se estendeu por dez anos, deixando Quioto em ruínas.

Getá: sandálias de madeira com dentes altos na sola.

Hashi: palitos de madeira utilizados à mesa para levar comida à boca.

Hekiganroku: obra da literatura budista chinesa, composta de dez volumes e datada de 1125. Fundamental para o zen-budismo.

Hogyo: telhado ornamentado com esfera metálica no topo.

Ishikawa Goemon: ladrão do período Azuchi-Momoyama, autor de façanhas legendárias. Preso e condenado à morte por imersão em óleo fervente em 1594.

Kano Tan'yu Morinobu (1602-74): renomado pintor do período Edo, fundador do estilo Kano.

Katoh: janelas quadrangulares estreitas em cima e alargadas embaixo, ao estilo chinês.

Kigan: último ato da cerimônia fúnebre budista, na seita zen.

Kogo: peça do teatro nô.

Literatura Gosan: coletânea de poemas, diários, crônicas e comentários de monges zen dos séculos XIV e XVI.

Makimono: folha comprida de papel contendo texto ou desenho de valor, encapada e enrolada em um eixo.

Mumonkan: obra de 1228, pertencente ao acervo da literatura zen chinesa.

Oda Nobunaga (1534-82): senhor de guerra legendário.

Ojiki: tonalidade correspondente à nota lá da música ocidental.

Okyo Maruyama (1733-95): pintor da fase média do período Edo, iniciador do estilo de pintura que leva o seu nome.

Príncipe Okuni: vulto da pré-história do Japão, quando o país era governado por divindades, segundo a lenda.

Ryoanji: templo de Quioto, conhecido pelo jardim de pedras.

Sekishitsu Zenkyu (1294-1389): monge que contribuiu para a literatura da comunidade zen de sua época.

Sen-no-Rikyu (1522-91): mestre da cerimônia do chá que serviu aos suseranos Oda Nobunaga e Toyotomi Hideyoshi. Foi condenado por Hideyoshi à morte por autoimolação.

Shakuhachi: flauta japonesa feita de bambu vazado.

Shinden: residências nobres típicas dos períodos Heian (794-1185) e Kamakura (1185-1333).

Shuntokumaru: personagem principal da peça *Yoroboshi*, do teatro nô. Expulso de sua casa vítima de difamação, Shuntokumaru se torna cego e se transforma no mendigo Yoroboshi. Reconcilia-se mais tarde com o pai e retorna à casa.

Sofuren: Literalmente, "Pensamentos de amor ao meu marido".

"Sol vermelho sobre um fundo branco": no original "Hi-no-maru no uta", canção infantil japonesa em louvor à bandeira nacional.

Templo Manju: um dos cinco templos budistas principais de Quioto, fundado em 1097.

Tempo Kannan: "O destino reserva dificuldades".

Toko-no-ma: espécie de nicho existente em salas, na arquitetura japonesa, onde são expostos objetos de arte, pinturas e flores.

Tosa Hogan Tokuetsu: pintor do período Edo, supostamente da escola Tosa.

1ª EDIÇÃO [2010] 5 reimpressões

ESTA OBRA FOI COMPOSTA PELA PÁGINA VIVA EM ELECTRA E
IMPRESSA PELA GRÁFICA BARTIRA EM OFSETE SOBRE PAPEL PÓLEN DA
SUZANO S.A. PARA A EDITORA SCHWARCZ EM JANEIRO DE 2025

A marca FSC® é a garantia de que a madeira utilizada na fabricação do papel deste livro provém de florestas que foram gerenciadas de maneira ambientalmente correta, socialmente justa e economicamente viável, além de outras fontes de origem controlada.